U0577043

本书获2016年贵州省出版传媒事业发展专项资金资助

主　　编：彭晓勇

副 主 编：孟志钢（执行）

策　　划：张超美

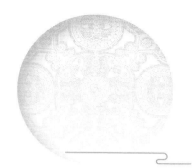

那年，我们走出大山 上

—— 民族学子求学心路

彭晓勇　主编

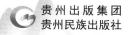

贵州出版集团
贵州民族出版社

图书在版编目（CIP）数据

那年，我们走出大山：民族学子求学心路.上/彭
晓勇主编.－－贵阳：贵州民族出版社，2017.6（2020.7重印）
ISBN 978-7-5412-2318-1

Ⅰ.①那… Ⅱ.①彭… Ⅲ.①散文集－中国－当代
Ⅳ.① I267

中国版本图书馆 CIP 数据核字 (2017) 第 089973 号

那年，我们走出大山——民族学子求学心路（上）

彭晓勇　主编

出版发行	贵州民族出版社	
社址邮编	贵阳市观山湖区会展东路贵州出版集团大楼　　550081	
印　　刷	山东龙岳文化传媒有限公司	
开　　本	787mm×1092mm　1/16	
字　　数	250 千字	
印　　张	14.5	
版　　次	2017 年 6 月第 1 版	
印　　次	2020 年 7 月第 4 次印刷	
书　　号	ISBN 978-7-5412-2318-1	
定　　价	38.00 元	

走出，是为了更好地回归

彭晓勇

　　贵州是山的海洋，无数的村寨就藏在大山的褶皱里。只有在大山里生活过的人，才能理解山里孩子走出大山那种强烈的欲望。那既是大山儿女源自生命深处的本能欲求，也是无数山里人家对子女的殷切期盼。千万座大山既养育了她怀抱里的孩子，又挡住了孩子们走向山外的视野，羁绊孩子们走向山外的步伐。崇山峻岭既给了大山之子坚韧的性格和执着的情怀，又带来了贫穷和落后。要走出大山，改变命运，山里孩子大多只能寄望于读书求学。这本《那年，我们走出大山——民族学子求学心路》记录了贵州大山深处的少数民族学子是怎样孜孜以求地执着于走出大山，他们身上凝聚着几代人改变命运的希望，他们自己用幼小的心灵和稚弱的身体与命运做坚韧的抗争。读书、上学就是指引他们生命的灯光，是改变他们生命轨迹的神圣召唤，也是他们在贫穷潦倒的生活困境里生命的支撑。

　　当一个个民族学子的求学故事汇聚在一起，你可以感知贫穷与奋斗的真实含义。通过观望各民族学子的求学路，我们切身感受到贫穷对于社会文明的进步、人民生活的安定带来的障碍，也切实感受到几十年来党和国家的民族政策是如何尽其所能地给予这片土地上的人们以精神鼓励和政策扶持，帮助他们一步一步走出大山。这在当前消除贫困、全面走向小康的时代更具有重要意义。知识改变命运在这些走出大山的民族学子身上得到了最真实的印证。透过这些或振奋或辛酸或感动或悲悯的故事，我们看见的是教育和几代民族学子的命运交响，感知时代对大山深处民族孩子的命运引导。更读出了一代又一代的民族学子用全部身心走出大山的努力，就是为了更好地回归，为了回报生养他们的大山。那种牵挂和眷念，那种欲说还休的情愫，那种生于斯长于斯，九死其犹未悔的情怀，让人唏嘘感叹，山之子自有山的坚韧，山之骨自有山的刚强，大山养育了他们，他们就把命运和大山融为一体，走出大山就是他们回报大山的必由之路。

　　一座座大山，就是一道道屏障。交通不便，信息不畅，教育不发达。这一切注定了民族地区的发展落后和生活贫穷。如今，大山是一座座宝藏，用它宽厚的胸怀容纳了更多的希望与精彩，历经几十年的变迁，这种状况已有了较大改善。从二十世纪五六十年代初期走出大山的王永尧、谭良洲等老一辈人，到人过中年的黄刚、孟学祥等中坚骨干，再到还在求学路上的年轻学子陈松、古红梅等，与命运的抗争一直伴随着这些大山深处的孩子。在为生计挣扎时，他们仍然没有放弃对知识的渴求和改变命运的努力。他们背负着家族和村寨的希望，承受着命运带来的压力，倍加珍惜读书的机会，珍惜时代和社会提供的机遇。努力奋斗就能走出大山，读书就能改变和父辈一样的命运，读书就能摆脱贫穷……正是这种朴素而本能的人生愿景，变成他们求学的动力，而党和国家民族政策的温暖扶助成为他们读书的支撑。读书点燃了他们生命的火种，使他们在漫漫人生道路上有了希望，看到了生活的曙光，最终实现了自己的人生抱负，改变了自己的命运，年轻的学子们也必将摆脱贫穷，成为自己生命的主人。从根本上改变贫穷给山区民族孩子带来的不公，从根本上斩断贫穷之根，时代正在提供这样的机遇，社会也承担着这样的使命。这些走出大山的学子，自然也承袭了这种历史使命，把这份责任自觉放在自己肩头。无论从事什么工作，无论工作在城市还是乡村，用知识和文化反哺家乡，用责任和情怀感恩父老乡亲，让改变和发展回归大山，这是一代代民族学子共同的选择，也是他们命运的接力。

　　一代又一代民族学子的身上，浸濡身心的是虔诚的感恩情结。几乎每一个走出大山的学子，背后都有父母等亲人含辛茹苦送子上学的温情故事，还有乡亲寨邻老师校长倾力扶助的民族大义，更有党和国家民族政策作为坚强后盾的大力支持。走出大山的步伐，有亲人温暖目光关注，有乡亲道义情怀相伴，有老师殷切期待相随，有党和国家民族政策的温暖扶助。有的更是举全家全村之力，才能把山里孩子送出大山。这种求学艰辛读书不易让学子们既有努力学习的动力，更有学成报效大山故土感恩父老乡亲的心结，情怀道义融化为一片赤诚感恩之心，或执着于民族教育事业，或倾力于研究弘扬民族文化，这本书中几位作者都在从事民族文化的传承与研究。如，今旦在读书期间制订了《苗语拉丁化学习草案（黔东区）》，参与了西南少数民族文字创建的前期工作，伍忠纲收集了大量布依族传统文化资料，谭良洲写下了数本侗族文化小说，王继超整理出版了三十多部彝族文献学术译注……几代人大都选择了教书这类职业，透示了走出大山的民族学子几乎本能地把改变本民族教育落后、贫穷困苦的历史寄望于发展民族教育，保护和弘扬民族传统历史文化。这是他们对于故乡，对于养育他们的民族最好的回报，最深的感恩。

从几代人走出大山的历程中我们看见，扶持和帮助少数民族最有效的办法就是培养人才，就是发展教育，就是保护弘扬民族文化。几十年来，正是在党和政府的关怀下，大山深处的民族同胞才得以摆脱大山的束缚走向山外。从历尽艰辛凑钱上学，到政府提供生源地贷款，还有奖学金补助金，从跋山涉水每天走几十里山路上学到住校学习，学费全免还有生活补贴，从语言不通考学困难到定向招收山区民族学生，为边远山乡学生专门办班以满足民族学生读书需求……历史走到今天，大山无言，沧海桑田已然巨变。大山深处的民族学子有了不同于父辈的学习生活条件，社会对民族学子有了更多的关怀和支持，民族地区教育条件正在快速改变。"再穷不能穷教育，再苦不能苦孩子"已成为各级执政者的共识和责任，通向山外的小路不再那么蜿蜒曲折。我们欣然看见越来越多的民族学子穿越父辈艰难的心路历程，坚实地走向山外的世界，走向改变命运的校园。这本走出大山的求学故事记录着这种改变，叙写着一代代民族学子走出大山的执着，昭示着山里孩子走向未来的希望。在这种意义上，这本书自然就有了独特的意义和值得一读的价值。

目录 Contents

前　言

　　中国自古就是一个多民族的大家庭。各民族具有悠久的历史，勤劳勇敢，富于聪明才智，涌现出了无数杰出的人才，创造了光辉灿烂的历史文明，对中华民族的整体发展和祖国的统一大业做出了不可磨灭的历史贡献。这些人才，不仅是各民族的骄子，也是整个中华民族的栋梁，他们的光辉业绩，有如灿烂的星斗，光照中华民族的史册，感召后代子孙的奋进。

一

　　我国的民族自治地区多分布在边远山区或经济落后的地区，但这些地区却是我国资源丰富区域，要使之得以开发和发展，就必须提高少数民族的综合素质，然而这些都有赖于教育发展和人才培养。

　　党和政府在不同历史时期和不同背景下，都极为重视发展少数民族教育事业，从少数民族的实际情况出发，逐步摸索出灵活多样的办学形式：针对部分人口稀少、居住分散、交通不便和游牧等特点，设立全日制寄宿制及半寄宿制学校；除举办普通中小学外，还设立民族小学、民族中学、民族职业学校、民族师范学校等，从而不断推动和促进了少数民族教育事业的繁荣发展。正如学者所言，对于少数民族教育事业的巨大发展和成就，教育政策的正确引导起了重要的推动和保障作用。

　　抗日战争全面爆发后，中国共产党高举团结国内各族人民共同抗日的大旗，要求全国各族人民团结一致、共赴国难，将日本侵略者赶出中国，这是党的民族政策的根本原则。

1938年，《关于绥蒙工作的决定》指出，"要尽力设法培养民族干部，其文化程度较高者，进步有为者，可送到边区受训。普通的干部，则由当地自办训练班，进行短期训练。"1939年，《陕甘宁边区抗战时期施政纲领》指出，"实现蒙回民族在政治上、经济上与汉族的平等权利，依据民族平等原则，联合蒙回民族共同抗日"。从1939年到1942年三年间，就有9批蒙古族青年来到延安学习。1941年，延安民族学院成立。学院成立初期，就招收了200多名优秀青年学员，来自蒙古族、回族、藏族、苗族、满族、彝族、汉族7个民族。抗日战争时期，中国共产党为蒙古族培养了大批有组织能力、革命觉悟高的蒙古族干部，为抗战以及抗战胜利后的后续工作储备了一大批优秀的蒙古族领导骨干和民族工作者，不少人回到内蒙古工作，成为内蒙古抗日的中坚力量，为内蒙古的革命和建设做出了巨大的贡献。

第一次全面、系统地论述、部署少数民族教育的文件是1950年政务院第60次政务会议批准的《培养少数民族干部试行方案》。《方案》把"普遍而大量地培养各少数民族干部"提高到"为了国家建设、民族区域自治与实现共同纲领民族政策的需要"的高度。

1995年3月颁布的《中华人民共和国教育法》以及2005年5月31日颁布的《国务院实施〈中华人民共和国民族区域自治法〉若干规定》第22条都明确规定，各民族有使用和发展自己民族的语言文字的自由，民族自治地方的自治机关保障本地方各民族都有使用和发展自己的语言文字的自由；凡以招收少数民族学生为主的学校，可以用少数民族语言文字教学。

《国务院关于深化改革加快发展民族教育的决定》还全面规定了多渠道筹措民族教育经费、增加民族教育投入的政策措施："国家贫困地区义务教育工程""国家扶贫教育工程""西部职业教育开发工程"等要向少数民族和西部地区倾斜。

改革开放后，在招生和培养学生方面，国家对少数民族考生采取降分录取，先办预科打基础，后上本科专业，定向招生、定向分配等措施，加大了对少数民族人才的培养力度。

2015年8月18日，全国民族教育工作会议在北京召开，这是新中国成立以来第六次、改革开放后第四次民族教育工作会议。这次会议对推动民族教育实现新发展、新跨越做出了一系列重要决策部署。

新颁布的 2010 ~ 2020 年《国家中长期教育改革和发展规划纲要》强调，"各高校要结合本省本地区的实际情况，进一步加强少数民族学生教育与管理，为少数民族地区培养各种实用性人才，为各民族共繁荣、共发展奠定基础"。

在党和政府的大力扶持下，通过民族地区自力更生和艰苦奋斗，中国少数民族教育事业获得了巨大的发展，取得了举世瞩目的成就：少数民族地区的教育发展水平与其他地区的差距在逐步缩小；已经逐步形成具有中国特色的少数民族教育发展体系；少数民族受教育的范围不断扩大，办学条件得到了较大改善，教学质量大大提高。少数民族教育事业的发展，为少数民族地区经济和社会的全面发展，提高各民族人口素质，巩固和发展社会主义民族关系，增强民族团结，构建和谐社会，以及维护社会稳定和祖国统一做出了重大贡献。

二

贵州山多，山地和丘陵占全省面积的 92.5%，境内有乌蒙山、大娄山、苗岭山、武陵山四大山脉，一条条山脉构成了一片波翻浪卷的山海。"地无三里平"成为贵州给世人的第一印象。

千百年来，大山养育了一代又一代贵州人，对许多人来说，大山是家，是母亲温暖的臂弯，是父亲粗糙的大手，是心灵深处最柔软的情怀。

王阳明到贵州时，曾经不无感慨地说："天下之山，萃于云贵；连亘万里，际天无极。"这是说天下的大山，都到云南贵州来了，横着看，连绵万里，竖着看，直达天际。这片连绵无际的大山，满含生机，储藏无尽宝藏，孕育多彩文明，产生独特文化；同时，也因为大山，造成了贵州交通不便、信息不畅、在经济上长期贫困的困境，在大山怀抱里成长的贵州人要付出加倍的努力才能推动大山的跨越式发展。

贵州是多民族聚居的省份，其中民族自治地方占全省总面积的 55.5%。截至 2015 年年末，全省常住人口 3500 多万，其中，少数民族人口占全省总人口的 36.33%，有苗族、布依族、侗族、土家族、彝族、仡佬族、水族等 17 个世居少数民族。贵州的发展离不开贵州各族人民的共同奋斗。

《贵州省加快发展民族教育实施方案》明确了贵州省民族教育事业到

2020 年的发展目标，即"民族地区教育整体发展水平及主要指标接近或达到全国平均水平，民族教育质量全面提升，服务全面建成小康社会能力显著增强"，同时明确了 18 个方面的重点工作任务。

目前，贵州省正在认真贯彻落实《中共贵州省委办公厅贵州省人民政府办公厅关于加强民族地区人才队伍建设的实施意见》，通过举办民族宏志班、民族预科班、双语预科班、民族班等班次并完善办班管理机制，健全人才培养机制，鼓励支持民族地区和东中部省市双向扩大高校招生规模，落实好少数民族高层次骨干人才计划等措施，不断提高民族地区人才队伍建设整体水平，促进各民族文化交流交融创新。

三

这部自述文集中，各民族学子用他们的亲身经历让我们深切感受到了党和国家民族政策的温暖扶助，在一步一步走出大山的过程中为他们的奋斗指明了前进的方向，提供了切实的保障，让他们走出大山的脚步更加坚实有力。

每一天，学子们怀揣走出大山的梦想，三五成群行走在晨曦微露之时和夕阳余晖之中弯弯曲曲的山路上。他们每天清晨翻过一座座山一条条沟来到学校，晚上再翻过一座座山一条条沟返回家中。那山村、老树、乡路、炊烟，以及父老乡亲们的勤劳、憨厚、坚韧，让人读出了漫漫求学路的艰辛与愉悦，浓浓故乡情的眷恋与深情。这也是为什么，许多作者走出大山若干年后，梦里依旧是山里的人和事。

同样的大山路，不同的时代，不同的人生。四十余位作者中，年龄最长的已近九旬，最小的几位是"90 后"，他们的故事横跨半个多世纪，串连成新中国成立以来贵州各民族学子的奋斗史。

对于二十世纪五六十年代走出大山的民族学子而言，经历过新旧两个时代，新中国百废待兴，党和国家十分重视民族干部的培养，他们满怀纯真的激情，渴望投入滚滚的革命洪流之中，为民族地区的发展做出自己的贡献。

今旦（苗族）正是在抗日战争和解放战争的炮火声中长大的，见证了腐朽的国民党政权的垮台，受到进步老师的影响参加过学生运动。在读书期间，他制订了一个以自己熟悉的台江县革东话为依据的《苗语拉丁化学习草案（黔东区）》，并据此编写了一册苗汉对照的《农民识字读本》，参加了西南少数民族文字创建的前期工作。

生于二十世纪五六十年代的一批人，受益于少数民族预科班、民族班等国家政策，通过自己的努力，从农村走入城市，施展自己的抱负，字里行间既有奋斗成功的骄傲，也有别人所不知的失落，他们纠结于"城里人"与"山里人"之间，想要重新寻找自己的根。

梁朝文（布依族）是故乡关口的第一个大学生，每次离开家乡，都是人生的新台阶，从合顺小学到代化中学再到贵州民族学院（今贵州民族大学），从一句汉语都不会说到成为《贵州民族报·民族语文周刊》执行主编，在传承民族文化的道路上，他留下了自己坚实的脚印。

对于新世纪走出大山的各民族学子来说，他们的眼光和心胸都与过去不同。走出大山，回望大山，当古朴的吊脚楼被水泥平房取代，当悠远的苗歌再也没人会唱，年轻一代学子的思想发生了变化，越来越多的人以传承民族文化为己任，重拾散落在大山深处的民族文化瑰宝，创造精彩的人生价值。他们身处信息时代，面向世界、具有开放的眼光，对理想的追求又有了新的时代印记。

刘玉叶（侗族）从小体弱多病，是农村医疗保险的普及让她走出患病的阴影，国家免交学杂费的政策让她实现了读书的愿望，有了助学贷款，更不必担心考上大学交不起学费，这一切让山里的女娃心里像麦芽糖一样甜，前途尽管并不平坦，但充满希望。

古人云：不识庐山真面目，只缘身在此山中。也许，只有当我们走出了大山，才能真正读懂大山。大山从远古走来，默默无言，任由人们在她的土地上耕种、收获，却很少有人发现她的美。当新的时代来临，人们回望大山，不经意间，被那些潜藏在大山深处的珍宝所震撼。从各种药材、矿藏到旖旎的山水风光，从独具特色的民族风情到闻名全国的非物质文化遗产，大山带给人们太多的惊喜和感叹。是的，无论我们走了多远，大山永远是灵魂的家园，是精神的根。

对于土地，对于家乡的热爱，深深浸透在字里行间，那是生长在大山中的人特有的感情。多数人选择了师范类院校，是期望尽早脱贫，减轻家里负担的真实愿望的体现。民族班、预科班、少数民族高层次骨干人才计划，的确让各民族学子走得更高、走得更远。而且不仅是人走出了大山，个人的视野和思想也都走出了大山。但也有很多人选择回到大山，将走出大山的希望传递给后面的人。

这一代代走出大山的人，他们追随着前人的脚步，照亮了后者的路，走过这条坎坷的路，吸取经验，摆正心态，原来贫困并不可怕，更不会因此而自卑。各民族学子在党和国家民族政策的关怀指引下，努力奋斗，迎来了最好的人生。

经历新旧两个时代，走过抗战烽火，见证腐朽的国民党政权的垮台，在进步教师影响下参加学生运动。刚入城的军代表公正平等对待少数民族的态度使你认识到共产党新中国是未来的希望。百废待兴时，你参与的西南少数民族文字创建工作，体现了党和政府对少数民族文化的关心。年近九旬的老人依然关注民族文化的发展，时光也见证了新中国第一代西南少数民族文化学者的成长。

坎坷求学路　风雨见阳光

今旦（苗族）

在工作中。

我生肖属马（庚午年，1930年）。"九一八事变"发生的时候，我还未满一岁，之后在抗日战争和解放战争的炮火声中长大。此时是祖国历史上一个内忧外患而又经历了艰苦卓绝的奋斗之后取得胜利的伟大时代。我的求学之路也随着时代的脚步从彷徨和困苦中走向光明。回首往事，不禁感慨万千。现在就让我来摆摆（说说）这些故事吧。

我的家

现在的剑河县革东镇大稿午村是一个苗寨，也是我的衣胞之地。早年我的祖先们打猎来到这里的时候还是一片茫茫林海，杳无人烟，他们看到这儿有一条长约十里，宽一二里的坝子，还有一条溪流从坝子中间穿过，是个山清水秀、土地肥沃的好地方，便定居下来了。

经过约 600 年的艰苦创业，到我高祖曾祖的时候，衣食无忧，可称小康。我祖父桑麻公（Ghet Sangb Mal）因嗜鸦片而家道中落，以致我父亲旦桑公（Ghet Dangk Sangb）只读过四年私塾就不得不辍学务农。桑麻公逝世后，父亲吃苦耐劳，忙时务农，闲时经商或外出务工，家业中兴后，少置田产，除继续经商外，投资手工业，置有碾坊一座。

父亲常说：要饭也得盘（供）你们几兄弟读书。他的目的很明确：苗家人当不了官，读书不为当官，而是要让我们通晓汉语汉文，能够出远门做生意，不受欺被骗。因此，他从我儿时起便教我珠算，背各种口诀以及识假辨伪的方法。比如，一斤肉三元，一两合多少钱？那时是十六两制，拨算盘很慢，口诀一背得数就出来了：一六二五，二一二五，三一八七五……这前面的第一个数表示一斤东西的价钱，后面的数表示一两的价钱。比如"三一八七五"表示，三元一斤的肉，一两合一角八分七厘五毫。他不仅口头教，而且放手让我去做。

1944 年暑假期间，他拿一百元大洋，叫我只身到台江县城去做生意，把银圆换成法币，再拿到革东来换银圆以赚差价，这是他对我的首次考验。可能因为我没有这个天赋，加上时代的变化以及机缘巧合，我没能如其所愿而走上了另外一条道路，成为他和我都未曾料到的"三耕人"：舌耕、笔耕、锄耕。这就是日后我把自己的陋室命名为"三耕室"的由来。

私塾启蒙

1937 年我 7 岁的时候，我们村附近还没有公立学校，每年由一两个热心教育的家长出面"邀学"，逐一访问有适龄学童的人家，让他们送孩子上学。等邀约到十多二十个学生后再去延请老师前来执教。

1938 年春节后，大小稿午几个寨子准备请老师来办学。有一天，父亲外出做生意去了，堂伯父雄丁麻（Xongt Dins Mal）公对我母亲说："让今（我的名字，不带父名）读书去吧！"那时一般都是十岁以后才启蒙，我妈觉得我还没到上学年龄，家中又有弟妹需要带，就推说："他还小呢，过几年再去吧。"伯伯说："有福哥带着呢，怕什么？"福哥是伯伯的小儿子，长我五岁，与我同时启蒙。母亲只好搪塞道："晚上你来问问他，想去就让他去吧。"

晚饭前母亲对我说："等一会伯伯来问你想不想去读书，你就说，你还小，等长大点再去。"

晚饭后伯伯真的来了，他一问我便说想读。妈妈在旁听了老大不高兴，又推说："他爹不在家，让这么小的孩子去读书，他回来要骂我的！""有我呢！""我现在也没有钱啊！""钱也不是马上交，要交我可以先垫上。"妈妈无话可说，事情就这样定了。

苗家孩子生下来后就有一个子父祖几代连称的苗名，到读书的时候才取书名。伯伯临时给我取书名叫吴胜和，福哥叫吴胜贵。第二年老师算八字，说我金多火旺缺水，改名为吴涤平。新中国建立后，为了表达获得解放的庆幸之情，我申请用"今旦"二字来译写苗名 Jenb Dangk。它的含义是：今天，一轮红日已从地平线上升起。

过些日子父亲回家了，母亲向他告状。但父亲既没有责备她，也没有说我不对，只说："去就去吧，早读两年也好。"就这样，我迈出了人生道路上的第一步。

所谓学堂，只是一个学生家大约 30 平方米的一个房间，20 多个学生挤在里面，桌凳全是各人从自己家里扛来的。房间正中墙壁上贴着一张写着"大成至圣先师孔子之神位，三千子弟七十二贤"的大红纸。神位前是一张方桌，上放一个香钵和老师的一把戒尺及笔墨砚，旁边是老师的床铺。

举行开学典礼的时候，每个学生穿着新衣，各执一炷香到神位前跪拜，烟雾弥漫，睁不开眼。然后学生、家长和老师一起会餐。第二天开始上课，学生一进门，先向神位作揖磕头，然后各回自己座位，听候老师点名上课。点到谁谁就拿着书本走向神位前的方桌，由老师打开书本逐字逐句教，学生随声念读。教过几遍，这个学生下去复习，另一个学生上来。每人所学的内容和进度都不一样，有的读《大学》，有的读《孟子》，有的读《增广贤文》，有的读《幼学琼林》等等。同是启蒙生，都从《三字经》的第一句"人之初"教起，因为各人的接受能力不同，到第二第三天距离便拉开了。比如，甲生第一天教四句，第二天背下来了老师就接着往下教，乙生三天也背不了三句就止步不前，直到背下来了老师才往下教。有的学生一年读不完一本《三字经》，有的不仅读完《三字经》，还读完了《百家姓》。

我是班上年龄最小、旷课最多的学生。父母给我的任务主要是带弟妹和放牛，读书只当做游戏。因为我是长子，弟妹都年幼，父母一旦上山干活或有事外出，我就得弃学在家带他们。

家里养了一头黄牛。为了节约劳动力，家族父老商定放"伙牛"，即十几家的牛轮流一家放一天。这么多的牛，一个七八岁的娃娃怎能看得住？比我长一岁的堂哥牛桑尤家也有一头黄牛，两家大人说好，轮到谁家，两个娃娃一起去放，这样一来，每十多天就有两天放牛去了。

三天打鱼两天晒网，我一年读不到半年书，自然读不完几本书，认不得几个字了。不过，我的好奇心特别强，当老师教别的同学的时候，我也默默随声念诵，到老师给我上新课的时候，这些内容已经比较熟悉了，只教三两遍就能背下来。老师觉得教这样的学生不费力，也就特别喜欢我。同学们一旦有什么事要向老师报告便推我去。

有几次，天热难熬，大家都想下河洗澡，又没人敢去向老师请示，大家让我去找老师，可我又不会说汉话。其实，老师祖籍是我们寨，祖辈迁到革东街上，乳名岩，人称吴老岩，学名吴光鉴。他是我的祖辈，是听得懂苗话的，但在学堂里同他交流一定要用汉话，这是没有规定的规定，客观上起到了提高学生汉语听说能力的作用。

我问："叫我咋个去说嘛？"有个叫吴正章的大同学教我说："先生，洗澡！"我硬着头皮大着胆子向门里伸出半个头，叫了一声："先生，洗澡！"有时得到痛快的回答："去吧！"有时却叫每个人到他面前伸出手，随意写上一个字或画个圈儿，回来后逐一检查，谁手上的字模糊或消失了便"啪、啪"给他几戒尺。这是避免学生进入深水区出现危险的举措。

那时写有字的纸是不许乱扔的，有大同学告诫我们这些刚入学的小同学说，字纸乱丢不得，更不能脚踩或垫坐，不然有一天要变成瞎子。对此，我们都深信不疑。教室里备有一个竹篓，贴有"敬惜字纸"四个字，废纸一律丢在里边，有时老师趁我们去洗澡，叫把字纸带到河边去烧了，同时还要焚香点烛，俨然恭送神灵。多么神圣的字纸啊！

学生交的学费包括实物和现金两项。实物一年一人一挑柴，一斤食油，一斤盐，老师抽烟的还要一斤叶子烟。钱要看学生已读过几年和现在要学的内容决定，启蒙的一人光洋一元，其他的两三元不等，如果"开讲"则收费更高。

老师一般只教学生读、认、写三项，不加分析讲解，因此许多人读了七八年的书，课文倒背如流，认识许多生僻字，却不了解其中意义，这就需要"开讲"。所谓"开讲"，是用现代汉语翻译解释所学的内容。偶有一两个学生要求"开讲"《左传》《诗经》之类，老师自度难以胜任，往往以索要高额开讲费或其他理由婉拒。苗娃娃们虽然读不懂这些儒家经典，却很有创造力，用苗语谐音的方法去读，倒也自得其乐，不觉枯燥乏味。如读《三字经》首句"人之初"之后，学生们接着用苗歌押调规律编些句子读下去："Renf zib Cub, Gangf diangb kab. Diuk eb Sob, Naf tob tob……（人之初，握犁头。蘸辣椒，辣乎乎……)"《中庸》里的"伐柯伐柯，其则不远，执柯以伐柯……"则读成："Fal gos fal gos, Liangl ghangb Liangl diongs, Dal hsob dal mos, mongl hangb lol vangs……（刚立又倒，秃尾鹌鹑，丢衣弃帽，回来再找……）"

一放学，大家就唱着这些莫名其妙的语句，像出笼的鸟儿一样飞回自己的家去了，第二天又重复前一天的课程：读书、背诵、写字、认字。

读，是老师上新课，学生跟着读或自习，但都要求读出声音来。背，是将书本放在老师面前，学生背向孔子神位，把前一回学过的背诵一遍，背下来就回到自己的座位去，背不下的老师可提示一下，再背不下就打手板或放学时留下来，叫作"关学"。写，以各人的学历定方法和内容，一般是填红、描影、临帖三步走。填红多是老师用学生从山上挖来的铁矿石在碗里磨成红色液体来写，然后学生以墨笔一笔一画填写。描影是老师以墨笔写了一篇字，学生拿来放在白纸下面，显出字影再照影描写。这可免去老师每天给每人写红字之劳。"上大人，孔乙己，化三千，七十士，尔小生，八九子，佳作人，可知礼也"；"一去二三里，烟村四五家，亭台六七座，八九十枝花"。这是一般初学写字的内容。至于临帖，那就各显神通了，买到什么临什么。我临的是颜体楷书《正气歌》。当然只是依样画葫芦，多数字也不认识，更不了解它的内容，因为一直写了几年，后来到中学学它的时候，很快就可以背下来了。认字是老师在写字本的空行间写上几个学过的字，让你读出声音来，读不出一个打一板手心，然后再教你怎么读。我还算幸运，在整个私塾期间没挨打也没关过学。

第二年请来了剑河县城的一位出门当兵多年刚返乡的汉族老师，名叫徐德厚，初来时一句苗话都听不懂。他在我家与我同吃一锅饭，同睡一张床，朝夕相处，环境逼着他努力学苗话，半年后基本上可以交流了。我的汉话也稍有进步，但也只限于"吃饭、喝水、睡觉、开门、来、去"等常用的词语。

由于他在外多年，到过许多大中城市，见过许多新事物，对旧的教学方法和教学内容颇有微词，极力主张改革，并希望我父亲支持，教学内容从我开始改用白话文的国民小学课本。

当年仍然按旧式教学，还得设孔子神位，读各种儒学经典。次年，开始有小变，没有了神位，除了少数年纪比较大，读了五六年旧书的以外，一般都选用国民小学课本，从"你今年几岁？我今年 × 岁""你是中国人，我是中国人，他也是中国人，中国人爱中国"教起，尽管都是白话，我们还是只能认读，不知道是什么意思。没有黑板就用一块旧门板代替，没有粉笔便从山上挖一些白沾泥晒干来用。

有一次老师指着黑板对我们说："哪个去把黑板揩了！"大家大眼瞪小眼，也不知道说的啥，我懂得"开门"，自以为这就是"打开"的意思，马上用苗话说："Hot bib yuk liul diux niox（叫我们把门板放下来）。"几个年纪大的同学七手八脚去抬门板，老师连忙制止，同时用手势作擦黑板的样子，原来此"开"不是彼"揩"呀，这使我感到十分羞愧。

这位老师教学比较认真负责，也有爱国情怀，常教唱抗日歌曲。我们学的第一首歌：《牺牲已到最后关头》，虽然不懂内容，但那雄壮的歌声，却令我们热血沸腾。十天半月也会带领我们到野外去赛跑，做二人三足或捉猫猫等游戏，很受学生欢迎。但他要求过于严苛，用对待军人的办法来管教学生，动不动就体罚，打手板是常事，跪木板，顶水盆，打屁股也不少见。有个叫金银夺的学生，是独子，家道殷实，平时娇生惯养，表现不好。有一次背不来书，惹得他脾气大发，让这学生趴在长凳上，狠打屁股，好几天卧床不起。他父亲一边敬鬼敬神，以求消灾，一边扬言要来兴师问罪，打老师泄愤，经我父亲一再劝说才罢休。从此这个学生再不来学校了，这一年结束后，老师也不再来，家长们只得商量另请他人。

这一年（1941 年）请来的是台江县城东郊交孟寨名叫王文光的老师。他来之后，实行了全面改革，称为改良私塾，一律采用国民小学课本。只是根据学历及接受能力分两个层次进行复式教学。低班从第一册教起，高班从第二册教起，教过低班，让其自习，再教高班，如此往复，而不是一人一个进度，面对面的教学方式了。课程还是只有语文，没有算术，后来也教认读阿拉伯数字，1，2……90……100 等，但不教运算。我父亲初次见到这些符号，觉得很新奇，拿来与他平时记账用的数码字"一、二、三"相比，把它叫作洋码子。此外也教过抗日歌曲《到敌人后方去》（赵启海词，冼星海曲）和《踏雪寻梅》（刘雪庵词，黄自曲）等。这为我们后来进入正规的中心小学奠定了基础。

不懂加减乘除的小学生

1942 年听说省立五岔小学要迁到革东，改名为台江县立德风中心小学，全乡学生都要到那里去读书，各寨都没有再办私塾了。休学一个学期，到9月间开学才去报名。当时只有一到四年级四个班。因为我读了四年私塾，就把我分在四年级。在我们班的二十几个同学中有二十来岁的，有从台江、剑河县城小学转学来的，也有上过初中一年级的，就我年龄最小，读书时间最少。当时有规定，在校生不服兵役，有的大龄生只是为躲避抓丁而来。父亲说，你这么大胆，同这些人在一起，你能跟得上吗？改读三年级吧。我说，又不是我要读，是老师安排的。第二天我去请求改动，老师说先读着看看，跟不上再降。

从此我开始接受现代正规教育。我这个私塾出身，汉语能力低下，连加减乘除符号都不认识的学童，刚开始的困难可想而知。也许是因为年纪尚小，心无杂念，记忆力强的缘故，很快就适应了。可惜，祸不单行，"黔东事变"的风暴袭来，我父亲又卧病在床，叔叔在与保安团的战斗中身负重伤，几乎丧命，我作为长子，只得请假回家照顾。不久，学校提前考试放假，发榜的时候我居然名列甲等第一名，可谓瞎猫碰上了死耗子。

"黔东事变"是反对国民党政府借抗日之名苛派粮款，随意抓丁的一场农民暴动，声势浩大，波及整个黔东地区及湖南新晃县等地。当局派保安团及正规军119师前来镇压，其中一个团（团长叶迪）就驻在革东，校园成了军营，四周都是坚墙壁垒，街口的大树上悬着砍下的人头，所有路口都设岗哨，对过往行人一一搜身检查。在得知保安团快到的时候，我们附近几个村子全往外逃。我全家连夜到僻远的屯州山寨姨妈家去避难，第二天清晨，在一阵枪声之后，对面的猫猫寨变成了一片火海，下午便听说我们村的松独公被枪杀了。

在这避难的几个月里，我成了全职牧童，白天带着饭跟在牛屁股后，同一群小伙伴上山放牧，有时割上几把草放在牛背上驮回。晚上随表哥们去唱歌游方，倒也十分快乐，学业却荒疏了，直到四五月间学校复课才离开姨妈家。

为了使我有个较好的语言环境，尽快提高汉语交际能力，父亲下了狠心，让我住到革东街上王申卓家去。他父亲是汉族，母亲是苗族，家中成员汉话、苗话都会说，但在家里一般都说汉话。

暑假，两家合请了五岔的一位武术师（Ghet Box 保公）来教武术，他虽是文盲，汉语也不甚熟悉，不会说什么"上打雪花盖顶，下打古树盘根"之类的江湖花腔，也不懂什么"南拳北腿"的武术流派和"肘不离肋，拳不离心""练拳不站柱，建房不打桩""眼观六面，耳听八方"之类的谚语，功夫却是很硬的。清晨起来，不洗不吃不喝不拉撒，练上三几个小时，满身大汗才盥洗吃早饭。晚饭过后休息片刻，又练到十一点左右收场，消夜再上床，每天只睡六个小时左右。要求我们做到：站桩人推不倒；水滴进眼不眨；耳听身后风声；手击石成碎块。真是魔鬼训练，打断了几根棍子，幸好没有伤人。我至今腰腿尚称顽健，还能爬山舞棒，也许与这有些许关系吧！

我在王家的这一年多的时间里，汉语有很大提高，也促进了学业的进步。我们在学习了课文《晏子使楚》之后，同学们便把我叫作晏婴，因为我年纪最小，个子最矮，成绩甲等，而且苗语汉语溜熟，几个学期都被选为级长。好景不长，到升入六年级的时候，班上同学，有的夭亡，有的从军抗日，有的以同等学力考入初中，有的应聘教书，有的结婚生子回家务农，只剩下四五个年纪较小或无处可去的同学，这个班就办不成了。我本可考初中的，因为父母认为年幼，一人远去县城求学，颇不放心，只好失学回家帮忙家务，放牛砍柴，或者与同龄伙伴们换工薅秧锄地混光阴。

一年"孩子王"

俗话说，"家有三斗粮，不当孩子王。"我这半大孩子可真当王了。1945 年春，原同班同学，族叔吴正秀被任命为屯州保国民学校校长，因该保未定校址，暂时设在我们寨上，我义务帮他代上语文课，秋季开学，学校选址在该保的八朗寨，同时增加一个教师编制，我正式应聘为教员。月薪一块大洋，一斗米（50 市斤）。到造薪俸表的时候，我见到的是我父亲的名字，感到十分奇怪，问他：为什么聘书写的是我，领薪水却是我父亲呢？他说：你还没满十五岁，报你县里不会批准，聘书是学校自己发的，县里管不着。花木兰代父从军，我是代父任教啊！

八朗寨在半山坡上，秋冬枯水季节，半夜起来排队取水，自己砍柴做饭，无菜时下山到小河沟里捉螃蟹，住的是月来点灯，风来扫地，废弃已久，摇摇欲坠的吊脚楼，晚上还会有耗子爬上床来与人做伴。生活虽然艰苦，却给我留下了美好的回忆。当数十年后，我和学生们都已老去，偶尔重见叙旧，连比我年长的都亲切地叫我老师并向我敬酒的时候，忘掉了人生旅途上的坎坷，感受到了最大的安慰。

村里第一个中学生

在当时当地，能够端上小学教员的饭碗，已经是让人羡慕的了，但我并不以此为满足。1946年初我辞了职，以同等学力报考剑河县立初级中学，在100多名考生中，以第6名录取。

在剑中的一个学期里，由于校长和教导主任的更替，后半学期处于"无政府"状态。学校发不起工资，有的老师辞职，有的课聘不上老师，有的课虽有老师，也是时到时缺，没事大家就到河里游泳。我在这里，连26个英文字母都没有学会，只是游泳有长进，可以横渡清水江了。

这里应该特书一笔的是，有位叫杨肇寰的国文老师十分敬业，在那种情况下仍能束紧腰带坚持上课，甚至把别人空出的课时也用上，没有课本便把要教的文章，一字一句写在黑板上，抄完后再来讲解。也许因为白话文都比较长，不便板书，所以全教文言文，我现在还记得的篇目，有《乐羊子妻》（出自《后汉书·列女传》），《马说》（韩愈），《浪淘沙·帘外雨潺潺》（李煜），《与妻书》（林觉民），《正气歌》（文天祥），《春夜宴从弟桃花园序》（李白）等。这些都是好文章，当时全背下来了，受用终生，衷心感谢这位老师！

我家距剑河县城60多里，逢赶场天可以买舟东下，三个小时左右到，但航道狭窄，水流湍急，波涛汹涌，尤以十里长滩的老虎跳一段最险，远远便可听到隆隆涛声，每每到此，乘客都得下船上岸步行。

所谓"老虎跳"，是说老虎可以从此岸纵身一跳到彼岸，河道之窄于此可见。其下面的金银桥一段，南是高山密林，北临滚滚清江，上不挨村，下不着寨，仅一条曲曲弯弯的羊肠小道通过，不仅时有毒蛇猛兽出没，还常有强人在这里剪径。我只是一个尚未成年的穷学生，每过此处，都不寒而栗。我在来回之间曾经历过两次凶险，一次是到十里长滩头下船步行，因路稀苔滑，不慎重重摔了一大跤，脑袋砸在石板上，一时昏了过去，幸有同行者扶起，这一摔竟成了脑震荡，到校多日还头痛头晕。再一次是回家取生活费，要过一条小溪，在行进间，忽然山洪暴涨，使我进退失据，远望溪口处泊着一条小船，我高声呼救，但无人回应，只好不顾衣裤全湿，顺着溪流边游边往回退，一旦冲下清水江，人间就再也没有我这个人了。

虽然两次都是有惊无险，但忧虑在我父母心中却难以抹去，催促我设法转学。我也觉得学校那种状况不会很快转变，与其继续在那里混光阴，不如另寻出路。碰巧天如人愿，台江县立初级中学在招二年级插班生，我抱着试一试的心理去报考而且侥幸录取了。入学后，由于数学和英语基础太差，我听课十分困难，经过努力，英语赶上去了，期终考试代数只得58分，需要补考，这是我历次考试成绩最差的一次。

国文老师是当时的教导主任、后来的校长张树福兼任，一直到毕业都没有换过。他曾任《贵州日报》外勤记者，文字功底较为深厚，要求特严。入学写的第一篇作文是《促同学迅速到校上课的一封信》，我因私塾出身，又受旧尺牍书的影响，全用旧的格式和语言来写，满篇多是什么某某学兄台鉴……光阴荏苒……系念良深……顺颂学绥等等陈词滥调。他没有改动一个字，却写了一段长长的批语，意思是作文要用自己的语言来抒发自己的思想感情，不要抄书。这无异于当头给我泼了一盆冷水，感到十分委屈，从此再也不敢用半文不白的语言来作文了。多年后才知道，这是一副苦口的良药啊！

台江中学校风正，校纪严，要求高，一旦违纪轻则记过，重则开除，一门主科不及格便留级或降级。虽然设施简陋，但有各种文体活动，经常举办篮球、排球、乒乓球、游泳、跳高、跳远、爬山等体育比赛；汉语、英语演讲比赛；歌咏、论文、壁报比赛；期末还自编自导自演话剧、魔术等节目，欢迎社会人士观赏。所有这些活动除个别项目外我都参与，有的比赛名落孙山，有的也喜摘桂冠。

多年后，在贵阳见到当年低我一年级的一位姬姓同学，彼此已经不认识了，当他说出我演出一个魔术的细节时，我恍然如在昨日，哈哈大笑。在台中的两年里，我一点也不敢懈怠，怕一不小心会被留级，最终以第二名的成绩毕业。

在所有老师中，给我影响最大的是国文老师张树福和数学老师陈国魂。前者教学认真负责，批改作业不惜笔墨，每篇作文都有详细的批语，指出文章的优缺点。有几次还把我的文章拿到班上作为范文念读和评论，这对我是最大的鼓励和鞭策。

有一次期中考试他出了20道题，题型有作文、问答、填空、辨误等，内容有词语解释、语法修辞、文学史等。给我打了满分后还当面鼓励一番说：这次命题范围广，难度大，你都答得很好，说明你的知识比较全面，但不能骄傲自满，更要继续努力。在他的关心和极力争取下，我和他的弟弟张树昌一起获得了保送南京国立边疆学校就读的机会，因而走出了大山，看到了外面更精彩的世界。

陈老师是湘西人，原在长沙就读于师范学院数学系，因参加学生运动被开除。他有个姐夫是国民党部队的师长，叫他去谋个一官半职，他没有去，改了名字后来到贵州，受聘于台江中学。我和他有过很多的私下交往。他没有被褥，我把自己的给他用，有时晚自习后，他带我出去吃甜酒鸡蛋。他是数学老师，但并不关心我的数学学习，却引导我读《母亲》（高尔基）、《静静的顿河》（肖洛霍夫）等苏联名著，还告诉我，苗族除了贵州，云南、广西都有，湘西也不少；满蒙藏都有自己的文字，苗族也可以创造自己的文字。我觉得十分新奇，便问："咋个造法？""像英文一样，用拼音。"这是我原来所不知道的。"听君一席话，胜读十年书"，他的话使我茅塞顿开，看到了更宽广的天地，加强了自己的民族自尊心。

他平时寡言少语，不显山露水，有的事情自己不出面，通过他的同乡——英语老师张赐忠来同我联系。所有家不在城区的老师都同住校生一起开伙，学生自己交大米、菜金，老师的由县政府按月提供。有一天早上，张老师来说没有饭吃了，他们要罢教，要我发动同学支持。我是学生自治会主席（当时称理事，各部负责人称干事），又是膳食委员会主席，立马叫上监厨、采买（都是学生轮流担任）前去找校长张树福。他令龙司务长带上我们几个先去县政府，得不到就向几家大户借一点来把当天的问题解决再说。同学们一听说这事便炸开锅了，特别是几十个住校学生，更是怒不可遏。我们交的吃光了，老师的却拿不出来，让我们一起挨饿！这一把火一点就燃了。其实这事只经过半天，但在那小小的地方，却闹得满城风雨，各种传说都有，对我也产生很大的影响，以致受到父亲的责问："有人对我说你在学校带头罢课，有这事吗？怎么不好好读书？"

1948 年 6 月，到贵阳考试时准考证的照片。

1948 年春节期间，德风乡乡长张先荣私下向我父亲透漏说："国民党县党部某人命我把你家吴涤平抓起来，他是我最好的学生（张曾是我读小学时的校长兼国文老师），我不会下手，但也要避一避。"这样的恐吓，也是事出有因吧！

陈老师在我们毕业的时候，也辞职离开了台江。不久我们到贵阳，在师范学院又见面了，他还把他的两个朋友田某和钟某向我作了介绍，后来这两人都应聘到台江中学任教，他也到凤冈中学教书。我到南京后和他仍有书信来往，直到临近解放，邮路断绝。后来得知，他那两位朋友中的一位到台中当了教导主任，因叛徒出卖被捕押送镇远枪杀。

直到如今，快70年过去了，我一直不清楚陈老师的真实身份，也怀疑他是不是苗族？为什么要把那些属于个人秘密的事告诉我？种种迹象表明，他至少应该是位有进步思想、倾向革命的人吧，这是后话。

一路风尘到省城

我毕业后回家住了一个星期便匆匆赶往贵阳，一边参加高中招生考试，一边等待保送南京边校的消息。7月10号左右，我带上几件换洗的衣服和几十块大洋到台江，下午同张树昌和他大哥一起到了他老家南兄住了一夜，第二天由他二哥护送到凯里。当我们走到台盘大寨的时候，遇上了转学到贵阳去读二年级的李儒辉同学及他的堂哥和我俩的同班同学王宗豪，我们6人一起抄小道翻铅厂，过化铅乡到凯里，晚上树昌和我持他哥的介绍信去拜访了李长青老师（中共地下党员，后来任凯里苗族自治区副区长）。次日由凯里过万潮到清平。

我们四个学生，初次出远门，连续几天步行，头上顶着烈日，脚上穿着草鞋，穿行在崎岖的山道上，既没有带干粮，中途也没有卖饭的地方，只得以山泉水充饥解渴。到第三天脚板起了血泡，借着喝水的机会，在阴凉处躺下就不想起来了。好在有两个护送的老大哥催促着，才一颠一跛地继续前行。

当夕阳西下我们爬上山坡上望见清平的时候，似乎近在咫尺，但两脚却像灌了铅似的，提不起来了。"行百里者半九十"，剩下的十里真比九十里还难走啊。抬头远望忽然见到一庞然大物从远处轰轰而来，地动山摇，那是汽车吗？我们谁也没见过这种怪物呀，真是眼界大开，精神为之一振，想赶紧走近看个究竟。

第二天一大早，护送的两位大哥起程回家，我们四人在小食摊上刚开始吃米粉，忽听轰轰声从东边由远而近传来，马上起身站在路边等着，一边挥手一边呼叫："去贵阳，去贵阳！"车一停我们唯恐它又要跑了似的，也不问车费多少，七手八脚便爬了上去。

这是一辆军车，上面装满空汽油桶，既无站位更无座位。有的坐在车顶上，有的拉紧绑油桶的绳子吊在车边，一个个灰眉土眼，一路颠簸而来。走到半路司机停下车来让大家方便，同时收钱，每人大洋一元。这在当时叫作"搭黄鱼"。路况又差，安全没有保障，途中偶见四轮朝天的肇事车。这第一次坐汽车的滋味虽不好受，毕竟还是比步行好多了。

　　到贵阳已经是暮色苍茫不辨南北西东。何处去食宿？我们手上握着两个地址：一个是正新街李文裳先生家，一个是黄土坡大来旅社李儒云先生家。前者是台江城关人，办木行发家后定居贵阳，时任南明烟厂厂长，是一位非常关心家乡青年才俊的实业家，曾资助台江籍人唐春劳完成从中学到大学的学业，凡找到他的家乡人都乐于接待。后者是李儒辉的大哥，时任贵州省政府助理秘书，后来是贵阳市人民政府首任民委主任。

　　我们一边走一边问，终于找到正新街李老先生家并住了下来，第二天才去黄土坡找到儒云先生。他家刚刚添丁，而且只住在旅社的一个房间，难以安排食宿。在李老家长住也不方便，只得设法找客栈，碰巧邂逅此前来贵阳考大学的原台江中学的英语老师王维宁（燕宝），当时他通过熟人借住在西南中学，他约我们去同住。

　　这原是一间旧储藏室，阴暗潮湿，蚊子老鼠成群，但晚上有个栖身之所而且节约几文钱也不错了。吃则在市西路口的一个小饭馆里包客饭。所谓客饭是一种经济实惠的餐制，单人一菜一汤，多人共餐则各增一菜，但花样不重复，饭不限量，菜和汤由老板配制。每人价钱固定。

　　那时是自主招生，时间考题自定。我们白天四处奔波，看各校的招生简章，只要时间不冲突就去应考，求个东方不亮西方亮，如果被多校录取也有个选择。考完后，李儒云先生也搬到太平路口来了。那是一座三层小楼，一层是门面，他家住二层，我们搬到他家来住三层。不久，录取通告先后发布，我们分别被几所学校同时录取。王宗豪选读贵阳高中，李儒辉读程万中学。

1948年9月14日，离开贵阳前于米高罗相馆留影（左起：王宗豪、张树昌、吴涤平）。

　　这时已是8月下旬，张树昌和我保送南京的事还没消息。不能在一棵树上吊死，眼看各校报到时间要过，只得各选一校了。张树昌选读师院附中，因为贵阳中学文理分科，我偏爱文科，就决定读贵阳中学文科。某天，我们在中山东路贵州日报阅报栏，看到当天报上一则消息说贵州省保送南京国立边疆学校的张树昌、陈××、吴涤平已获批准。这位陈姓同学据说是清镇人，后来并没有去。晚上我把这消息告诉李儒云先生，他说已临近开学，让我赶紧回家把二人的旅费带来。第二天我便乘货车回去，到重安江下车再步行到旁海。这条路我从来没有走过，中途也不见一个人影，只知道顺江而下不会有错。紧赶慢赶，终于在天黑前到了目的地。第三天中午到台江见到张树昌的大哥，说明了来意。他说："你若一定要去南京，树昌就同你一起去，你不去他也不去了。"我说树昌不去我一个人也要去。

我赶到家，父亲已作客他乡，母亲当即让我叫弟弟和堂侄洪波去请他回来。他知道后一则以喜，一则以忧。忧的是刚刚进了一批货，现在手头很紧，一两天内难以筹措这么多钱。我说，想法借吧，同时表示只要能凑到这笔路费以后房屋田产我都不要了。第二天他东筹西借凑足120元大洋。我便匆匆起程，赶到台江，见到张校长，他说先去看看同学吧。我到侯自敏家不久，校工老杨来找到我说校长叫你呢！一见面他说："马上走！"鉴于当时的社会乱象他从安全考虑，故意让我虚晃一枪，给人一个暂时不会离开的印象。

我们三人一路同行，当晚住在他老家南兄。第二天黎明，张校长早早把我叫醒，将包好的120元大洋交给我，另拿1元交代说：老杨把你送到重安江，回来的时候，拿给他。我走在前，拿树枝努力拍落路两边的露水，裤腿还是湿得滴水，干了又湿，湿了又干。当走过台盘进入凯棠的时候，已是雾散露晞，红日当空，远看莽莽苍苍的群山，稻谷金黄的层层梯田，竟哼出了"Det bangx vob qed niel,Hsat jox fangb nongd mongl, Xongt max hongb diangd lol（头上戴朵兰花花，从此永别我老家，哥我再也难回啦）"，大有"壮士一去兮不复返"的悲壮。几十年后我才知道，这原是英雄张秀眉被槛送长沙，路过家乡时的诀别歌。

赶到重安江已是华灯初上，累得全身好像散了架，吃过晚饭，也无心上街观景，匆匆进了卧室，透过窗子看着江上星星点点的渔火，听着渔人吆喝鱼鹰潜水捕鱼的声音而进入梦乡。鸡鸣早看天。麻麻亮老杨走了，我也起来满街寻找当晚在那里过夜的黄鱼车，有的说不去贵阳，有的说有人了，有的车经过又不停，急得心如火烧。

正在这时，从贵阳方向来的一辆车在我面前停下，从车上下来了台江县党部那位令革东乡乡长抓我的人。真是冤家路窄！我心中一惊，不知此番是祸是福。一直等到十点钟左右才有一辆敞篷货车在那里停下，上面已有十来人。我连忙向前请求司机再搭一个，他说吃饭再说。我先上车等着。车上只有几个空油桶，虽然一直站着吃灰尘，总比上次坐在油桶上，吊在车边好多了。

不过这次却上了大当，被无德司机甩在半路了。

快到龙洞堡的时候，天已黑尽，司机说，前面就是检查站，让大家先下来走路，到桥头等他。大家都下了车，因为刚下过大雨，路上已成稀泥，穿鞋不如光脚好走。我穿的是草鞋，把它丢在车上了。我们过了检查站，到桥头等了好久，也不见车子来。原来我们摸黑走这段泥泞路至少要二三十分钟，他一辆空车也没什么可查的，几分钟就完事，在我们到桥头前，他早已超我们而去了。除了咒骂只有无奈，十几二十个人只好分别到附近农民家里逐户敲门求助。

我们四五个人找到一家，还算客气，只说没有床被，也不讲价钱，我们说有个地方坐到天亮都可以。主人拿了两块木板架在猪圈边让我睡，臭且不说，飞机（蚊子）满天飞，坦克（臭虫）满路爬，豺狼（耗子）遍地跑，怎么入睡啊！更担心那两百多块大洋，那是我的命呀！我把口袋作枕头，背带拴手上，度过了艰难的一夜，早上起来身上裸露的地方都是奇痒的红疙瘩，拖着疲惫的身躯，打着光脚板向市区走去。

有一段路正在整修，铺着碎石，锥得脚板穿心痛，好不容易走到中华南路，见到一家鞋店，进去买了一双皮鞋提在手上，两脚泥也不能穿。路人见了难免耻笑：这个笨蛋，怎么有鞋不穿打光脚走路呢？

颠颠簸簸到渝州

回到贵阳后，我俩随即到省教育厅办理有关手续；拜访了从南京回来不久的雷山籍苗族省参议员梁聚五先生，了解有关边疆学校的一些情况；请李儒云先生帮忙设法购买车票和将大洋兑换成金圆券。

这时解放战争正风起云涌，节节推进，东北几乎完全解放，国民党政权在风雨飘摇之中。有人劝说，现在仗打得这么厉害，下江人都纷纷跑上来，你们还要去找死呀！因为是很熟的人，这话虽然不好听，倒也是肺腑之言。古人说，天有不测风云，人有旦夕祸福。这说明人是非常脆弱的，随时随地都可能死去，战争当然要死人，但首先死的绝不是我们这些学生，何惧之有？

我不知道树昌是何想法，我是下定了死也要到南京死去的决心的。就在这风雨如磐的岁月里，我俩怀着求知的欲望，乘坐木炭车在不断的颠簸中向重庆奔去。且不说半路经过多次军警的盘查，单是坐在那险象丛生的破车上就令人惊心动魄的了。所谓木炭车，就是以烧木炭为动力的汽车。上坡时，全车人要下车来推，有的用三角木垫在车轮下，以防倒退，司机的助手则使劲摇动鼓风机。下坡的时候，怕刹不住，得下车步行，走走停停，三天才到达重庆海棠溪。当时流行的民谣"一去二三里，抛锚四五回，修理六七次，八九十人推"，确是这种情况的真实写照。

从海棠溪乘轮渡过江，叫了个棒棒军担着两件简单的行李，把我们带到七星岗，原说好五角钱，到了目的地，非得要一元。跟他说理，反而扬起棒棒要打人。正争吵间突然从屋里出来了一位衣冠楚楚的男士，问我们在干什么。我将手中的信给他看，说我俩从贵州来，找这位先生。真巧，他便是我们要找的人，是李老师在这里做烟草生意的朋友。

吃一堑，长一智。辞别后，我俩再也不找带路人，一人提一件行李，边走边问，来到了抗战胜利纪功碑（今解放碑）附近的南明烟草公司办事处，交了李文裳先生的介绍信，便在这里安顿下来，免费食宿。还有一位名叫高连征的台江老乡在那里做会计，下班后带着我们看电影，逛公园。他乡遇老乡，感到十分亲切。

由于当时局势紧张，货币改革刚刚启动，物价飞涨。飞机票根本买不到，黑市船票几倍于定价，根本买不起，只能等办事处设法通过关系购买平价票。等了十来天依然杳无信息，急得不知如何是好，真是度日如年啊！

提心吊胆下金陵

天无绝人之路。正在着急之际，忽然买到了民生公司民生号的一张三等舱票。但是两个人只一张票，谁走谁留呢？最后办事处主任出了一个险招：到上船的时候，张树昌拿着船票走在前，我提着行李装作送行的人跟在后混过去。张树昌找到铺位安顿下来，我则借故上厕所，直到起锚鸣笛才出来。快到涪陵的时候查票，我请求补票，查票人看我是个可怜兮兮的穷学生，也没说什么便补了一张没有铺位的统舱票。

我俩有时轮流睡，有时二人侧身挤在一起。第二天早上，树昌起身去厕所，我还在睡，忽然有人叫我：快去！你的同伴昏倒了。我跑去一看，

1948 年 9 月 14 日于贵阳米高罗照相馆（左吴涤平、右张树昌）。

他躺在厕所门边人事不省，一脚已伸出栏杆外，差点儿掉下江去。我连忙把他背来放在铺上，有好心的同舱乘客拿万金油来擦在他太阳穴和额头上。我只是干着急，呆呆守候在身旁，不时摇动他的身体问感觉如何，也不知道向船员寻求帮助。好在他只是双目紧闭，像沉沉入睡般安静，没有其他特殊症状。但我还是十分担心，万一有什么三长两短，将如何向他的家人交代呢！还好，过了三峡，他醒来了，问我要水喝，这时我吊着的心才放了下来。

乘客们多知道三峡是个雄奇险峻，有许多传说典故的地方，听说要到了，全跑出舱来凭栏而望，有人指着神女峰摆着巫山云雨的故事；有人哼出"曾经沧海难为水，除却巫山不是云"的诗句。

我读过郦道元的《三峡》和李白的《早发白帝城》，印象中的三峡是"素湍绿潭，回清倒影""巴东三峡巫峡长，猿鸣三声泪沾裳"和"两岸猿声啼不住，轻舟已过万重山"。现在见到的却是黄水浊流，听到的是隆隆涛声和山鸣谷应的汽笛声。我忘记了，那是一千多年前的景象啊！

乘客中有各种年龄各种职业各种文化程度的人。有的还很会讲故事，到丰都讲鬼，到白帝城说"刘备托孤"，到滟滪堆说"投牛祭江"，过赤壁说"赤壁鏖兵"，见小孤山说"小姑嫁彭郎"，从新疆来的则讲"边胞"的风俗习惯，说什么的都有，使我增长了不少知识，真是"能行千里路，胜读万卷书"啊！

在谈到新疆的时候，有人问："听说贵州'苗子'还长着尾巴，住在树上，是真的吗？"问的人也许并无恶意，只想让我这个贵州人证实一下传闻的真伪，我却感到受了侮辱，怒火中烧又不便发作，只说："我俩就是苗人啊，看跟你们有什么两样？""对不起，对不起！"两个"对不起"浇灭了怒火，却使我陷入了沉思，为什么外界对贵州苗人有那么多误解？这是谁之过？哪一天这些误解才能消除？

且说船到宜昌，上下了一批旅客后再继续前行，此时已是夕阳西下，红霞满天。薄暮，船停在江心，吃过晚餐便熄了灯，逼着大家早早睡去。这是为什么？有人说附近有那边的游击队，怕遭袭击。我想，这又不是军舰，也不运武器弹药，他袭击你干什么？真是风声鹤唳，草木皆兵啊！

一夜无事，黎明启碇。一轮红日从东方喷薄而出，映红了整个江面，这是生长在大山深处的人从来没见过的壮观。现在才知道，以前作文时常用"太阳从地平线上升起"来描写日出，全是假话。

船到武汉上下旅客后开始夜航，再过一天两夜到达南京。

漫漫长夜何时旦

边疆学校原在南京，抗日战争爆发后辗转迁至重庆界石场，1946年5月迁到无锡，次年暑假期间再迁南京光华门外。

我俩在下关码头下船后雇了辆脚踏三轮车直接拉到学校，走了个通城。宽阔的街道，高大的楼房，繁华的新街口，使馆门前的"红头阿三"（印度人），明故宫机场里停放的飞机以及整齐的行道树……作为一个刚从大山深处走出来的学生娃，见到了这些无不感到新奇！

1948年10月于南京。

车子走出光华门，跨过护城河，向左转入一条凹凸不平的乡村小道，两旁是低矮的农舍，远处有几幢灰白色的楼房。车夫说，就是那里了。

到了学校把有关手续办好后，持梁聚五老先生介绍信，找到几位苗族同学，得到了他们的热情关照。在举目无亲的他乡，听到亲切的乡音，真像到了家一样，忘了一个月来的漂泊困顿。

当我庆幸新的生活即将开始的时候，一声霹雳把我轰倒了。在入学前按文理科分科测试，若成绩太差，不能上课，将予退回。我报文科，自我感觉良好。不料到入学时却不许我注册，问原因只说待几天研究好再说。

苗族同学杨祖贤很关心此事，主动去探问，也是这样回答。杨是四年级学生，黄平人，思想激进，对社会现实不满，对民族问题更为关心。曾直接写信给贵州省主席杨森，斥其对少数民族实行同化政策。省府函告学校必须对其严加管束。他问我，考的什么内容，我说：国文就考一个作文题：《梦》。我把国民党政府在苗乡抓丁拉夫的现实，编成一个梦境：某天深夜，一群乡丁忽然闯进了我家，五花大绑把我父亲抓走了，我抱着他的腿不让走，反而挨了一枪托。我哭啊哭啊，哭醒了。啊，原来是一个梦！他说，问题可能出在这里了。南京不是台江，在这儿说话、做事、交友都得处处小心。社会上乱，学校也不是净土。隔三岔五还会有学生被捕。他这一说，真是醍醐灌顶，令我一惊，这个首善之区，怎么变成首恶之区了？

同学们已经上课一周了，我的问题仍然没有结果。不管是什么原因，我决心死也要死在南京，不能不明不白地回去。苗族同学们也愤愤不平。很多人也曾先后去询问，都无结果。他们给我出的主意是：不管怎样，大家上课你也去上课，大家吃饭你也去吃饭，就是赖着不走。最终虽得入学，却在心里蒙上了一层厚厚的阴影，不知道今后还会发生什么事。

　　我们班有个西康藏族同学张定文（原应高我们一级）和他哥哥张定华因共产党嫌疑被捕入狱，查无实据，经多方营救，释放回来与我们同班。他受刑较轻，身心损伤不大，他哥受电刑，神经受损，变得木讷痴呆，已不能正常上课。我到校后的短短几个月里，先后抓捕了几个高年级的同学。这期间，如果半夜里听到校园里有汽车响，便胆战心惊，早起逢人就问："昨夜又抓走了谁？"真是人心惶惶不可终日啊！不过，反动势力虽然疯狂一时，终究不能把进步力量捕尽杀绝。他们还在继续斗争，为护校和迎接解放做出了贡献，那位和蔼可亲的门房收发员便是其中的一位。

　　到南京后，金圆券日益贬值，物价飞涨，我用剩下的钱买了几刀毛边纸及其他学习生活用品。为了省钱，被窝里子面子和垫单，全部买布来一针一线地亲手缝制，过冬棉衣则到旧货市场去淘。

　　虽然是公费，吃饭不花钱，但并不能填饱肚皮，早餐一碗稀饭，中午八个一口一个的小馒头，一盆不见油花的萝卜白菜，晚餐则是难以下咽的糙米，饭里夹杂着沙子、耗子屎、糠壳，一边吃一边挑。开饭前，都争先恐后地跑去争抢那不定量的可照人面的稀粥。去得早的可从桶底捞上几粒米，晚到的连汤水都没有了。像我这样的穷学生，为了防备断供，每天还得从几个馒头中抠出个把晒干储存。我几十年的老胃病就是从这里开始的。

　　到了冬天，教室宿舍都没火烤，墨水冻成冰，钢笔不下水。昼夜温差很大，把所有衣物全盖在被窝上面，全身缩成一团也不觉得暖和。漫漫长夜何时旦？

　　学校建在一片农地里，东一间房西一栋楼，零零星星分布在各个角落，既无围墙，也无篱笆。田野空阔，大片的荒地任人开垦，苗族同学们都来自农村，不得猪肉吃，也见猪儿跑，对农活并不生疏。

　　为了改善生活，我们自己种蔬菜。寒冬腊月遇大雪天，便去追野兔捕雉鸠。夏天一人一个脸盆走遍附近港汊找适当的地方戽干塘水捉鱼。一旦满载而归，纵是一身稀泥，个个笑得合不拢嘴，唯有这个时候才把一堆忧虑都忘了。

　　"金陵忆，瑞雪满田畴，护城河里冰上走，钟山南麓捕雉鸠，逐兔小岗丘。"这是我对这段生活的回忆。

学生如此，老师也好不到哪儿去，今天发薪，明天买不了半袋粮。我们好几位教授是从中央大学聘来兼课的，其中的英语老师每上讲台，先叹时事艰难，再叹生活困苦，完了再有气无力地讲课。中午把带来的干馒头就着咸菜吃了，下午再去上另一个班的课。看到他那菜色的面容和无光的眼神，同学们都感到揪心而又无奈。他妻子无业，几个子女尚未成人，为了一家人的生活只得四处兼课赚点外快以补家用，不久在贫病交加中死去，从此我们的英语课也请不到老师了。他的名字虽然忘了，但那温文尔雅的书生形象永远定格在脑海里，想抹也抹不去。

时局急剧变化，解放战争势如破竹，辽沈、淮海、平津三大战役先后展开。蒋介石下野，李宗仁代总统发表求和声明并派张治中为首的谈判代表前往北平。启程当天（1949年4月1日），南京高校学生掀起了声势浩大的游行示威。

早上八点过从中央大学出发，高唱《团结就是力量》《我们是兄弟姐妹》等歌曲，高呼"争取真和平，反对假和平""拥护中共八项和平条件"等口号，浩浩荡荡向总统府而去。游行结束，各自返校，戏剧专科学校的同学回到白下路大中桥的时候，忽然跑出一群手持凶器的军人，拦住手无寸铁的学生大打出手。死了3人伤了100多人，伤者中有我校四年级同学吴德义。

这次惨案，轰动全国，受到各界的强烈谴责，预示了国民党政府的灭亡。在这风雨如晦，鸡鸣不已的日子里，学校酝酿搬迁至福建南平，因同学们拒迁作罢。蒙古族和藏族同学多随蒙藏委员会迁广州。新疆多数同学由该省政府派飞机接回。少数同学采取个人行动，有的回家避难，有的找门路跨江而北到了解放区，仅100余同学留校。校长胡秉正也离职迁往广州，遗职由训导主任董德鉴代理。

教室里空空荡荡，一个班只有十来个学生在上课。加之学校处在大校场和明故宫两个机场之间。随着战局紧张，军用、民用飞机都在日夜忙碌，隆隆之声震耳欲聋。何去何从，对每个人都是考验。

我们二十几个苗、夷（这是当时西南诸少数民族的统称）同学经常在一起商量如何应变的问题。其间有两个关键人物，对稳定我们的情绪起了重要作用。一个是安粤（安毅夫，彝族，地下党员，贵州郎岱人），在离开上海回贵州前到边校鼓励大家，安心留下迎接新的时代。一个是龙永发（中央大学四年级学生，苗族，湖南永绥人），苗族青年联谊会会长。他父亲龙矫是国民党军的少将师长，在郑州被解放军俘虏后教育释放。他说，像他父亲那样的人都没事，我们这些学生有什么可怕的。他自己也要留下来。当时谣言满天飞，诸如，共产党打仗靠人海战术，要驱使青年学生去当炮灰；南京是首都，国民党军队不会轻易放弃，一定要死守，城里人不被炸死，也会饿死，等等。

我们对共产党的政策虽然知之甚少，但还有一点判断能力，不会轻易相信这些谣言。退一步想，南京还有几十上百万老百姓呢，他们都不怕死，难道我们的命就比他们金贵？就凭着这种心态，再不考虑离开，决心留下迎接新时代的到来。

一唱雄鸡天下白

国民党政府拒绝在和平协议上签字以后，晚上爬上办公楼顶便能听到从长江北岸传来的炮声，看到一道道划破长空的弹道。4 月 22～23 日国民党军队已经疯狂了，在玩坚壁清野吧。夜里把东北角的兵工厂炸了，火光冲天，地动山摇，床铺都在晃动，同学们呼叫着奔到室外的空地上，有的卧倒，有的蹲下。白天有飞机低空飞行，一次又一次地对大校场机场周边扫射，火花纷飞，浓烟蔽日，据说那是汽油库。

为了防备国民党特务狗急跳墙，进校抓人或抢夺物资，学生自治会组织同学们护校，每人发一条没有子弹的枪以虚张声势。我和另一同学为一组被安排值后半夜，在大门边一百米左右巡逻。黎明平安交班后回去睡觉，梦中忽然有人摇我："起来，起来，解放军进校了！"我还怀疑国民党不是宣传要与南京共存亡吗？怎么跑得这么快？起身往窗外一看，果然看见三四个穿着黄军装的人在不动声色地走走看看。啊，原来昨夜解放军已经进城了。庆幸！

同学们自发地穿起民族服装，踩着高跷，敲锣打鼓，唱着"解放区的天是明朗的天"上街欢庆解放。

其间有个小插曲，不知是谁出的主意，在高跷队列中，前五名背上分别贴了"汉、满、蒙、回、藏"五个大字，表示各民族大团结，共庆解放，却忽略了边校学生中除此之外还有其他民族，我们苗族同学对此尤为敏感。杨祖贤为此写了一张大字报，贴在大

1949 年 7 月 10 日于南京边校办公楼前（左起：方胜业、张树昌、吴涤平）。

礼堂门口，质问：现在解放了，为什么还是国民党的"五族共和"，苗族等西南民族哪里去了？一夜之间，地覆天翻，好多人的思想还没有转过来，也难怪。

这事惊动了驻校军代表，很快便来找到我们说明情况，表示道歉。这对我们触动很大，过去任你喊破喉咙，有谁理你，相反还会给顶红帽子戴上，如今确实是不同了。南京军管会文教接管委员会大专部部长赵卓兼中央大学军代表，副部长王昭铨兼我校军代表，派这样高级别的领导负责我校工作，足见对少数民族文教事业的重视。

5月25日，召开教职员工大会宣布正式接管，组织人力清理物资财产。次日召开全校师生大会，王昭铨代表南京军管会文教委员会讲话，批判国民党对少数民族实行压迫、奴役、同化的大汉族主义政策，申明共产党的各民族一律平等、扶持少数民族发展进步的政策，并希望汉族同学要主动团结少数民族同学，互相学习，共同进步。这一席话有如春风徐来，身心大爽。随后，内蒙古自治区接回了全体蒙古族同学，其他的陆陆续续参军或参加地方工作。到宣布边疆学校与民族学院合并的时候，只剩二十几位了。我们由三年级的原地下党员博大公同学领队，于8月24日从浦口乘火车北上，26日上午到达天津，下午转到北平，中宣部和高教会派车接我们到西单石虎胡同蒙藏学校。

随后多日我们游遍了北平名胜，参观了清华、燕京几所大学及故宫博物院等；参加欢迎会，座谈会；分别拜会了人民政协委员朱早观（苗族）、张冲（彝族）、天宝（藏族）等。在开国大典的游行队伍中，蒙藏学校和我们排在靠天安门的边上，可以清楚看到城楼上的毛主席等国家领导人。我们都是南方人，初到北平一下子对气候、生活习惯难以适应，有的常流鼻血，多数人肠胃不适。当时解放战争还在继续向华南、西南、西北推进，前方须支援，运力也很紧张。北平人民多吃东北的高粱小米，大米白面少见，却一日三餐给我们吃天津小站贡米和白面馒头。这短短三十多天的亲身经历，回过头来与在南京边疆学校的情况相比，真是天上地下，使我们进一步认识到了共产党对少数民族青年学子的关怀。

中华人民共和国成立后的几天，高教会宣布了对

1949年12月22日，于北京蒙藏学校（左方涤平、右方胜业）。

我们的安排，三四年级可读北京大学东方语言文学系，一二年级读蒙藏学校。这是基本原则，但还看各人志愿。有几个不愿继续深造，去读革命大学，几个月后参加了工作；有的认为今后搞建设更需要理工人才，也不去北大而读蒙藏。我们留在蒙藏的有七人，全享受中灶待遇，服装、学习生活用品、零花钱按时发给。

蒙藏的全称是国立北平蒙藏学校，成立于1913年，为少数民族培养了不少干部，乌兰夫是其中杰出的代表。我们在校期间，实行封闭式教育，管理严格，非节假日不能随便外出。教师多出自北大等名校，其中给我印象最深的是历史老师王孝鱼，他原为东北大学教授，后调任中共中央马恩列斯著作编译局编审。他曾从个人丰富的藏书中先后带了几本给我看，其中鸟居龙藏的《苗族调查报告》是我当时所见到有关苗族的唯一专著，其中的某些观点虽不能认同，但也给我启发，促使我思考：一个外国人尚且排除各种困难，深入苗区调查研究苗族，我们自身有先天的良好条件，为什么不去研究呢？我下定决心努力学习、注意收集资料，为将来研究打下基础。每逢节假日，吃过早饭，便走街串巷地从西单步行到文津街北京图书馆去，只要在藏书目录中看到有"苗"字的书都借来翻翻。发现有一本手抄的《苗疆闻见录》（徐家干著），是作者参加镇压张秀眉起义时，根据亲闻亲见记录下的战争起因、经过以及一些民俗事象。作为统治阶级的御用文人，观点立场虽有问题，但资料还是很宝贵的。因为是孤本，不能借出，只好带上笔记本，抄下重要的章节，后来因多次变故，抄件散佚，但记得大概内容，某些片段还能背读无误，如"苗人口音多带商韵，商属金，金为肃杀之气。数十年一遭兵难，或亦地气使然。"难怪统治者们每在镇压苗民的反抗斗争之后，在一些军事要地把山脉挖断，苗语把这叫作 said ghongd vongx（砍断龙脖子），台江施洞背后山脉被挖断就是一例。明明是"官逼民反"，还说是"地气使然"或"生性然也"，岂不是自欺欺人的鬼话！

1950年9月开学不久，我被暂时借调到政务院招待委员会参加接待西南少数民族国庆一周年观礼代表团的工作。代表团驻地在西郊公园（今动物园）西北角畅观楼。这是一座欧式风格的两层建筑，是清末皇室贵族的郊外别墅，四面环水，绿树成荫，风景优美。十世班禅额尔德尼·却吉坚赞来京商谈和平解放西藏时也住在这里，我作为苗族青年学生代表，曾与几个藏族、蒙古族同学一起前去晋见并接受摩顶祝福。

西南代表团团长是西南军政委员会副主席王维舟，副团长中有贵州苗族代表李儒云先生，两年前他帮张树昌和我办理去南京的各种杂务直至送上车的时候，何曾想到会在这喜庆的日子里，在新中国的首都见面！我在此前从名单中已知道有他。他可万万没有想到会在到京后的第一时间里见到我，他的兴奋比我更甚，一下把我抱住，旁边的人见了都不禁回头笑笑。特别是那几位来自台江施洞口的文工队女队员，初次离家，有的连汉话都不懂，在遥远的北京能见到一个故乡人更感到亲切而又意外，大家都把我叫dial，真成她们的哥哥了。

在畅观楼领导接待工作的是位老革命，名柳林溪，北平和平解放后，他是颐和园管理处第一任主任，党中央从西柏坡进入北平的时候，他负责接待安排毛主席等中央领导人在颐和园休息。我一听他这名字就像畅观楼四周环境一样颇有诗意，很容易就记住了。他把我安排在一个小单间里住下，给我分配两项任务：派车、用油登记；随车陪同代表参加各种活动。这个任务很简单，胜任愉快。在工作结束作总结的时候，他不仅口头表扬了我，还写了一个书面鉴定交给学校。

在这30多天里，我同代表们一起，9月30日在国庆节大会上聆听了周总理所作题为《为巩固和发展人民的胜利而奋斗》的报告，其中有对美国的警告：中国人民对帝国主义侵略朝鲜不能置之不理。10月1日在天安门观礼，10月3日晚在怀仁堂参加各民族代表向毛主席献礼仪式并观看各代表团文工队演出。这是一个空前的各民族大团结的歌舞盛会，我们这些普通人的心情自不必说，连毛主席和柳亚子都激情满怀地即席赋《浣溪沙》唱和以纪其盛。

代表团在京期间游遍了名胜古迹，参观了一些知名的学校、工厂。我也因之开阔了眼界，接受了教育，加深了对祖国的热爱。代表团离京之后，贵州仲家（后改称布依族）代表陈永康留京治眼疾。他带来了西南军政委员会民族事务委员会梁聚五副主任给中国文字改革协会会长吴玉章的介绍信，请他帮助苗族、布依族创制文字。

吴老指派人民大学图书馆主任张照和驻会专职秘书柯炳生（女）指导我俩

1951年4月25日中午合影（第一排左起柯炳生、吴涤平、陈永康、程文。第二排左起王食三、张照、阎骏生、徐同志）。

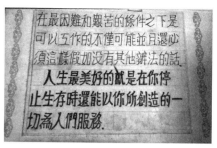

在最困難和艱苦的條件之下是可以工作的不僅可能並且還必須這樣假如沒有其他辦法的話，人生最美好的就是在你停止生存時還能以你所創造的一切為人們服務。

当年日记本里摘抄的话。

1954年4月4日，回附中参加校庆时我（左）与树昌同摄于北京第三商场101摄影社。

1954年2月5日，旅京苗胞访北京西山门头村正黄旗小营苗寨。

工作。前者是文献分类学家，后者曾就读于西南联大，后来到人民大学中文系执教并兼《中国语文》杂志编委。我回校后一面努力于功课，一面利用课余时间研究苗语，制订拼音方案并编写课本，有时不得不在熄灯后违规地蒙在被窝里用电筒照明或在路灯下工作。

经过几个月的艰苦奋斗，我制订了一个以自己熟悉的台江县革东话为依据的《苗语拉丁化学习草案（黔东区）》，并据之编写一册苗汉对照的《农民识字读本》。草稿完成后，分别由我送蒙藏学校校长黄静涛，由张、柯二人送吴老、科学院语言所和中央民族事务委员会，请他们审阅提出修改意见。黄校长阅后非常高兴地问我："要不要出版印刷？学校可以提供经费。"吴老看后派秘书程文同志驱车进城把张照、陈永康和我接到他在颐和园内的住处去，当面向他报告有关情况。

吴老特别对我说，苗族分布很广，情况也较复杂，为了扩大影响，应该再约几个其他地区的苗族同志共同署名，他怕我思想不通，教育我年轻人要树立集体英雄主义思想，不要个人英雄主义。我愉快地接受了他的教诲，署名的时候约了湘西的及其他几位同学，在附录的表格里也增加一些他们家乡的方言特有的语音符号。这个草案是以北方话拉丁化拼音方案（简称北拉）为基础制订的，词连写，不标声调。现在看来，它有缺陷与不足，责任全在我，因为两位指导老师，既不懂苗语，也不是民族语言专家。可以肯定的是，经中央民委和文字改革协会印刷分送各苗族地区及有关方面之后，产生了很大影响，纷纷来信索要，这是以具体事例宣传了党的民族政策。这在当时，其政治影响要大于方案本身，也使我回想到两年前的南京边疆学校，设有蒙、藏、维三种语文课，每个学生任选一门。我们西南几省的同学都要求学自己的文字——苗文、彝文或傣文，没有允准就相约选维吾尔文，意欲毕业后去新疆工作，找机会跑苏联去，因为我们知道苏联政府还帮助无文字的民族创造文字呢。现在的蒙藏学校很重视民族语文教育，蒙藏语文都作为主科安排，藏族只有三个学生，也有一位专职老师。黄校长对我说："学校请不到苗文老师，若愿意就跟着学蒙文或藏文，要不就自习吧。"

看到蒙古族、藏族的同学在学自己的语文，我们几个苗族同学却在放羊，心里真不是滋味，只得出面请求学校安排一个小教室一块黑板，由威宁籍的韩绍清同学教授"柏格理苗文"。这个拼音方案出来后又改由我来教。我的民族语文工作由这里起步，至今已六十五六年了，其中的酸甜苦辣咸只有寸心知。

在这同时，抗美援朝运动蓬蓬勃勃兴起，我们的同学有很多人报名参加军事干校，其中有我苗族同学方胜业。我自觉不是当兵的料没有报名，但积极参加了有关活动。除了以旅京苗族青年集体的名义，写文章向《人民日报》投递，表示同仇敌忾之外，还个人署名发表了《苗族人民要和兄弟民族团结起来，保卫我们的幸福时光》（《人民日报》1950年12月17日）等文章。1951年1月30日参加了北京市少数民族抗美援朝反对美帝重新武装日本的集会游行，并在大会上发言，同时被选为"北京市少数民族保卫世界和平反对美国侵略委员会"委员。

不幸的是，由于半年多来的超负荷工作，1951年7月暑假刚刚开始我就病倒了。某日我感到头痛，到五四医院诊查，一量体温高达42度，医生马上叫我住院，并立即电话通知学校。经检查，诊断为结核性胸膜炎，以后又发展为腹膜瘘管，流脓不止。医院认为这种慢性病只能长期休养治疗。

当时蒙藏学校已改为中央民族学院附中，学校把我转入中央民院并办了学生证和医疗证。由于医院不再留治，我便住进了安内柴棒胡同的中央民院休养所，定期到苏联红十字医院检查，经中苏医生会诊，因服用雷米封（异烟肼）、链霉素等抗痨药物久了，产生了抗药性，手术割去瘘管又怕刀口不能愈合，只能静卧休养，每天中午太阳当顶的时候，出门把全身上下盖住，让瘘管在阳光下暴晒15～20分钟。药物也暂停了。

在这两年多的时间里，不知发了几次病危通知，一度生活不能自理，学校只得雇请一位老太太陪护。不过我自己已把生死置之度外，没有陷入悲观等死的境地。

那时我们享受的是供给制待遇，每年发单衣一套、衬衣一套，两年发棉衣一套。我在病中不需要补充衣物了，请求发钱。我用这些钱买了一台收音机和有关图书。收音机放在床头上，从广播里坚持学习俄语，一级又一级学下去，最后参加大连俄语函授学校学习，掌握了两千来个单词及性、数、格等初步的语法知识。最难的那个颤音P，据说有的人要把舌系带（舌筋）割了才能发得出来。我天天练，经约两个月的时间终于会发了，高兴得好像忽然捡了一个大宝贝。

1954年，我（左）与北京小营苗族同胞交谈。

我还把药物的包装纸收集起来作为卡片，记录苗语词汇，准备将来编苗汉词典之用。我虽然曾经高烧不退，但脑子没有烧坏，从前学的苗歌还能记得清楚，选了一些情歌翻译出来，题为《马郎歌》，寄给老舍先生主编的杂志《说说唱唱》，竟被采用了。承蒙先生厚爱，还回了一封亲笔信，约我前去面谈，可惜我当时行动不便，失去了当面聆听大师赐教的良机。此外还读了一些励志的书籍，如《钢铁是怎样炼成的》等，以增强战胜疾病的信心。"时间等于黄金，决心等于胜利"，"在最困难和艰苦的条件之下是可以工作的，不仅可能并且还必须这样；假如没有其他办法的话"，"人生最美好的就是在你停止生存时还能以你所创造的一切为人们服务"。

1956年7月12日，在镇远芽溪调查苗语（左起：梁鸿儒、吴涤平、潘忠明、尹培章、荣华）。

我躺卧在床，一笔一画地把这些警句名言写在纸片上，然后粘贴在笔记本里，放在枕边时时翻阅，激励斗志。最后病愈去复查的时候，苏联专家认为这是意料不到的奇迹，要求我写一份经验总结。我说，除了坚定信心，乐观对待，没有什么可写的。

我病愈出院，因胸膜粘连，遵医嘱不许做剧烈的体育运动，而当时的大中学生都必须参加"劳卫制"，这是从苏联学来的"准备劳动与卫国体育制度"，内容包括田径、体操、举重等等，标准高，要求严。以我当时的身体状况是无法适应的，只好请求安排工作。

1954年1月14日，我脱下了学生装，成为中央民族学院语文系苗瑶语教研组的一员，怀着一颗炽热的报国之心踏上了新的征程。

作者简介

今旦（吴涤平），苗族，1930年生于贵州省剑河县革东镇大稿午村。大学文化。民族语言学家，资深翻译家，享受国务院特殊津贴专家。

1938年起相继进入私塾及剑河、台江的初中求学。台江中学毕业后保送南京国立边疆学校。新中国成立后转北京蒙藏学校和中央民族学院（今中央民族大学）继续深造。1954年任中央民族学院教员。1958年被错划为右派，下放贵州省扎佐林场监督劳动，1979年改正后恢复工作。

历任贵州省民族研究所（今贵州省民族研究院）副所长，贵州民族出版社总编辑、研究员。曾是第六届贵州省人大代表、第六届全国政协委员，第六、七届贵州省政协常委；中国少数民族双语教学研究会副理事长、中国民族语言学会理事、贵州民族研究学会副理事长、贵州民族语文学会副理事长、贵州苗学会副会长、贵州民间文艺家协会常务理事等。代表作有《苗族史诗》（苗、汉、英三文版）、《苗族古歌歌花》《苗语情状量词初探》《民族文字在教学中的几个问题》等。

这样的人生，是贵州少数民族青少年觉悟的写照，是党和国家培养民族干部的历史记录。走出大山的老一辈为少数民族地区的发展做出了贡献。他们是我们的榜样。

"濮越"孩子不一样的人生

王永尧（布依族）

1997 年 12 月贵州省第七届政协届满，1998 年我开始自己的退休生活。现在年过八旬，在轻松自主自乐的生活里，利用闲暇，记录人生路上的经历、体验、感想，特别是自己从一个布依族农民子弟一路走来的故事，让子女后代了解，不失为一件惬意的事。

党和政府实现了我继续求学的愿望

1960 年，我（右）与幺叔王云长合影。当时我在贵州省气象学校读书，每月粮食定量不够吃，幺叔周末来正新街团省委宿舍看望并带来节余的粮食。

我的老家在黔西南布依族苗族自治州安龙县龙广镇纳桃村纳兰寨。在民国期间，安龙县开办了一所中学，龙广镇开办了一所小学。我家距离小学有一公里。

上学读书一直是我的梦想。妈妈说："小孩子在家做不了事也要吃饭，在家里闲着玩不如去上学读书；现在不上学读书，将来不会有出息。"在家门口上小学花不了多少钱，小学毕业后离开家进县城上中学，书费、学费、吃饭、住宿等都得用钱，可难倒了妈妈。

那时，父亲中学毕业后应聘到广西隆林县小学教书，收入只够维持自己的生活开支，帮不了家里。为满足我上学读书的愿望，妈妈去找外婆商量，请求支持。外婆是人工孵小鸭的能手，远近闻名。卖鸭所得利润丰厚，春末到初秋，孵小鸭挣得的钱足够支持大舅贺发荣在兴义县中学和昆明市昆华中学读书，后又筹集一笔路费支持大舅到延安投奔革命进抗日军政大学。商量的结果，外婆、二舅、幺舅都乐意支持我上学读书，提供全部费用。这是我去兴义中学上学的原因。

结婚照（1959 年）。

1961 年，妻子来贵阳探亲时合影。

名义上，我在兴义中学读了两年的书，实际上，只读了三个学期，有一个学期得伤寒病，无钱无药治病，只好休学回家服用草药，差一点丢掉性命。病好了，我还想去继续读书，可是外婆老了，不开包房孵小鸭了，我上学没有了经济来源，加上 1950 年土匪叛乱，兴义县被土匪占领，我只得待在家里。

全家福（1965 年）。

后来，听说兴义县的学校开学了，兴义县第一任县长黄辅忠兼任兴义中学校长。于是，我便去学校看看情况。在我向老师询问有关情况时，黄辅忠县长正在与学校领导商量事情，见到我这个穿着草鞋、土布做的布依族服装的学生，便过来问我："你叫什么名字？家住哪里？有几口人？什么民族？是不是来上学的……"我一一作答："我叫王永尧，家住安龙县龙广镇纳兰寨子，是少数民族，我们的老祖宗传下来，说我们是濮越（布依）人，而清朝政府说我们是仲家苗，民国政府也说我们是仲家苗，孙中山先生追求的'共和’，只讲汉、满、蒙、回、藏五族共和，不包括我们‘濮越’，现在到底怎么定，我说不清楚。"黄县长又问："你今天到学校来，是不是想继续读书？"我回答说："想来读书，但家里只有母亲一人，经济上无力支持。现在共产党来了，人民政府成立了，不知道能不能帮助我解决困难？"黄县长听后说："党和政府对少数民族学生采取关爱和扶助的态度，我们帮助你解决伙食问题，你用不着在外面租房住，回家去把生活用品拿来，就住在学校里。"黄县长的这一表态，使我继续求学的愿望得以实现了。后来学校给我评了甲等人民助学金。1952年，贵州省陈曾固副省长到兴义中学视察，到厨房察看学生吃的饭菜，与学生进行交谈。他打量我，拍拍我的肩膀问道："冬天仍然穿单衣，冷不冷？"我回答说："我身体结实，不怕冷。"随后，他叫一同去的工作人员给我送来了一件新棉衣。黄县长帮助我解决上学吃饭问题，陈省长给我送来了新棉衣，使我终生难忘。

学习成长

继续求学后，我心情愉快，按时上课，聚精会神地听老师讲授每一门课，晚上认真复习，做作业。1951年初的一天，教导处的老师通知我，说是星期天上午九点有一个会议在县委县政府机关里面召开，让我参加。原来是给县级机关的青年积极分子上团课，讲解中国新民主主义青年团的性质、任务、团员的义务与权利，以及入团的条件等。会后，县机关团组织的负责同志又找我个别谈话。经过几次团课学习和一段时间的培养，我写了入团申请，获批入团。

我是学生中第一个在中共兴义县委机关里加入中国新民主主义青年团的，编在县直机关团支部过组织生活，县直机关南下干部鲁林同志担任团支部书记。她交给我的主要任务就是在学生中发展团员。我对同学比较熟悉，提出了几位优秀的同学，作为第一批发展的对象。经过基本知识教育和几位支部委员

读书（1957年）。

分别谈话，开支部会讨论新团员入团，办理入团手续，举行入团宣誓。他们转正后，兴义中学团员数量达到规定要求，就单独成立了团支部。经过选举，我担任校团支部书记。学校团支部除了做思想工作、发展团员外，还积极通过学生会开展活动。

1978 年 11 月，登长城时留影。

学校团支部在学生团员和要求入团的学生中开展团课教育。1949 年 9 月中国人民政治协商会议第一届全体会议一致通过的《共同纲领》向全世界和全国人民宣告中华人民共和国要"以新民主主义即人民民主主义为中华人民共和国建国的政治基础"，建设新民主主义社会。当时，我们团支部的支委一致认为：《共同纲领》是"建国的政治基础"，是"各民主阶级和国内各民族的人民"共同建设新民主主义的纲领，具有宪法的地位和作用。我们作为一名青年团员，应该学习、宣传《共同纲领》，高举《共同纲领》这面旗帜，为新民主主义而奋斗。从这一认识出发，我们把《共同纲领》作为团课教育的主要内容，组织团员和青年学生积极分子逐条进行学习。在学习《共同纲领》的过程中，我们结合学习 1949 年通过的《中国新民主主义青年团团章》，重点强调青年团员要跟着中国共产党走，为建设新民主主义社会而奋斗。我把上述学习活动情况向兴义县直属机关团总支汇报，他们给予充分的肯定。

1979 年 9 月 9 日，全家欢送长子王世龙（后排右一）上大学的合影。

山海关留影（1989 年）。

1952 年，根据贵州省教育厅的安排，要发展农村教育，要为农村培养大批小学教师。兴义地委、专署决定在兴义书院的校舍成立兴义师范学校，贵州省兴义中学（省中）要从兴义书院校舍搬到兴义老城里原兴义县中学（县中）校舍。贵州省教育厅为贵州省兴义中学从贵阳调去了有办教育经验的新校长杨靖国（民主同盟成员），地委从兴义县调来了副校长黄玉文（中共党员）。

1954年，参加工作后的第一张照片。

学校团总支成立，黄玉文当选团总支书记，我当选团总支副书记；学校成立学生会，我被选举担任学生会主席。1953年贵州省召开第一次学生代表大会，我作为兴义专区的学生代表参加，大会选举贵州省学生联合会，我当选为贵州省学生联合会的常委，并被任命为省学联驻兴义专区学联办事处主任。在学校的领导下，我们除了继续抓团课教育外，团总支和学生会还开展了以下活动。

一是发挥热爱文艺的同学的积极性，排练演出歌剧《白毛女》等节目，很受同学欢迎。

二是根据当时学生生活比较清苦，希望在现有伙食标准下改善生活的需求，我们组织同学帮厨，改进伙食管理，提高伙食质量，按月公布每月伙食收支情况，让大家吃得放心。

三是参加必要的社会活动，如在兴义县城里配合政府禁止吸食鸦片的活动。我们组织同学参加了收缴烟具的活动。地委书记兼专署专员夏德义（后任省委常委兼省委组织部长等）知道后还表扬了我们。因为我在活动中表现突出，夏德义给团地委书记龙树德（侗族，曾任罗盘区游击团政委、普安县第一任县委书记）和校长黄玉文（布依族，曾任罗盘区游击队指导员、区长、省民委经济处长、省政协委员等）打招呼，将我列入入党培养对象。1954年6月9日，我光荣地加入了中国共产党。

在实践中增强才干，走上领导岗位

1954年高中毕业时，团省委组织部副部长王林英同志受团省委领导的委派，从应届高中毕业生中选调干部，特别注意从少数民族学生中选调干部，我被选调到团省委工作，分配到《贵州青年》杂志社当编辑记者。

1956年，在中央团校新闻班结束时全班同学的留影（后排右三）。

名义上，我参加了工作，实际上还处在学习之中。当时，我只有热情，在政治思想素质、文化素质、工作能力、政策水平、工作经验等方面都有不足，对贵州全省现状，特别是对贵州农村和农民问题的掌握了解还不够，对新闻专业还没有入门。这一状况若不改变，就不能胜任工作。针对这一情况，领导没有直接安排我的工作，而是将我当作培养教育对象，让我在实践中学习，了解省情，了解农村和农民问题，学习党和政府在农村的方针政策；送我进中央团校接受系统的培训，进行理论武装和专业训练；下放我到苗族聚居的台江县当农民进行劳动锻炼，等等，使我提高认识，增强才干，逐步走上领导岗位，先后担任共青团贵州省委办公室副主任、团省委常委兼宣传部部长、中共贵州省委组织部组织处处长、贵州省计划生育委员会副主任和贵州省政协医卫体委员会常务副主任等职务。

现在回想起来，没有党的民族政策的实施和党组织的培养，当年没有黄辅忠老县长帮助我解决上学吃饭的问题，没有夏德义老地委书记老专员的关爱，没有团地委老书记龙树德、学校老校长黄玉文等的教育帮助，我可能还在纳兰布依族寨子里当农民。

2012年10月2日，到龙广纳兰老家看望亲人时留影（前排右一）。

2012年10月2日，在龙广纳兰老家记录布依族家族历史的溯源碑处留影（中）。

作者简介

王永尧，布依族，1932年11月生于贵州省安龙县龙广镇纳桃村纳兰寨。

1954年高中毕业后被选调到共青团贵州省委工作。1978年6月至1985年8月调中共贵州省委组织部组织处工作，先后任副处长、处长。1985年8月至1995年10月在贵州省计划生育委员会工作，任副主任、党组成员。先后任贵州省政协第六届和第七届政协委员，政协贵州省第七届医卫体委员会副主任、常务副主任。

悠悠的筑城记忆，浓浓的校园情谊，满满的工作经历。读书时，利用寒假下乡教农民识字，工作后，远赴农校任教……几十年来，你对民族与土地的感情日渐深厚。几乎与共和国同步的成长轨迹，让你成为新时期贵州民族学研究发展的见证人。

人生八旬过　回首晚霞中

翁家烈（苗族）

一、童年

我出生于贵阳。除在昆明读大学及调毕节十年外，均生活、工作于斯。贵阳古名"黑羊箐"，元称"顺元城"。明清为贵阳府，1941 年建贵阳市，为省会所在地。因在贵山之阳而取名贵阳。贵山亦名贵人峰。贵人峰或言为黔灵山之关刀岩。贵阳旧有"老苗城"之称。因最早生活于此的人群为苗族，苗族称此地为"格洛格桑"。大约在五代时期有异族前来侵占。苗族首领杜德龙率众抵抗，于四月初八日战殁于后之北门，就地深埋并覆盖以大铁锅一口。自后岁岁月月，贵阳及龙里、开阳、息烽、清镇一带苗胞于四月初八前一日各自相约赶至贵阳城外，投宿于亲友家。次日上午，盛装云集于铜像台（今喷水池），不吹笙、不歌舞，怀着沉重之情默悼、缅怀自己的民族英雄。然后沿中华北路漫游至大十字北之"黑羊巷"（今地名犹存）。中华路两侧商店林立，各店铺门前多特置茶桶，备有热茶供往返行走、伫立其间的苗民饮用。城内外市民走出家门立于街道两侧，或伫立或跟随静静地观望。满街摩肩接踵，又那么神圣、静谧而和谐，成为省会贵阳一年一度壮丽而特异的景观。每到秋季，常见头戴圆桶形蓝布帽，身着绣花右襟、蓝布长裤的"苗姨妈"（实为布依族），挑着用棕叶穿成串或捆成把的野生山楂、刺藜、苦蒜等在城内大街小巷游走着售卖。买者多为小孩和妇女。

1958年由中华人民共和国体育运动委员会颁发劳卫制测验及格证明书。

贵阳城四面环山，东有东山，山上有佛寺，栖霞岭与之相邻，有道观，其旁之绝壁上有一洞，名"仙人洞"。西有狮子山，被服厂即在其间。北为黔灵山，缘九曲径而上，可达弘福寺。南岳山高耸南郊，上之佛殿内塑有"十八罗汉"。南明桥下游百余米处的浮玉桥与之平行，甲秀楼耸立其上。原有桥孔9个。周西成当省主席时，于其侧建电厂占用2个桥孔，故今仅存7孔。桥前有一沙洲，名"鹦鹉洲"。过去贵阳有"九眼照沙洲，长江水倒流，财主无三代，清官不到头"之说。"长江水倒流"是指南明河流入乌江，乃长江支流之一。浮玉桥最大的桥洞前的水最深，有漩涡。今十六中处原名"马家坡"，曾是刑场。儿时，夜间曾结伴去草坪上玩，不时会踢出骷髅或尸骨。市民常以"你这个上马家坡的"骂人，即缘于此。城呈椭圆形，面积约6平方公里。北高南低，平均海拔千余米，南明河沿其西南往东流淌。南明桥横

1961年分配于贵阳师范学院（今贵州师范大学）历史系任助教。

跨河上与马棚街（今新华路）相接。路端与市南路交汇处立有一座尖梭形石塔，外围有石栏杆，是为纪念国民革命军102师抗日阵亡将士而修建，俗称"纪念塔"。

父亲翁次伊，铜仁打葛冲人。青年时见一有功名的堂兄乘轿返乡于村口不下轿而径直入村，认为仗势不守村规。遂将其拖出轿、脱其靴，叫其步行，后恐遭报复而离家出走。后东渡日本加入同盟会，更名翁觉民。辛亥革命成功，于黔军任职，在湘西一战溃败后，厌倦军阀混战，遂弃武从文，于吉首矮寨之吭纳教私塾，后与母亲石宗文成家。直至我姐翁福珍满一岁后，返回故乡，

1979 年 7 月 1 日，率六砂子校首届高中毕业生参观遵义会议会址（二排右四）。

生我哥翁家祥。嗣又辗转镇远、龙里，于 1936 年流落于贵阳。时年事已高，长年于龙里的谷脚、贵阳的黄泥堡、二堡等农村教私塾为生；姐七岁起即相继在贵州农业改进所、蓖麻厂、猪鬃厂、卷烟厂等当童工，婚后离家，哥则当兵在外杳无音信。家中仅仅母子二人。最初，母亲用提篮从菜农处趸菜上街卖。因不识字，不会算账又不懂汉话，难以成交，且常在价格计算、货币找补上卖多得少而吃亏、贴本，遂改做简单的体力活：先后于狮子山被服厂锁军服扣眼、给华丽烟厂挑水、在马棚街上挑水卖、打草荐（亦名"草稕子"，用稻草编就，供人们冬季垫床保暖用）。

我于民国 25 年（新中国成立初期登记户口时，工作人员对将民国纪年换算为公元纪年不熟悉，故登记为 1937 年）出生于贵阳。家无片瓦寸地。我儿时记忆中的家，先后租住簸箕街瓦房一间、经堂（指南天主堂）背后皂角树下的一间瓦房、彭家巷刘家菜地上茅屋偏厦半间。这偏厦中间用葵花秆隔就。

我家住的前半间面向菜地，室内砌有大灶，上置大铁锅一口，是房东家做魔芋豆腐所用。只有三分之一偏厦的家仅有五块长木板搭在两条长板凳上的床，一张矮方桌及长短板凳各一及钉有钉子编草荐用的木枋一条。晚间，房东于锅内放入磨就的魔芋浆，用柴火煮后点成魔芋豆腐，次日清晨挑上街卖，屋内烟雾弥漫，刺眼呛鼻难以入眠。

白天，母亲打（编）草荐，我提着提篮在街边、巷口垃圾堆里翻捡未烧尽的煤渣回家做燃料。入夜，母亲用扦担（两头尖的扁担）挑着宽窄不一的草荐过南门桥、进大南门、经大十字到铜像台右前侧的街旁，将一个个草荐摆开站着候卖。这是约定俗成的草荐市场。打草荐卖者有五六家，均住马棚街。

铜像台是当时贵阳晚间唯一无遮拦的民众游乐场所，是北门纵横马路之交汇处构成的一块平地。傍晚，放西洋镜、打米糕、浇糖花、打弹子、卖膏药、捏面人的杂陈其间，吸引着众多的过往行人，热闹异常。不像市中心大十字周边都是商铺，也不像处在电影院、剧院、茶馆说书、说相声等娱乐中心区的小十字，都要花钱室内消费那般宁静。

夜间的铜像台尽管有着不花钱的热闹，我却只能站在约20米外的人行道上草荐后面模糊地遥听、遥观，因为要专心地等候顾客。看是否有人驻足，听是否有人来问询，以免失去或错过可能将草荐卖出的机会。今晚卖出了，明日就有吃饱的希望，卖不出则会挨饿。就那么现实，就那么紧迫。在雪花飘飘、寒风凛凛的隆冬季节里，衣着破旧单薄的母子俩一起站立在自家排列成行的草荐后专心守候着。冷得手僵、腿木，就搓搓手、动动腿。不仅不坐下不离开，不诅咒天气，相反还默默地希望再冷一些就可能会增添卖出的机会。直到对面场空人散，路上再无行人身影后，方收捆好未卖出的草荐，拖着疲惫的脚步回家。忍饥耐寒、能走能站，不怨天、不尤人、不绝望的心理和生理素质，大概就是在儿时那样的生存环境下奠定的！

当时在南门外塑有两个跪着的人像（位置在今兴业银行前），听人说是大汉奸汪精卫、陈璧君夫妇。行人路过或指指点点，或侧目而视。汉奸是什么人？小孩们虽不甚了解，但都知道是大坏蛋。路过时，或吐以唾沫，或屙尿淋。其时贵阳流传着一首童谣："天不怕，地不怕，只怕飞机屙屉屉。"是言当年日机轰炸贵阳时，异常猖狂，是低空飞行，市民们能抬头看见机舱里的飞行员。

有时我们几个小孩相邀去飞机坝（今贵阳火车站旁）玩。那里围以铁丝网，里面搭着绿色大帐篷若干，停有几架飞机，一些戴船形帽的美军在土坪上打一种未见过的球：一人手持长约1米、上粗下细的圆形木棒弓腰盯着对方，一人右手握一拳头大小的皮球迎面猛力砸来，而将其击开为胜。后来问知，叫棒球比赛。这是美国人喜好的一种体育竞技。

有次我们进城玩时，偶遇一美国兵，与我国一个年轻女子搂着同坐一辆黄包车（即人力车）。见到我们还笑着向我们丢撒糖果。我们认为是伤风败俗，不仅不要，还捡起小石子及糖果愤怒地向其砸去。该美军并未下车吼骂，而是催促车夫快速离开。

拆修南明桥时，先在其上侧以汽油桶串列作浮桥，再于桶上铺以木板，两边牵钢绳作护栏暂供城内外人往还。然后拆桥。

某日，我想去万佛寺玩，走到翠微巷口，见河岸人群云集，便好奇地钻进人群举目望去。只见两三座已拆石桥磴上，大大小小的蛇争相沿墩而下或直坠河中后顺流而下。皆昂头扭身或背上伏托着小蛇，密密麻麻地经浮玉桥桥洞游去，阵势十分奇特而壮观。

浮玉桥南端为翠微阁，红墙、青瓦、石板天井。佛堂内耸立着大铜佛塔一座。塔身自塔座至宝顶密布着大小不同形状各异的佛像，人称"万福塔"。后据说这是明末清初吴三桂迎清军入关有功受封平西王时，于云南大理命人专门铸就拟运入京奉献给清帝的宝塔。谁知运送至此再也无法移动，人们认为是天意，遂就地盖宇供奉，故名之为"万佛寺""万佛塔"。塔前侧天井内有一仰头长颈巨石龟，龟背上立有石碑一块。相传此龟原在浮玉桥南端最大的桥洞下的深潭内修炼成精，与水口寺岸边成精的石龙船涌水斗法。汹涌澎湃的涛声惊动了正在仙人洞中弈棋的两位仙人。他们见洪水已淹至大南门，贵阳民众的生命危在旦夕。两仙人各执一枚棋子分别投向二妖。一枚将石龙船击为两段，一枚将石龟压服在地。我去玩时，或摸摸佛塔铸像，或爬在龟颈上一骑。如今石龟犹在，而佛塔却已不存。据说是大炼钢铁时被抬走熔做他用，万佛寺之名亦随之消失。这虽是贵阳民众就自然景观编出的一则美丽的传说，但却生动反映出贵阳人民根除水患的憧憬。贵阳城北高南低，夏季洪水猛涨，淹翻浮玉桥，淹至新华路、大南门的灾情往往隔几年会发生一次。

抗战前，贵阳人口约 10 万。卢沟桥事变后，日本侵略军自北而南大肆推进，大片国土沦丧。长江平原、东南沿海的工厂、学校及逃难者纷纷迁往西南。贵阳人口骤增至 20 万，分别被称为"下江人""广东人"。他们的到来，促进了贵阳社会、经济、文化的巨大变化与发展。同仇敌忾的氛围尤为浓烈。暴露日寇凶残、激励抗日的街头活报剧不时可见，《松花江上》《义勇军进行曲》在老幼市民中耳熟能详。一些相关的抒情曲虽非主流，对我年少的心灵浸润亦深，至今偶尔还会独自低吟。如《南洋之恋》："在这里我听过大海歌唱。在这里我闻过豆蔻花香。我曾在这美丽的南洋，遇见了一位马来亚的姑娘。我和她曾并肩靠着椰子树，我和她曾谈起我的祖国。她睁着她那大而黑的眼睛，痴痴呆呆地望着我。我们的友谊犹如海洋深厚，她为我而献出她的青春。那大海水也埋葬了她的形和影，那大海水却洗不尽我的仇和恨。每当那大海掀起波涛，那正是她的灵魂向我呼号。每当那阳光照耀着波涛，那正是她的灵魂向我微笑。惨然的微笑。"这首歌反映华侨与异国姑娘的深情相恋，回国参加抗日，得知恋人在南洋沦陷后不屈身亡的深情思恋及对鬼子的切齿仇恨。

1948 年的一天，母亲收到一张领取救济米的纸条，要我去领取。我天不亮就提着布口袋出门，沿经堂旁的小路上行。右转至经堂背后簸箕街向上延伸夹在坟地与经堂后墙间近 2 丈宽的小路上，蒙眬中听见人声嘈杂。好奇地挤入围观人群，见一位与我年龄相当的姑娘躺着，身上、地上都是血及被抓出的肠肚，手里还紧握着一条布袋，情况极为恐怖。听说是独自赶来领救济米时被豺狗咬死的。见到天已发白，我忙到位于经堂墙外左侧的王公祠前加入长长的领米队列慢慢移动。排了两三个小时眼看快到发放处，前面的人听说米已发完遂一哄而散。我也只得失望地提着口袋从马棚街回家。母亲见状问知情由后，未加责备，没有怨言，反而替女孩的父母深深地担忧而久久沉默无语。

二、求学

次年初冬，马棚街一带的情况有些异常。不时见一些人家雇人用箩筐挑着大小皮箱、藤箱、衣被、盆碗等，神色不安地经市南路向北而去。又偶见少许军队经纪念塔匆匆北行。南明区警察局位于马棚街（今之南明区医院院址），戴大盖帽、穿黑警服的警察们忙碌地从局里向有篷的大卡车上搬东西。这些情状尽管有些异常，但整条街及其附近情景依旧。

某日初冬清晨。我如常走出巷口到街上捡煤渣。忽闻锣鼓声响，街两侧站满了人，人家户门上、壁上贴着标语，人们夹道欢迎部队。这支头戴红色五角星帽穿着灰色棉军装的部队高举着红旗、抬着大幅毛主席、朱总司令的像走在最前列，整整齐齐、精神抖擞、一排三列地从纪念塔走来，源源不断地向城内挺进。夹有枣红色战马，马上未见骑马的军官而是驮着物资，体形远比平时见的大。据说这支称为解放军的部队是从油榨街方向进来的。后来得知这一天是 1949 年 11 月 15 日，贵阳解放了！

快过年时，居民组长谢子贵带着一位解放军给我家送来一袋米，我第一次感受到吃饱饭安心过年的喜悦。次年秋季，我开始入学读书，校名世光小学（即后之新华路小学）。因年龄大，"跳级"读六年级，同班同学基本上都住在马棚街附近，记得有魏星、任明祥、杨仲明、孙竹安、王家谟、张正明、薛玉琴、张素兰、吴春华等。魏家父亲曾与我母亲一起在街上挑水卖，任家父亲是铁匠，薛家母亲帮人洗衣。学校建立少年儿童队，我被任命为小队长。当时规定，队员路上遇着老师举左手行队礼。有个星期天，下着毛毛雨，我从街上买了2斤米放小簸箕内用右手扶着顶在头上往回走。适逢瘦高个子戴着眼镜的卢老师迎面走来，在立即叫"卢老师好"的同时举手行队礼，不小心将头上的簸箕碰歪，一些米撒落于地。等老师过后，我立即蹲下，将沾有泥水的糙米（当时人们认为糙米不如白米味道好，不像现在以为糙米比白米营养价值高，还很难买到），细心地捧入簸箕内带回家，淘洗后煮食。

1952年，我小学毕业，居然考取了贵阳一中。贵阳一中分为初中部和高中部。高中部在今筑城广场，初中部在今贵州省实验中学。进入一中，有如来到幸福的乐园，是我永铭心田的美好时段。学校不仅给了我甲等人民助学金，在校吃住不交一分钱，连书本费也全予免除。还被选为班上劳动委员，并由班长冯泽珍及赵有杰介绍加入了新民主主义青年团。

暑期，学校选派我和夏德馨同学参加在花溪中学举办的体育培训，负责人是市体委的薛步高同志。每天，我们在大将山下的广场上学习体育项目，艰苦、愉快而兴奋。

一中初中部紧邻河滨公园。其时，两者无墙栏相隔。考试前，我常带着书本、笔记本到园内草坪上、树荫下，或脱鞋挽裤坐于河畔岩边、石头上，将脚浸入水中舒适而安静地复习功课。每天下午课后要上读报课，由口齿清晰的同学念要闻，社会时事、政治不断浸淫脑际。功课有不懂之处，晚上可请教老师。教师宿舍就在校内的"干臣大楼"，为北伐战争时期任川黔军总指挥袁祖铭（号干臣）公馆（建贵州省实验中学后拆除）。老师们均能予以解答，没有花钱请老师额外补课的现象。

贵阳一中就在南明河畔，得天独厚。全市的中学唯有一中开设有游泳课。此课程是由时任一中初中部教导主任的王新邦老师所倡设（王新邦老师极强的记忆力在贵阳市中教界是出了名的。学生报到时他问知后再见着，均能一一叫出名字。后来在六中给我们上世界史时不带讲稿，能完整、清晰而准确地讲述，是同学们很敬畏的一位老师。后调贵大历史系任教，还长年坚持于花溪冬泳。据悉已病故）。届时，于新桥下游近高中部水较平浅处之两岸拉粗绳为界，由曾获跳水冠军的陈果老师及王主任亲自带领，所以一中学生大都会游泳。

城里唯有一中的学生须摆渡过河上学。可容四五十人的大篷船朝上游的一边用粗铁索穿过船缘上的若干铁环，固定在两岸铁桩上，由一船工于每日上课、放学时摆渡。据说有年洪水陡然暴涨，索断船翻，有数人被巨浪吞没！我偶尔晚餐后也乘此船上岸，再沿文化路经河滨公园返回初中部，但都是在风平浪静时。自那次事故发生后，凡遇风急浪高时均停止摆渡。

开大会听报告及文艺演出，平时一日三餐，初中部学生都要过新桥、沿河岸到高中部大礼堂、学生食堂进行。食堂很大，8人一桌，可容数十桌。享用甲等人助金的同学假期照常供应用餐，包括除夕的年夜饭亦然。这天来用餐者虽然很少，但菜却十分丰富，以至清炖鸡、红烧肉、油炸花生米等大都剩下，没有一人饭后带走。饭后，我才过朝阳桥、南明桥，高高兴兴地回家陪母亲守岁。

1954年，我受派到群众教育馆（新中国成立后改为人民剧场）参加团省委书记汪行远同志报告会，听到中央关于新民主主义青年团更名为"共产主义青年团"的决定。嗣又作为初中毕业生代表之一到新落成的贵阳饭店用餐。堂皇、明亮的餐厅，宽大、厚重、华丽的桌椅，碗底有朱红印记的景德镇瓷碗，丰美、形异的菜肴无不令我感到新奇。

初中毕业后，我被分派到贵阳第六中学就读高中，编入高一（三）班。全班48人，基本上是来自贵阳五中和贵阳一中。贵阳六中是1954年仿照苏联莫斯科高尔基中学式样建造。首届招收新生高中3个、初中10个班级。老师都是从各校及西南师范学院分配来的毕业生抽调来的。无论师生均是全新的组合，工人多是由附近村寨耕地征用后的农民组成。

学校刚落成，尚有平整操场、室内装修等工程要进行，虽与各校同步开学，仍需借用一中高中部的教室。于是出现两个中学的师生同在一所学校不同教室进行教学的奇特景观。上课之余，学校还常组织我们从城南到城北回校参加平整操场、球场及栽种灌木等护场劳动。同学们尽管劳累，却都热情以赴，从无怨言或借故躲避。一学期后，学校组织各班将课桌从一中抬至新教室整齐排列，正式在新校舍上课、食宿、晚自习。起初，我任班长，后任学生会主席兼校团总支委员，前任主席是丁琪先。

学生会动员各班开展文娱活动以活跃气氛、增进情谊、展示青春才华，安排每天课间操后就地跳一曲苏联式的集体舞再接着上课。我们班对集体活动尤为热衷。不时于天气晴朗的黄昏时刻，从校园漫步到校门右侧斜坡草地上，或低语交谈，或轻轻哼唱，至8点即进入教室上晚自习。10点方回寝室。

1955 年暑假，我们班向省军区借来帐篷两顶、行军锅灶一套，买上粮油及蔬菜，准备好行李，列队步行至花溪黑石头开展为期三天的"野营"活动。集体野炊，席地晚餐，一览农村美景风光。

次年，在得知我国农村已普遍实现高级农业社的广泛宣传与报道后，校团总支（书记吴昌泉老师、副书记史继忠同学）与学生会商定，以贵阳六中学生会名义向全市中学发出倡议书，利用寒假下乡参加"扫盲"，为帮助农民提高文化水平做贡献。那年寒假，我们背着行李徒步到指定的朱昌乡，三人一组地分派到各村寨，于晚间教农民识字。年关将近，我们整队返城。在村民们的送别中度过一个有特殊历史意义的寒假。

1957 年行将毕业迎接高考，这年全国高校招生数仅 10 万 7 千名，远低于前几年。大家虽然重视，认真复习功课，但并不焦急。学校既不安排补课，社会也无补习班和出售复习资料之类现象，也未见媒体喋喋不休的报道、宣传。整个社会依旧如常运行。高考前几日，我们几个同学还去云岩电影院看苏联影片《乡村女教师》。

为了将社会发展、国家需要及个人理想相结合，学校特组织毕业班同学到贵阳水泥厂、贵州汽车配件厂、贵阳师范学院等处参观，以便选择自己今后的专业发展方向。在填报志愿时，我填的第一志愿是贵阳师范学院历史系，第二志愿是云南大学历史系，结果被云大历史系录取。云大学生会发来贺信及对云大的简介。招生委员会发给火车票一张，王新邦、袁俞英老师各给 5 元钱，体育老师龚循逵赠送灰卡其布衣服一件。临行前十几位男女同学约我在王益晖同学家（时住交通巷）"熬夜"，做热腾腾的馒头、稀饭当夜宵，次日清晨一起到贵阳客车站送别。我怀着满腔的激情与深深的眷恋，首次离乡远行。

那时候，贵阳到昆明的行程分为两段。先乘长途客车到关岭，住关岭城外街边客栈。第二日下午到沾益，由设在那里的云大新生接待站安排上火车，夜间抵达昆明市。时逢中秋节，我先被带到学生食堂用餐，吃的是红糖稀饭和包子。包子很大，大如饭碗，掰开一看，里面竟夹着月饼一个！

云南大学位于翠湖之滨。头两年学世界史、中国通史、印度史、阿拉伯史、东南亚史、考古学、历史文献学、逻辑学等基础课。后两年学专业课，我选学的是云南少数民族史。杨堃先生讲授"原始社会"、方国瑜先生讲授"彝族史"、江应梁先生讲授"傣族史"、尤忠老师讲授"云南民族史"。在新中国成立初期，人类学、民族学被视为资本主义学科，许多高校将之取消，只在中央民族学院（今中央民族大学）和云南大学保留下来，实为不易。云南不仅少数民族众多，且人类发展的各社会发展阶段均有不同程度的存留，为全国所独有，所以我选学了民族史专业。大学四年（1957～1961年）中，时逢我国多事之秋，日常生活及教学秩序均被打乱。我们57级历史系同学共有37名，调干生几乎占到一半，女生2名，选择民族史专业的共10名。刘西芳任党支部书记、谭世尊任班长、何耀华任团支部书记、我任团支部组织委员兼团总支宣传委员。我们被安排参加向党"交心"的"交心运动"，后来全校停课，参加大炼钢铁。历史系安排在开远县大庄公社。

我们乘坐旧时滇越铁路留下来的窄轨小火车，列车在前后各一辆机车头的拉推下运行。于大庄山岭上砌炼炉、抬风箱、挖铁矿，日夜鏖战月余。劳动强度大、时间长。伙食供应充分，然睡眠严重不足。先组织男同学下山到火车站，从车厢里将新制的风箱抬下后，每一风箱由4人前后肩扛着翻山越岭十数里地，运至工地。起初大家还精神抖擞，上山后，大汗淋漓渐感疲劳，持续在夜幕中于起伏曲折的山间小道上小心吃力地摸索着缓缓逶行。途中听到就地休息一会的通知，大家不约而同地长长吁一口气后立即放下风箱就地躺下，无论身下压着的是碎石、湿土或荆棘，顿时鼾声四起、臭屁起伏。大约20分钟后，哨声吹响，大家马上醒来，又抬起风箱默默地继续前行，直达工地。除参加劳动外，还安排我两项任务。一是与高班同学团总支书记朱惠荣办油印小报《跃进》，报道系上各班在持续艰苦劳动中出现的好人好事，以资鼓舞。一是叫我晚上给全班同学讲课，内容是王国维先生《观堂集林》中有关殷周史地和古籍考订方面的论文。我从未看过该书，也读不懂，但任务不得推卸。在一间农宅楼上的油灯下，大家席地而坐。我一知半解地讲着，除面前灯下的几位同学的眼睛时睁时闭地在"听"，周边灯光不及处的同学们，基本上都是坐着打瞌睡。讲者吃力，听者无效。从大庄劳动返校后，回到教室。

教室在"会泽院"内。"会泽院"是云大（云南大学建于1922年，原名"东陆大学"，为云南督军唐继尧倡建。原系私立大学，1934年改为省立，1938年更名为"云南大学"。1946年版《大不列颠百科全书》将其列为中国15所著名大学之一。2013年在教育部组织的全国高校学科评估中，云大的民族学排在第二位）标志性建筑，有如一座古城堡，耸立在高高的台阶之上。原于其左前方置有一尊铜炮，炮口昂向远方，是当年中法战争时期冯子材将军抗击法国侵略者的珍贵文物，但已不复存在。问知是大炼钢铁时，被抬去熔化了。之后，我们又到郊区茨坝为机床厂挖土方，为修整翠湖挖淤泥，为建云南大剧院而参加拆迁。

在一堵高墙上拆卸楼板时，我因用力过猛身子后倾，右脚踩在一块木板的锈铁钉上。拔出后，血流如注，几乎摔跌下来。涂上消炎药后，尽管疼痛钻心，仍继续劳作，至今脚心伤疤犹存。

体育课上，要求学生达到一项《劳卫制》标准，各系分别集中于操场上测试学生自选项目。长跑耐力不足者，可让两人左右搀扶，甚至拖着到达终点即可算作达标，或只要参加 2 场篮球比赛，无论输赢，参赛两队全体成员每人记分均为合格。

课外，我常于较为冷清的图书馆内，阅读各种专业书籍及中外名著，静静地阅览，如饥似渴地汲取知识、精神食粮，很难上街市张望，很少在校前翠湖公园里闲聊、惆怅。避免了浮肿病的袭击，亦未发生思想情操上的忧伤。白天黑夜较长时间的持续阅读却导致眼睛的近视，学校还为我配了副眼镜（入学后，学校给我甲等人助金，每月 12.5 元伙食费外还给 3 元零用，住宿、讲义全免费）。

1961 年，大学毕业填报工作分配志愿，我填的是服从党的安排到祖国需要的地方，结果被分配到贵阳。我们云大、昆工和昆师数十名分配往各省的互不相识的男女同届毕业生，坐在一辆由两位师傅轮流驾驶的大客车内。上午出发，一路欢歌笑语，凌晨 1 时到达贵州省人事厅招待所食宿，大部分人次日继续前行驶往其他省份。

十来天后，我接到分派到贵阳师范学院历史系的通知前往报到。其时的师院历史系位于办公大楼右侧，与政教系、中文系同一幢楼。中文系在右，历史系在左下两层，政教系在历史系的上一层。系上安排我参加《贵州史》的编写，为张世德老师讲授"贵州史"做辅导，又任历史系教工团支部组织委员。次年，与项英杰先生各带一组毕业生到遵义做教学实习。项先生在遵义四中，我在遵义一中，为期两月。1963 年我所写论文《仡佬族先民与古夜郎的关系》发表于该年《贵阳师范学院学报》第 3 期。1964 年，被安排给政教系学生讲授"贵州史"。

1965 年，师院党委为推行教改，特下文从各系抽调一两名青年教师组成赴毕节教师进修组，参加为期一年的教育实习，回来后作为推动师院进行教改的骨干，组长为地理系的何才华。历史系抽调我和孙月娥。我与物理系的杨昌达分配到毕节县（今毕节市）燕子口中学。

燕子口位于毕节县北部与川、滇两省相邻地带。学校在公路左下侧与区政府毗邻，为初级中学，共3个班级，以两层破旧的瓦房作教室、宿舍及食堂，与其北端垂直相接的数间平房作办公用。以两栋房屋间约100平方米的土坪为操场，作学校集体活动用。操场上还留有一块高宽约2米的不规则的岩石。无围墙、无校门，教室旁为宽约1米的乱石路。

此间，我先后被评为毕节县"五好青年""优秀团员"，并刊载于毕节县《共青团报》上。适逢中央号召举办半工半读、半农半读中等专业学校，毕节地区农科所创办起本地区半农半读中专1所，年底我被选调该校。通过一年燕中的教学与社会实践，亲自体验到城乡差距之大，边远山村农民之勤劳、质朴与艰辛，对知识文化之稀缺与渴望。年底得到调动通知后，很兴奋，认为这正是我报效人民的大好时机。为解除后顾之忧，于三日内将母亲的户籍一并迁往同行，决心扎根农村，并告知在昆明的爱人杨德芳望其一并来毕节，否则可选择离婚。

毕节农科所位于城外5公里之德沟。德沟是一四面环山的小盆地，有一条能通马车的乡道缓缓而上通达毕节城。有职工200余人，以试验田培育稻、麦新品种、新技术并加以推广为主旨。周边散落着村寨，牧科所、农校亦在其左近。

所长邵之道，副所长王宗祥、郑莲玉、赵清尘，科研干部约20名，其他为农业工人及后勤人员。王兼任校长。科研干部兼任教师，其中南光燮任班主任。我为专职教师，教语文，兼任团地委农科所支属职工支部宣传委员。20来名学生来自区内各县。我与家人的到来，颇受领导、干部、群众欢迎。所内既无广播，我亦未订报纸，也极少进城，处于闭塞状态，集中全力钻研教学备课。

在那个特殊的年代，我和家人经历了很多波折，最后都坚持了下来。

1973年暑假期间，地革委调我至毕节三中教初中两个班的语文，安排住于校前坡上采石场与地区物资局宿舍相邻的宿舍一间（两进室）。当时，一家五口（三女儿出生在毕节铁匠街）靠我与德芳先后于一中、三中代课维生，生活困难。每天课余，我俩就近搬拣选剩的石头，将其敲如核桃大小的石块（称为"核桃石"）和碎石（称之为"瓜米石"），托人以马车运去工地作建筑材料，换点钱添补维持生活。时任省革委秘书长的老领导得知我的处境后，发来公函将我调入第六砂轮厂子校任教。

党的十一届三中全会后，科学的春天到来，我常在寒暑假自费到花溪、白云、乌当等郊区的苗族、布依族村寨调查。在花溪公社陈书记陪同下，曾在花溪大寨做过为期两天的实地考察，得知该处的仡佬族迁走后留下的仡佬坟、仡佬井等遗迹；在乌当调查时，参加布依族婚礼，并了解到苗族每年到贵阳参加"四月八"悼念活动时不吹芦笙的缘由；在白云区映山红公社搜集到苗族参加修建贵阳城的故事。此外，还撰写有关夜郎的论文数篇，在同事邱声凯、何让、李建哲等老师帮助下印制装订或与史继忠合撰投稿，刊发于《贵阳师范学院学报》，随之而得以应邀参加由省文化局局长田宾主持的 3 次有关夜郎的学术研讨会。

六砂子校首届毕业生于 1979 年参加高考即被录取 6 名，厂党委特要我带领几位科任老师暑假外出旅游以示奖励。我们沿江而下，登庐山、到扬州、至上海、游苏杭。有幸第一次饱览祖国壮丽秀美的大好河山，体验我国历史文化之悠久、丰茂，给我留下了生动、深刻的记忆。

返校后意外地收到中国社科院点名要我参加该院助理研究员考试。既意外，又兴奋，且着急。意外的是我以前并不知道社科院，更未想过报考；兴奋的是竟然单独招考我；着急的是通知早已到达，因我外出旅游，距考期仅剩 3 天时间，又不知考什么范围、看什么参考书。来到贵阳，我按指定地点找到省民委（当时，民委在省政府 5 号楼），由民研所的李福同、龙伯亚两位监考。他们说试卷是从北京空运来的。想不到 10 月即收到调贵州省民族研究所的通知。

三、 科研

最初几年，民研所领导安排给我的任务是参与编写国家民族事务委员会规划的"少数民族简史"任务中的《苗族简史》和《仡佬族简史》。为此，特到有仡佬族、苗族分布的省内各州县及湖南、湖北、云南、四川、重庆、广西、海南以至于北京门头沟等地走访、图书馆查阅资料、入村做实地考察。在此基础上写就《苗族简史》第一章"族源与迁徙"及《仡佬族简史》部分内容。调查的同时，除以此两族为重点外，对相关的民族亦随机就地走访调查。既节省了时间与经费，又拓展了调查范围，更有利于对民族关系认识的拓展与提升。故而，于汉族、彝族、回族、侗族、水族、瑶族、壮族、傣族、景颇族、哈尼族、布朗族、纳西族、基诺族、羌族、藏族、土家族等民族的人物、群众及其历史文化均有一些接触及了解。一年一度的"六山六水调查"形成定制后，我个人的调查更纳入统一的调究范畴，得以持续参与践行。顾炎武

1983年于成都参加中国《山海经》学术研究会（二排右八）。

先生"读万卷书，行万里路"之句成为我的座右铭，长期践行不辍。孔夫子"学而不思则罔，思而不学则殆"作为自省与鞭策，更以"全心全意为人民服务"的宗旨作为自己一生努力勤奋的鞭策与目标。在民研所的前十年内，我沉浸于调查、读书、撰稿之中。

从文献梳理和现实调查实践中，深深感到我国民族研究太复杂、太重要，对之始终抱以敬畏之心、浓烈之情，而不敢稍事满足、懈怠或呈现武断。20世纪80年代，我提出召开"民族支系研究"和"汉民族开发贵州的历史贡献"两个专题研讨会，均得到所长向零同志等领导的支持而顺利召开，反响强烈。

民研所新班子建立，余宏模任所长，陈国安和我任副所长，分管科研。改革开放后，国内外学者交往较多，接待不少。我提议乘接待之机，请知名的专家学者在所里做学术讲座，以拓展本所科研人员的知识领域，提升科研水平，弥补派出进修、培训力量之乏力与不足。

为迎接世界妇女大会在我国首都北京召开，所里组织了一次贵州少数民族妇女问题的调查，后又邀请省内各少数民族妇女代表白令、蒙素芬等同志参加妇女问题研讨会。她们均做出激情、感人的发言。在此基础上，编辑出版由我写有"导论"的《贵州少数民族妇女问题研究》一书，带至北京参加"世界妇女大会非政府论坛"。会后返筑，即接民委电话，言郝鑫忠副主任找我谈话。郝言，党组织决定任命我为民研所所长，我立即谢绝，表明经"十年动乱"，科研人员青黄不接，我要全力以赴投入搞科研。郝就党组的决定是在征求民研所在职及离休职工、几位民族代表意见后形成的情况进行了说明，我只得应承。

在所党委及诸位副所长的关心、支持及全所职工的共同努力下，民研所的科研工作继续向前推进。《贵州省志·民族志》的编写、审核、出版，即

1986年于务川仡佬族苗族自治县参加《仡佬族简史》审稿会（前排左一）。

是这一阶段具有标志性的集体科研成果。在作为省社科系列职称评委成员参加历次相关职称评定时，我均本着秉公弃私的准则参加评定，做到问心无愧。

我的理想和追求是学术界的群星灿烂而非一枝独秀或孤芳自赏。在同一

1988年参观黄果树瀑布。

时段内承担民盟贵州省委、民盟的民族研究支部、省政协、民研所、贵州民族学会、省苗学会、中国西南民族学会、中国民族学会等诸多机构的工作。爱人杨德芳在贵州民族学院（现贵州民族大学）历史系任教，每次上课均早出晚归，无暇操持家务，买菜、做饭常由我下班后负责。长期繁重的社会工作、繁杂的家务并未使我放弃或放松我的科研本职工作，常利用星期天、节假日及夜间学习、思考与写作。除完成科研人员年度考核的科研任务外，《夜郎故地上的古汉族群落——屯堡文化》一书及《民族研究应与时俱进》等论文就是在这样的时日里断续写就的。快满"耳顺"之年时，我即向民委提交辞呈，未获批准。后又请副所长陈国安陪我去找分管的严天华副主任，当面强烈要求组织

领导按政策规定让我辞去所长职务，直至63岁方获批准卸任。67岁时中共贵州省委组织部批准我退休。时虽已秃顶，但身体犹可。民委纪检组长杨贞杰同志在所里宣布我退休的会上风趣地当众问我："翁所长，你是怎么保养的？"我的回答挺简单："淡泊个人名利！"

我的学术研究从贵州最古老而式微的仡佬族开始，继而着手贵州少数民族中人口最多、分布最广的苗族。以这两个民族为基础，旁及与之相关联的贵州其他民族。又因仡佬族、苗族散居于西南诸省与其他民族错杂而居，因而学术视野又向西南民族领域延伸。

秦汉以来，我国即形成统一的多民族国家的政治结构及多元一体的民族文化体系。这决定了对单一民族的研究不能孤立封闭地进行，须与我国通史、相关地方史相照应。

1995年在中国民族史学会银川年会上，我提出作为民族研究的专家学者在研究过程中"须有满腔的民族感情，但不能有丝毫的民族偏见"的看法得到不少与会者的赞同。科研即科学研究，其本意当为实事求是地发现问题、解决问题。若带有民族偏见去做民族调研，于对象的选择、资料的运用、结论的得出等方面都会偏离该民族历史文化的本真，给相关民族形象带来负面影响，客观上也有违民族平等、民族团结的基本准则，是民族研究中一种历史虚无主义的表现形式。

四、退休

我之所以一再要求退休辞去行政职务，一是让年轻人能及时跟进，一是有更多的时间静下心来完成编写三部著作的心愿。然而事与愿违，退休已11年，不但没出一本，还一直未曾动笔，时间基本上被一些杂务耗尽。

民研所与师大生（物）地（理）学院联合招收民族地理方向的研究生，要我讲授"西南民族史"。五年后又叫我改上"西南民族文化史"，以适应社会发展需要。原本商定只讲两三年即由中年人接替，结果拖至去年才兑现，整整连续上了十年，送走了一批又一批来自省内外的学生。每届学生数目不一，少则2名，多则6名。无论学生多或少，于教学均抱以敬畏之情，坚持对学生尽"传道、授业、解惑"的职责。上课常遇交通堵塞，冬季天寒地冻，无不早起，从未迟到，并将"德才兼备"的内容有机地融贯其中。我没学过教学法，在教学实践中，自己摸索到一些关于备课与讲课之间的关联与转换，

2001 年走访紫云苗族布依族自治县（左二）。

2010 年到六枝县岩脚进行石刻考察（左）。

即"复杂问题简单化，抽象问题形象化，高深问题浅显化"，引导学生认真学、容易学、喜欢学。整整教了十届研究生，从无缺课者，无课堂上打瞌睡者。有时，其他专业学生还来听讲。去年安排我教的学生定额为 3 名，结果来听课、做笔记，甚至要求参加考察的学生却一直保持 16 名。我不嫌麻烦，不认为是增加负担，而是感到高兴。在社会上浮躁、功利之风弥漫的当今，学子们能如此埋头苦读，认真扎实地求知，其精神实在不易且可贵。

贵州省民族事务委员会推荐我为省文史馆馆员。除参加馆内每月一次的政治学习外，热心接受馆里安排的一些学术活动，如参加"南明文化"的研究、"水东文化"的研究、"蚩尤文化"研究、给黔东南史籍介绍等。省苗学会推荐我为第十六届世界人类学·苗学分论坛主席，在副主席张晓、秘书长麻勇斌及苗学会会长喻忠桂等的全力支持、协助下，顺利地完成了任务；受省社科院及遵义市政协文史委员会邀请，分别为院历史所、民族文化所及市政协举办学习班，做"仡佬族文化特征"专题讲座；受黔东南州苗学会邀请，于丹寨进行"苗学研究"讲座。受聘为省人大常委会咨询专家委员会，咨询专家任内，得知原定于观山湖区并已破土动工的省博物馆新址又将被征拨做他用而拟移建于贵安新区后，即在省人大常委会举行的专家咨询委员会年会上提出，省博物馆应建设于省会城市，政府的规划不宜再行变更，引起主持会议的省人大常委会副主任龙超云同志的关注，当即表示了解情况后与有关部门商量解决办法。受聘为省非物质文化遗产专家委员会专家，参与第一、二、三批国家级"非遗"名录的推荐，以及参与贵阳市第三、四批省级"非遗"名录的调研与推荐；受文化厅委托，连续4年给"海峡两岸高校联合赴黔调查队"在贵阳做"民族调查"专题讲座后，再下去开展调研。完成省民委主持的省长基金课题《贵州世居民族迁徙史》中的《贵州汉族迁徙史》《贵州苗族迁徙史》《贵州仡佬族迁徙史》，《贵州世居少数民族文化名片》中的《贵州苗族名片》以及《贵州世居少数民族文化史·绪论》；并应省民委安排，给省民委年轻干部做民族知识讲座；应民研所领导安排给全所科研人员做"民族调查"专题讲座；与杜玉庭等老同志一起出席中南民族大学年会时，应该校人类学民族学学院邀请做"西南民族历史与文化"的专题讲座。2011年中国民主同盟成立70周年之际，被民盟中央授予"先进个人"称号；同年参加贵州省文史馆专家学者讲学团赴台湾高校讲学。受中共贵州省委统战部委托，给湖北省委统战部于遵义举办的学习班讲授"贵州民族文化"；受省志办邀请，参加第二轮地方志书的评审，相继参加了对《黔东南州民族志》《台江县民族志》《贵州省志·民族志》《贵州省志·审计志》《贵州省志·宗教志》《贵州省进出口检验检疫志》《贵州省志·海关志》《贵州省志·人力资源和社会保障》的评审，并参与《贵州省志·人物志》近现代部分人物志稿的撰写。

退休迄今，总在忙乱中过着，不觉已达11年。更没想到自己已步入八旬！儿时的苦难磨就我能吃苦耐劳的身躯，青年时代的熏陶与理想铸就我的意志与情操，能做到"威武不能屈，富贵不能淫，贫贱不能移"，无怨无悔地为国家、为党和人民的事业做出力所能及的奉献，而未虚度年华。

我深感安慰的是，爱人杨德芳，不仅与我同甘共苦度过了金婚之年，在极其艰难的岁月抚育3个孩子成长，改革开放以来，我数百万字的文章、论著都是她于1995年前后分别用手誊抄、用电脑录入完成交付。长女翁泽红（贵州省社科院历史所副研究员）、儿子翁泽坤

2015年在普安调研（左）。

（贵州省考古研究中心副研究员）、次女翁泽仁（贵州大学人文学院教授）受父母影响皆从事教学或科研。他们各自勤奋地工作，从未给我带来压力与拖累。有着组织领导的关心、学界同仁的支持，长期在民族村寨调研过程中，各族乡亲父老的勤劳、质朴、善良、坚毅、和谐、敬老、爱幼、崇德、守信等品质，无不留给我深深的印象，涵化为我的精神滋养。这不仅助推着我所从事的教学与科研，更陶冶着我的生活与情操。

作者简介

翁家烈，苗族，1936年农历九月生于贵州省贵阳市。民盟盟员。

1980年8月应考中国社科院助理研究员，录取后于同年10月调贵州省民族研究所（今贵州省民族研究院），相继任副研究员、研究员、副所长、所长，《贵州民族研究》编委会主任兼主编。

历任民盟社科支部副主委，贵州省民族研究所支部主委，民盟贵州省委委员、常委、副秘书长、副主委，贵州省政协委员、常委、民族与宗教委员会副主任等职。

现任贵州地方志协会常务理事、贵州统战理论协会理事、贵州历史文献研究会常务理事、贵州仡佬学会顾问、贵州史学会顾问、贵州苗学研究会副会长、中国民族史学会理事、中国西南民族学会副会长、中国民族学会副会长。

读过私塾，经历过新旧两个时代，带着犟牛牯的劲头，高银汉原始森林走出了小秀才，人民助学金帮你完成了大学学业。吃水不忘挖井人，你又用笔描绘了养育自己的家乡。

我要去上学

谭良洲（侗族）

走出大山，是每个身居穷乡僻壤、大山深处的人梦寐以求的事。然而，因为时代的不同、所处环境各异、经济条件的限制、文明水平的高低、社会需要差异，乃至于身体状况的好坏，他们的经历、向往、追求和归宿却是迥然不同的，不可能如出一辙，也不可能一帆风顺。"路漫漫其修远兮，吾将上下而求索。"正是冲破这些羁绊，我从莽莽大山中一路走来，直到冲出大山，走进都市，我对自己说：我的追求不是梦。

我出生在贵州高原东南部的层峦叠嶂的一个穷山沟里。过去，在这片被称为"地无三尺平，人无三分银"的蛮荒之地，人们的生活水深火热，而我们生活在深山老林的人更穷啊，不要说"人无三分银"，连一分银也难拿出来。

当时，我家非常困苦，父母、阿姐和我一家四口住在用几根杉木搭成的茅屋里，四面用稻草编成墙围住，房顶用破旧的杉木皮盖着，家中只有一个煮饭用的破损的鼎罐和一口老掉牙的炒菜锅。父母给地主做长工，每天起早贪黑下地劳动，总攒不够全家的粮食。我们常常吃了上顿没下顿，一年到头常有三四个月断炊，父母只好上山挖蕨根、摘野菜给全家人充饥。村寨的老人常常议论，孩子只有上学读书，长大才能成龙，跳出这个穷山恶岭！听着这些议论，幼小的我心驰神往，向往着走出山沟，总缠着父母吵着要上学。可是，家里穷得叮当响，连吃饱肚子都成问题，更不要说送我去念书了。父母经常默默流泪，被逼无奈之中，也只能天天哄我："等到有钱了就送你上学。"

这样一来二去，我熬到 11 岁。

据父母后来回忆，就在我 11 岁那年的一个秋日拂晓，黑云遮掩着晨光，一层层从空中慢慢飘过，就像一幅幅黑幔从舞台上缓缓移动，没有一丝光亮透出来。我正蜷缩在被子里酣睡，也许是幼时的一种质朴的希冀、一种期待，抑或是一种向往，也许是一个梦想、一个盼望，抑或是一个追求作祟，不时冒出几句在父母耳边时常念叨的"我要读书……我上学了……"的呓语。"阿洲，起床了！"当慈母拍醒我时，我仍然沉浸在背着书包上学这个美妙的梦境中。

阿姐已长大成人，父母狠心省吃俭用终于攒下一块银圆，为我在乡里一家私塾报了名。我高兴得手舞足蹈，恨不得马上坐在学堂里读书！为备办我上学的家当，又没钱，母亲用自织的粗布缝制了一个小书包，父亲从屋后砍来一株青竹，把竹削尖就成了"笔"，把木炭用水化成"墨水"装在一个玻璃瓶里，权作我上学的工具。9 月 1 日清晨，我背着书包，欢天喜地一蹦一跳地上学去。

家里所在的村子，距学堂有十多公里，要穿过山峰连绵的高银汉原始森林地带。这里河谷幽深，每天上学放学，我都要往返跨过峥嵘嶙峋的大山中的几座木桥，涉过鹅卵石铺就漫过腰身的几个滩水，每逢下雪下雨，木桥湿滑，溪河难涉，总少不了跌几跤。上学时，遇到溪河几次涨水，我涉水时无数次被水冲倒，弄得一身湿淋淋的，有几次被水呛得昏头昏脑，在水中挣扎起来又向前行。记忆犹新的是初春的一天，天下着大雨，我披着蓑衣挽着裤子正渡界牌河，突然山洪暴发，把我卷入急流之中。正当我高喊救命之际，恰巧一个砍柴的汉子经过，见此情景，他不顾三七二十一跳入水中，把时沉时浮的我从水中捞起，送到岸上，控尽我腹中呛进的水。他问我到哪里去，我如实告诉他去读书。他忧郁地说：读书好啊，就是路上危险太多。他还嘱咐我今后要注意保护自己。我连声感谢救命之恩，作揖道别，竟然忘记询问这位救命恩人的姓名，真是该死。

高银汉原始森林非常茂密，各种古木奇树千姿百态：有的高耸入云，有的树冠遮云蔽日；粗大的树干、树枝上的气根"倒栽葱"式地张

连绵群山。

牙舞爪从半空扎到地里，成为支撑树冠的支柱根，形成独木成林的奇特景观；纵横交错如蛟龙盘绕的地面根，附生着蕨、地衣、苔藓、兰花等20多种植物，如同古代武士披着的铠甲阴森可怕。穿过这座森林，走最便捷最靠林边的小径，也要翻过4个上下几百级石阶的陡坡和十多里较为平坦的山路。然而，这里根本没有路，只有人们进山采摘野果或药材时留下的弯弯曲曲的踏痕，长年累月被繁茂的灌木丛和齐颈的茅蒿掩盖，严格地说，不能称为路，按鲁迅的说法，现在看来，只是走的人多了才成其为路。上学时节，都要拨开路边的荆棘茅蒿寻找出路，时不时被低矮的荆棘茅蒿挂伤。这里也没有空地，在阳光的透射下，大地蒙混着一层猪肝色的光晕，藏着的豺狼虎豹到处巡窜，蛇以及其他小动物在寻食，一不小心，就有生命危险。曾几何时，不知流了多少汗和泪，每天无论是上学还是放学返家路过这片原始森林都是提心吊胆，小心翼翼地前行。尽管环境如此恶劣，但是为了读书，在这个荒僻而又充满危险的山区里，任凭风吹雨打，顶着夏日的酷暑、冬天的严寒，我还是义无反顾，穿梭前行。如今细细琢磨才真正体味到：世上本无路，路是人走出来的，走出大山之路何尝例外！

　　高原的冬季是非常寒冷的，我们的私塾学堂是用一个地主废弃的木楼改建的，因为年代久远，乡里无钱修缮破旧不堪，四面通风，同学也只有五六人，坐在教室里饱受秋夏酷热冬季寒风刺骨之苦。进入十一月，我和同学都带着火笼（用竹篾编成笾，上有提耳便于携带，将盛有火炭的瓷罐装入其中）听课。寒冷的风吹得我们瑟瑟发抖，蜷缩成一团，像草木灰做的粽子，脸青面黑。许多同学脚上手上甚至耳朵上都长满冻疮，又痒又痛，我亦不能避免。

　　私塾学堂里的老先生是天柱县城人，讲话带着浓重的黔东南口音，执教严厉，开篇教授的是《百家姓》《三字经》和孔子的《论语》。在这里，背不出当天所学课文的同学是要被先生打手心的，手心朝上，任凭老师责打，不许把手缩回去。打手心用的是一把木尺，平时不用的时候就高悬在墙上。我从没有被打过手心。这并不是因为我是从高银汉原始森林边上来，沿途受到难以想象的磨难而刻意放过我，而是每次，我先背好课文然后认真地在先生面前去解读。在那个时候，为了学习先生所教知识，我反复推敲，把先生前后教授的知识融会贯通。此后，又突发奇想，捡来燃烧未尽的黑炭，在路中的石板上，甚至近处的峭壁上，凭着记忆写了涂、涂了写。炭尽板花后，又从山中抠出白石，擦净石板峭壁重新再来，弄得全身黑一块，白一坨，常常受洗衣的姐姐责骂。自从如此以后，每当先生提问，我都能对答上来，很受先生青睐。

　　硬挺了几个春秋，天柱县解放了，建立了新的教育制度，我报考县中学，幸运地被录取了，成为千百年来本村考入县里读书的第一人。录取通知到达本村时，引起不小的轰动，左邻右舍奔走相告：我们村里出秀才啦。村长专门到我家贺喜，召集各家长者开会，决定庆祝，在距离我们村半里路程的楠木坳举办斗牛赛。当村中长者告知我时，顿觉愕然，一再推辞。终归无法阻挠，只有任村民们操办了。

　　是年八月十日早饭过后，楠木坳上聚集了全村老老少少，旌旗环绕，用彩色布制成几条横幅，上书"中国共产党万岁""中华人民共和国万岁""热烈祝贺谭良洲考入县中学""历尽千辛，开创未来"等标语，在秋天的阳光照耀下分外醒目。将近午时，斗牛队伍轮流举着旌旗拥着各自的水牯在炮声中入场。水牯们个个头镶铁角、罩红缎，背插令旗鹤尾，头上还以草凳遮护，相互铁角撞臀撬脖捉对分别厮打。这时，坐在主持人身旁的我感到既兴奋又感慨，既感激又振奋。是啊，四周悬挂的颂扬党和政府的条条横幅，字字金玉，怎能不引发我对党和政府拥戴敬仰之情；历经千般辛苦，成为幸运儿，即将踏进县城中学校门，怎能不令我兴奋；乡亲们的赤诚热情怎能不使我感慨万分，所有这一切与那水牯的搏斗声相映，撞出了我积极上进的火花！

　　此后，父母和阿姐为了我到县城念中学，忙得不可开交。父亲从生产队里借来 50 多斤稻谷，花了两个时辰用石臼（舂米的器具，中间凹下）舂好，挑上其中的 30 多斤到集市上去卖；母亲用自制织布机纺织了一条粗布垫单，把一床破旧的被褥和我的几套旧衣服缝了又缝补了又补；阿姐向亲戚朋友借钱给我买了洗脸盆和毛巾，并做了一双布鞋，一切都准备停当。

　　八月三十日一大早，我启程到县中学读书。乡亲们得知便不约而同地来到村边为我送行，有的赠给赶制的床单和新制布鞋，有的送给新挖的地瓜、花生，弄得我很不好意思，连连鞠躬道谢。村里的寨老捋了捋白花花的胡子，颤颤巍巍地对我说："阿洲哇，你是我们村寨里第一个走出寨门的秀才，要'赖赖夺勒'（意为好好读书），芝麻开花节节高，不负众望啊！"众人异口同声地高喊："阿洲，加油！'赖赖夺勒'，为家乡争气！"气氛之高涨，言之切切、情之深深难以言表。我举目向县城方向眺望，眼前的高银汉处处鲜花、潺潺流水，突然变得格外壮丽，林中竹子苍翠欲滴，随风起伏，仿佛绿色的海洋；各种各样的鸟儿放声歌唱，好似合奏曲曲大自然的颂歌！是那么悦耳动听，充满原始森林的神秘妙趣。这一切，是梦幻？抑或是苍天的感化？不，因为共产党好，人民政府好，才使我家的生活变得越来越好，才使得我进入中学学堂的梦想化成真实的图景，也因为父老乡亲的亲切关怀和企盼，以及生我养我的郁郁葱葱的高银汉的重托！

辞别了众乡亲，父亲为我背着铺盖行囊，母亲怀揣卖稻谷得来的7元钱，阿姐提着家中留下的20来斤充作我伙食费的大米，穿过那莽莽苍苍的原始森林，渡过那一条条清清的溪河，翻过那一级级石阶，走过七十里山路，来到县中学住下。当晚，父母和阿姐絮絮叨叨，不厌其烦地反复叮嘱：不可忘记乡亲们的期望，要克服万难，勤学苦练，争取圆满完成学业，为家乡的繁荣昌盛尽心出力。

在中学读书的时光里，父老乡亲的嘱托，我始终不敢遗忘。为了完成学业，实现亲人的殷切期望，我在生活中克勤克俭，缺了钱粮，头一年每周六赶夜路，翻越高银汉，来家里拿取生活必需品，次日又按时返校。每次流着眼泪接过父母售卖粮食和出卖苦力换来的钱财，扛着爹娘舂好的大米，走进校园伤心至极，企盼这种状况早些结束。这种心情是难以用语言来表达的！正应了俗话说的离家才知父母恩，同理，遇苦时方知父母情呐！因之，我在学习上，除认真听课、做好笔记和课堂作业外，不懂的就举手提问；下课了，别的同学在教室外戏耍，自己却在教室里反复思考、消化老师讲的内容，或躲在操场、树荫下翻阅有关资料。自习后，别的同学休息，自己还在教室里复习；熄灯了，用废旧墨水瓶制作成油灯，趴在床头看书做作业，一直熬到深夜。星期天，窝在图书馆翻阅有关书籍，认真品读其中精华，从未懈怠。功夫不负有心人，我每年都考得高分。由于学习成绩优异，且家里特别贫困，学校每月发给我乙等助学金。从此，我就靠着这些助学金维持生计，再也没有向父母亲伸手。

记得有一年寒假，我怀着无比兴奋的心情回到家乡。这时已近腊月，天上下着鹅毛大雪，大地白皑皑一片，好像披上一层厚厚的棉絮；野外的树枝被压得弯下了腰，发出"咯吱咯吱"的声响；村里每家的房顶上的积雪，被火塘中的火焰融化，垂下二三尺长的冰凌，在白日的辉映下闪出刺目的光亮；往日"呱呱"叫的乌鸦和勾起人们无

在高中读书时与同学合影（左起：谭良洲、袁仁琼、周崇学、刘荣敏）。

限遐想的鹤燕早已不见踪影，只有不畏严寒的雀鸟在厚雪覆盖的低矮树丛中飞来飞去。

久坐家中复习功课的我突然遇到几个难解的题目，正在苦思冥想、抓耳挠腮之际，我的私塾老先生冒着漫天飞舞的大雪，踩着咯吱咯吱的积雪到家造访，我不禁喜出望外，乘机把难题逐一请教。他的细心解说终使我得以解惑，也使得我由衷地感到老先生的博学伟大！心中不由自主地升腾起向老先生看齐，发奋图强、苦练本领的冲动。

可是，世上的事往往是不以人的意志为转移的。在读书时，由于自己爱钻牛角尖，忽视对普遍知识的理解，有次半期考试，语文考得4分，数理化平均只有3分，我很苦恼，觉得向老师看齐是那么遥远，坐在教室里流泪，暗自责怪自己对不住乡亲父老，对不起谆谆教导自己的老师。这时班主任冉启科走过来耐心劝慰，说："失败是成功之母，书山有路勤为径，学海无涯苦作舟，只要勤学苦练，反复纠正错误，总会取得好成绩的。"

在读书的过程中，老师也经常教导我们：认真听党的话，学好语文和数理化，走遍天下都不怕，并用古代韩愈、宋濂、孟轲、张衡等刻苦读书的故事启发我们。正是得益于老师们的熏陶和感染，我的学习更加努力了，各个学科的课本作业，提前一个月就做完了，送给任课老师批改，竟然评得4至5分，从而更加激发了我的求知欲和刻苦学习的兴趣。整天我都埋头钻研书本，认真习作，学校组织郊游，我也常常边走边看，有一次埋头看书入了迷，差点跌落水塘。有几次遇到难懂的文言文或数学题，和身边的同学探讨，弄得这些同学莫名其妙、啼笑皆非，戏谑我是"书呆子"。对于同学们的冷嘲热讽，我从不理会，一笑置之，继续发扬拼搏精神，学得轻松愉快，成绩一直优良，助学金也如愿得了个"甲等"，没有了后顾之忧，我更潜心钻研，受到老师和同学们的赞扬。也许是上天对勤学苦练的我的眷顾，1956年9月我终于考入贵阳师范学院，走出了大山，走出了高银汉，成为贫穷山区步入省会高等教育殿堂之一员。

进入大学，我渐渐懂得大学是培养高等优秀人才的摇篮，是创造新知识、新思想和新技术的净土，是开发智力、引领创新、拓展思维的殿堂。大学生唯有通过对科学知识的学习、探索能力的提升和文化思想的交流，发展友谊和人际关系，培养思想的独立性，形成对社会发展和多元文化的分析力、鉴赏力和判断力，才能成为未来的领军人才。因此，一方面，我努力学习专业基础知识；另一方面，多读有思想深度的书籍。我读的是中文系，我知道，很多书现在不读，一辈子就再也没有机会去读了，课余时间自然而然地常常跑到图书馆，去查找阅读相关书籍。

坐在宽敞明亮的教室里，时常记起孔子说过"学而时习之，不亦乐乎"的话，为学求益，我做到时时、处处、事事认真体会，反复实践，在校期间，写了几篇小说在有关书刊上发表了，受到老师和同学们的赞扬，自己打心里高兴，也为今后工作方向找到了目标。这期间，我申请的人民助学金也批下来了，每月十多元人民币，相当于全部的伙食费。没有了后顾之忧，我更刻苦学习，如期结业就业，成了国家干部。

吃水不忘挖井人，没有党和政府对我的关怀和帮助，我绝不可能从大山中走来上大学，也许还在穷乡僻壤面朝黄土背朝天地干农活。每当坐在办公室的藤椅上，端着茶杯，喝着热茶时，我总爱追根溯源，发自内心感谢党和政府对大山中的莘莘学子的关爱，叩谢那些为我呐喊助威、铺路搭桥、引领我走出大山的亲人们，以及使我萌发好好读书、走出大山志愿的高银汉。共产党的好领导，故乡人民的呵护是我走出大山的支撑，故乡的温暖是我走出大山的源泉，已成为永不磨灭的烙印！我要高呼：共产党万岁！中华人民共和国万岁！我要大声祝福：您好，故乡的人！您好，故乡的山山水水！您好，巍然屹立的高银汉！

作者简介

谭良洲，侗族，1933年8月生于贵州省天柱县石洞乡（现改镇）。中共党员。

1942年至1951年8月在石洞乡读私塾。1951年9月至1956年7月在贵州省天柱县中学读书。1956年9月考入贵阳师范学院（今贵州师范大学）中文系学习。结业以后，先后在贵阳市文化局、贵阳市群众艺术馆、贵州民族出版社工作，曾发表文学作品数十篇，出版发行长短篇小说二十多部，其中《歌师》获贵州省优秀作品奖；《娘伴》获全国少数民族文学创作奖。中国作家协会会员、贵州省作家协会会员。1995年退休。

一本小辞典，一条红领巾，留下多少美好记忆。一份奖学金，一次进京体验，铭记党的恩情似海。加入少先队，参加共青团，成为共产党员，最光荣的三件事承载了你一生的奋斗。

党的恩情深似海

杨学军（苗族）

1938 年 10 月 3 日，我出生在贵州省台江县交江苗寨。我们交江寨位于一条名叫"翁瓦"的小河与流经县域内的巴拉河交汇处旁的一个半坡上，寨子四周除有少量的梯田外，长满了杉树、松树、青冈树、麻栗树和杂木，寨子的左右两边突起两座相距约 1500 米酷似太师椅扶手的平顶小山。寨子后边是一条由三座从低到高的山峰组成的山脉。秋高气爽之时，早晨起来向前方眺望见到的是一片好似铺满了棉花的白茫茫的云海，十分壮观，直到阳光洒满大地，云海才慢慢地消散开去，真是一个青山绿水、风景如画、十分秀美的小山村，如世外桃源一般。这就是生我养我的地方。

新中国成立前我曾在我们寨上读过一年私塾。1950 年 8 月，我离家在外求学，直至 1965 年 7 月大学毕业。后又十分荣幸地迈入了政府机关门槛，成了国家机关公务员。我为人谦虚谨慎，忠于职守，兢兢业业，廉洁奉公，不辱使命。直至 2001 年 2 月才因年事已高离开工作岗位。这是伟大领袖毛主席和伟大光荣正确的中国共产党给我带来的。没有共产党，就没有新中国。没有新中国，就没有我人生的光明与幸福。党的恩情深似海，大如天！故此，将我的求学之程简要总结于后，供家人借鉴，供世人参阅。

一、小学阶段

20 世纪初，我们交江寨尚未建起学堂，全村大部分人是文盲，饱受无文化知识之苦。1947年的夏天，寨子里的父老商量着要办一所私塾，找一位教书先生来教寨子里的适龄儿童读书认字，最后找到一位王秀云先生。

王先生的家就住在交江寨坡下的巴拉河对面的南瓦上寨，离我们寨子比较近。但因交江寨的适龄儿童不足10人，于是寨子里的父老又派人到位于山脚"翁瓦"小河沟边距本寨三五华里的李家湾、岩寨和本寨山后面的排内、贵寨等4个小村寨联系，又找到四五个愿意到交江寨来上学的适龄儿童。请教书先生的报酬由学生家长按本户上学的子女人数平均分摊（报酬由先生应得的粮食、食油和少部分钱币组成）。家乡那一带全是苗族聚居的小村寨，大人小孩均用苗语交谈，只有苗语，没有苗族文字。大人中只有极少数人略懂点汉话，小孩子和妇女们个个都听不懂汉话，更不会说汉话。入学前每个小孩子只有苗名没有书名（汉文名）。1947年10月上旬，交江寨私塾正式开学，学生报到那天，先生给每位学生都起了一个书名，但每个人都不知道先生给自己起的书名是什么含义。虽然不知自己书名的含义，但个个都认为有了书名比没有书名的人要荣耀一点，所以每个人的心里都是喜滋滋的。

我是属于生在旧社会长在红旗下的一代人，童年是在旧社会度过的。台江县各村寨多是以种植水稻为主，田多土少，粮食以大米为主粮。我家共有九口人，因为人口多，田土少，产量低，所以，每年都出现青黄不接的状况。穿衣也很破旧，兄弟姊妹几个，每人只有一两套换洗的单衣，经常是小的捡大的旧衣服穿，而且多为打了补丁的衣服，冬天也没有棉衣穿，大人小孩都如此，全寨老少一个样。

衣服是母亲手工缝制的，而且棉花也是自家种的，线是自家纺的，布是自家织的，色是自家染的。自家纺织的这种布叫"家机布"。寨子里两三岁大的小孩（无论男孩女孩）都打光脚板走路，四五岁以上的儿童及大人脚上穿的是用糯米草编织的草鞋，每人只有一双晚上洗脚用来垫脚的布鞋。一般出门是不穿布鞋的，如偶尔出门做客，途中遇到下雨，就把鞋脱下来提在手上，打起光脚板走路，不让布鞋打湿。小时候草鞋是父亲编的，布鞋是母亲纳的。三岁时我就和哥哥上山去放牛，天天爬上爬下，一双草鞋要不了半个月就穿烂了。父亲很忙，有时来不及给我们编草鞋，我们就只好打光脚板上山。于是我和哥哥就自己学编草鞋。我五岁就学会编草鞋了，哥哥比我更早学会。从此以后我们哥俩就自己编草鞋来穿，不再劳驾父亲了，父亲很高兴，表扬我们两兄弟很懂事。新中国成立前我们那里从没见过穿皮鞋的人，后来渐渐有人穿胶鞋和球鞋，也很少见到穿皮鞋的人，因为皮鞋价钱贵，一般人家都买不起。我上初中后父亲才给我买了一双球鞋，我爱之如命，穿在脚上走路十分注意，不轻易把鞋弄脏。直到大学毕业参加工作第一个月发了工资后，我才有了自己的第一双皮鞋。

父亲是一个意志坚强、心胸开阔、平易近人、勤劳勇敢、多才多艺、坚韧不拔的人。母亲是一个心地善良、勤俭持家、相夫教子、热情好客、助人为乐的人。父亲不仅会种田种地、砍柴割草，还会各种谋生的手工艺。如编织箩筐、簸箕、筛子、晒席、睡席、竹筐、竹篮、撮箕等各种竹制器具；弹棉花，制被褥，裁衣服；搓草绳，修理农具；唱苗族的各种古歌、酒歌、情歌，甚至还会掐草标给人测算吉凶，懂得敬鬼敬神之术和过去流传下来的帮人消灾化吉之道。每年春耕和秋收大忙之后的两个农闲季节，父亲就外出到附近村寨找活干，帮人做这做那，赚点额外收入。遇到没有钱付工钱的人家，拿粮食抵也行。收到的粮食多了，就抽空扛回家来，第二天又回去打工，直到春耕春种、栽秧打谷季节和过年过节的时候，他才回家来。母亲在家操持家务，照顾我们几兄妹，空闲时间就纺纱织布和缝缝补补，十分辛苦。我和大哥就天天放牛上山，牛在吃草，我和大哥就砍柴，等牛吃饱了，我们的柴也砍好了，就一边挑着柴，一边赶着牛回家。母亲在家还要绣花和织花带。在我们家乡一带，苗族女性几乎人人都会绣花，但是会织花带的人没有几个，因为花带上要织的花色和图案比较复杂，一般人不易学会。所以本寨子和附近村寨的姑娘少妇们，都来请我母亲帮她们织花带，母亲也从中获取部分收入。

我家兄弟姊妹多，负担重，尽管父母一年到头十分勤快，不辞辛劳，家庭经济还是十分拮据。因为负担不起两个孩子的学费，所以本寨办私塾，开始父母亲只让哥哥一个人去读。我就找父母亲哭闹，质问父母为什么只让哥哥上学读书认字，不让我上学读书认字。经我一哭闹，我父母就主动同乡亲们协商，拿我家的一间房子的一楼打通改造成教室，条件是让我免费上私塾读书认字。乡亲们认为这是个好办法，就同意了。这样，我终于能够上学读书了，心里特别高兴。

我在私塾班里学习特别专心，先生教我们的是《百家姓》《三字经》和小学一年级算术。一开始我们一句汉话都听不懂，先生给我们读一句汉文，就让我们跟着他朗读一遍，然后先生又用苗语将汉文的意思翻译一遍给我们听。如此循环往复，我们就渐渐地认识汉字，懂得汉话，会写汉字，会说汉话。我父亲每天晚上都要叫哥哥和我分别背一遍书给他听，才让我们睡觉。父亲没有读过书，不识字，但他经常走南闯北与懂汉语说汉话的人打交道，所以能听懂汉话，会说汉话。父亲有一棵长长的黑竹烟杆，每天晚上都用他的长烟杆一边叭叭地抽着烟，一边听我俩背书，然后再用苗语将课文翻译过来教我们，夜夜如此，从不耽误。这样一年下来，我的语文和算术成绩均名列全班第一。

1949年12月8日，中共台江县工作委员会、台江县人民政府宣告成立。从1951年秋季开始，台江在全县范围内实行土地改革运动，至1952年10月全县土地改革结束。1952年6月中旬，土改工作队开进交江村，住在我家。土改工作队进驻后，首先宣传党和国家的土地改革政策，开展反封建教育和忆苦思甜教育，划分阶级成分，成立农民协会。

同时中共台江县工委、县人民政府也十分重视抓文化教育工作。1951年春起，就贯彻实施中央"巩固、发展、整顿、改造"的办学方针，以发展民族教育为宗旨，把8所私立小学并入公办小学。全县从过去的19所公办小学、4所民办小学，发展到28所公办小学。1952年建立方召民族小学，在各乡（镇）所属的住地比较分散的村寨又增设了12所乡村小学，使得小学从上年的28所，发展到41所。在校生人数从上年的3010人，发展到4290人。

1950年上半年进行小学校名更名及整顿、改造工作告一段落后，8月底，父亲带我到台盘初级小学去报名读书。老师问我读过书没有。我说读过一年私塾，老师就出一道算术题让我做，我很快就做好交给老师看，老师说我做得对，就叫我读二年级。台盘是永安乡乡政府所在地，离交江寨有10多华里，且都是爬坡上坎、杂草丛生的山路，还时不时有老虎等猛兽出没。我年纪小，不可能独自一人天天走这样的山路去台盘上学。父亲就安排我到台盘屯上的一个熟人家搭伙。

我在台盘读书，属异地上学。父母亲不在身边，但我酷爱读书，不管有没有家长在身边，我都一样自觉看书学习，按时完成作业，按时上学，认真听讲，从不迟到早退，学习成绩一直很好，几乎科科考试成绩都是满分。有些东西我一看就会，不用老师教。比如，在我读到初小二年级下学期时，有天晚上班主任王安忠老师让我陪他到离台盘有八九华里路远的南瓦小学去开会，他和南瓦小学的两个老师在一起共同研究《四角号码新词典》的检字方法。三个老师围坐在一张桌子边研究，我就静静地坐在他们后面听他们讨论，当晚就学会了用《四角号码新词典》查字的方法。那一夜我跟王老师去"开会"，受益匪浅，终生难忘。

从那以后，我就一直想有一本《四角号码新词典》。当年，买一本要一元一角五分钱，我知道家里没有钱，我大哥虽然已参加工作，一个月工资只有九元钱，他既要管自己的吃穿用，还要照顾家，一个月下来所剩无几。虽然我非常想有一本词典，但既不敢向父母开口，也不敢向哥哥要钱，生怕难为父母和哥哥，他们不是不支持我，而是无力支持我。所以我就把自己的愿望一直埋在心里，直到初中二年级上学期，国庆七周年放假回家，恰逢大哥也在家，哥哥主动问我："你在学校需要什么吗？"我觉得机会来了，才鼓起勇气轻声地对哥哥说："我只想要一本《四角号码新词典》。"哥哥问："多少钱一本？"我回答说："一块一角五分钱一本。"哥哥穿的是中山装，就从上衣口袋摸一块二角钱递给我。我接过哥哥给我的钱，小心翼翼地把钱放在我的中山装上衣口袋里，扣上扣子，又用手轻轻摸一下。那是 1956 年的国庆节，休假期满，我就回学校去上课。10 月 12 日那天是星期五，下午上完课后我就到县新华书店去把《四角号码新词典》买回来。当天我就在词典的首页写下了"要人知重勤学，怕人知事莫做"的座右铭，一直铭记在心永不忘。从那时到今天，已过了 60 年的时间，我无论走到哪里都把它带在身边。

在台盘小学上学时，我严格遵守学校的规章制度和小学生守则，尊敬老师，团结同学，学习刻苦，成绩优异，班主任和科任老师都很喜欢我。读到三年级下学期，父母就安排我到外婆家去吃住。外婆家住在离台盘屯上约四华里远的水牛寨，也叫平水村。外婆家是个中农家庭，只有外公、外婆和我的一个尚未出嫁的小姨共三口人吃饭，加上我就有四个人吃饭。1953 年 7 月我从台盘初级小学毕业，由于学习成绩优异，被学校保送到县城的萃文高级小学就读。后来两位老人去世，直到丧事办妥后家里才写信告诉我，我连他们的最后一面都没有见到，终身遗憾。

我从台盘初小毕业后，我父亲就到外婆家接我回家。在回家的路上，我把台盘小学保送我到县城萃文高级小学就读的事告诉了父亲。父亲说学校老师通知他了，他知道了。说完这句话，父亲就沉默了一会儿，又对我说："你母亲和我考虑，你哥哥已参加了工作，家中的弟妹年纪小，你三个弟弟还在上学，家中缺乏劳动力，我们一时找不到那么多钱来盘（供养）你们。所以，你初小毕业就可以了，不要再去县城上高小了。"我听了父亲的一番话之后，就懂得了父母亲的苦处，不是家中缺劳力的问题，而是缺钱的问题。我心中很苦闷，又不知道如何是好，就闷闷地跟在父亲的后面走，而且越走越慢，父亲回头看我落在后面，就喊我走快点。我就扯谎说我穿的草鞋"咬"脚，走不快。父亲知道我是在伤心闹情绪，也没说我什么。回到家后，父亲就把我在路上闹情绪的事告诉母亲，并且商量怎么办才好。二老思来想去，眼看别人家的孩子想读书考不上，自己家的孩子不用考就被录取了，家里却没钱盘，让人知道了会笑话我们，看不起我们。就商定找亲戚朋友"约会"（一种民间的互助组织形式）筹资，并且要让我父亲吃"头会"。办法定下后，第二天，父亲就出门找平时关系好的几家亲戚朋友联系，商量"约会"的问题，筹点钱给我去县城的萃文高级小学继续读书。父亲出面讲清情况，几家亲戚朋友听后都认为是好事，很支持我父亲吃"头会"。通过"约会"筹资的办法，我父亲筹得了40多元钱，这样我就可以去萃文高级小学读书了。

1953年8月底，父亲带我去台江县城内的萃文高级小学报名读书。萃文小学是一所完小，高小部设在原来的一座古庙里，那古庙是建在县城的一座小山丘上，四周长满了香樟古树，风景十分秀丽。校门两边长着两棵需要四五个人才能合抱的大香樟树，夏天坐在校门口的青石阶上，凉悠悠的。

我到萃文高小就读五年级的第一个学期，父亲安排我到县城中一对年轻夫妇家中搭伙，父亲让我称呼他们为表哥、表嫂。寒假过后，五年级下学期开学，父亲又安排我到住在县城的小堂姑姑家去搭伙。上六年级时，我自己会做饭做菜了，父亲就不让我去搭伙了。父亲又去找一家有点亲戚关系的熟人家，安排我住在他家的楼上，从家里带去一个小鼎罐、一口小铁锅，还有米、油、菜等。这样我就每天早早地起来做饭，吃了才去上学。中午放学后，又赶快回家做午饭，吃了午饭后休息一会儿，下午又到学校去上课。下午上完课放学后，又回来做晚饭，吃了就趁天未黑抓紧复习功课和做家庭作业。天一黑就上床睡觉，第二天才能早起。星期天还要到县城附近的山上去拾些柴火来烧火做饭。有时来不及，就吃干饭。只要能上学读书，什么困难我都不怕。

上高小五年级时，学校开了珠算课，老师要求带算盘。我没有算盘（因为没钱买），只能听老师讲，看老师在讲台上演算，用耳听，用心记，把珠算的加、减、乘、除口诀背诵下来，牢记心中。所以，每次考珠算题时，别的同学有算盘，就一步步地用手拨算盘珠子，而我却用浮现在脑海里的算盘来做题，居然每次珠算考试我都能得满分。后来学校安排家不在县城的毕业班同学住校，在教师食堂吃饭，我也就能安安心心地集中精力学习，直到高小毕业。

二、中学阶段

高小毕业后大部分同学都去报考台江民族中学初中班，或者报考镇远初级师范学校。我想我家的经济条件比较差，听说到师范学校读书吃饭不要钱，也不收任何费用，就打算去报考镇远初级师范学校，但负责报名登记的工作人员看我年纪小、个子矮，就劝我报考初中。

台江中学时代留影。

台江中学时代留影。

在萃文高级小学就读五年级和六年级的两年时间，我不仅在文化知识水平上，而且在思想方面也有很大的收获和提高。1953年2月，台江县第一支中国少年先锋队首先在萃文小学成立。那时我还在台盘小学读书，根本没有听说过少年先锋队的事。1953年9月开学后，我看到许多同学脖子上都戴着一块三角形的红布巾，我不知道那是什么意思，还以为是城里人时兴的一种装饰，自己也想去买一张来戴，就去问和我同班的杨崇孝同学："你们戴的红布巾是在哪里买的？你告诉我，我也去买一张来戴。"杨崇孝回答说："这不是自己买的，是学校发的，名字叫红领巾，不叫红布巾。"我说："那为什么老师没有发给我一张呢？"他说："这是少年先锋队的标志，你要先申请加入少年先锋队，经研究批准你加入少年先锋队后，少先队辅导员老师才发给你。"于是我就去找辅导员老师要求加入少年先锋队，老师对我说："你有这个想法很好，加入少年先锋队是人的一生中最光荣的三件大事之一。"我就问老师："那还有两件大事是什么呢？"老师回答说："一件是加入中国共产主义青年团，一件是加入中国共产党。"我点头表示知道了。老师要我写张申请书，表示自己自愿加入少先队，我就去写，写好后交给老师。我是台盘小学保送到萃文高小读书的，到萃文小学读书后各科学习成绩优异，家庭出身贫农，各方面条件都比较好。我要求加入少先队的申请交上去不久，就被批准了，少先队辅导员便发了一条红领巾给我，后来还选我当中队长、大队长，让我感到无比的光荣和自豪。我就暗自下定决心：今后一定要去为实现剩下的两件最光荣的大事而奋斗。

我小学毕业考取台江民族中学初中部后，就申请并得到批准加入了中国共产主义青年团。上高中后就申请加入中国共产党，因为当年党组织不在高中生中发展党员，所以申请未得到批准。进入大学后，我又向学校党组织申请加入中国共产党，同样的原因，20 世纪 60 年代初，党组织也暂不在大学生中发展党员，所以大学时代申请也未得到批准。但我始终用一个共产党员的标准严格要求自己，规范自己的行为。1965 年 8 月，我大学毕业，留校工作，我又申请加入中国共产党，两个月后，学校党组织就批准我加入了中国共产党，实现了我多年的夙愿，这是后话。

1955 年 7 月，我顺利地考取了台江民族中学初中部。中华人民共和国成立初期，凡是在各级民族学校就读的家庭经济困难的少数民族学生，国家都划拨有民族经费补助，在学校叫人民助学金。那时候我家的经济条件很差，入学后经申请获批准，我享受到了国家发给的人民助学金，解决了我的后顾之忧，如此一来，初中阶段我就安安心心，全力以赴地钻研功课。在三年的学习中，我遇到各种干扰，都动摇不了自己刻苦努力读书的决心。

当年 9 月初，台江民中初中部正式开学上课。台江民中的学习环境比萃文高小好，凡从农村来的学生，都安排集体住校，统一在学校食堂用餐。住宿的寝具、衣物、洗漱用具等均自备。另外，由于我享受到国家补助的人民助学金，粮食由国家定量供应，吃饭不用家里负担。

1961 年，台江中学首届高中毕业生合影（三排左六）。

1955 年 6 月，我加入中国共产主义青年团后，担任校团委副书记，承担校团委的许多日常工作，还负责用钢板刻印校刊、抄写校团委和校学生会联合办的黑板报。这些事务影响了一些学习时间，但我坚持平时上课认真听讲，老师布置的作业认真完成，对老师未上的新课先进行预习、自学。还抽空阅读一些课外书籍，以丰富自己的知识。这样，在初中三年学习中，各门功课成绩优异，德智体得到了较全面的发展。所以，1958 年 7 月，我被免试

20 世纪 60 年代的高中毕业证书。

保送升入本校高中部就读。

　　1958 年，全国上下都在认真贯彻毛泽东主席提出的"教育要与生产劳动相结合"的方针。12 月，教育部在北京举办"教育与生产劳动相结合成果展览会"，并组织全国各省市的优秀教师和优秀学生代表到北京参观。黔东南苗族侗族自治州分到一名优秀老师代表和两名优秀学生代表的名额。学校领导经研究确定由教导主任王祯发作为优秀老师代表并带队，确定我和凯里一中的一位同学作为两名优秀学生代表。这样，王主任就带领我俩，代表黔东南苗族侗族自治州的老师学生，到北京去参观教育与生产劳动相结合成果展览。

1965 年 1 月，参加中华全国学生联合会第十八届执行委员会的贵州代表在天安门前留影纪念（二排左三）。

　　在台江民中念高中的那三年，是艰苦奋斗的三年，是经常饥肠辘辘的三年，是真正"教育与生产劳动相结合"的三年，总之一句话，那是难以忘怀的三年。那三年除了要完成高中三年的学业，时不时参加各种生产劳动外，自己还要继续坚持初二就开始的勤工俭学，赚点钱来购买学习所用的笔墨纸张及部分日常生活用品。自从我到萃文高级小学上学起，父亲母亲也经常逢赶场天到学校来看我，时不时也拿几角钱给我零用。但我从不乱花钱，舍不得拿去买零食吃。只把钱存起来，到一定时候用来买些笔墨纸张或课外书籍。我从不主动开口向父母亲要钱，因为我知道只要父母亲有钱的话，会主动给我的。如果我开口要，而父母身上又没有钱的话，就会使父母很难为情。

　　我从读初中二年级起，就利用星期天上山去砍柴，挑到砖瓦厂去卖，一个星期天砍一挑柴可卖得三四角钱。我读初中三年级时，大哥已从乡下调到县政府机关工作。课余时间我也常到他住处去玩，顺便帮他洗洗换下来的衣服鞋袜。那时，县政府机关分发一些用杂粮野果制作的糕点，他都舍不得吃，留着等我去了才拿出来给我吃。上高中后，我砍一挑柴比初中时砍的一挑柴要重很多，可卖得七八角钱，这样我就可以买更多的学习用品了。

三、大学阶段

　　高中三年一晃而过，很快到了高考的时间。那时高考志愿分为文科和理科两大类，比较喜欢文科的我最终填的却是理科。因为我无意中在书店听见两位老人在交谈，说这几年台江县能考取大学的人不多，考取文科的还有几个，理科的一个也没有。我就下决心报考理科，为台江人争口气。当年参加高考的同学们在老师的带领下提前几天从台江县城出发，步行100多华里，傍晚到达凯里一中高考点。之后我幸运地考取了贵州大学数学系。那年，我们台江民中参加高考的25名同学，包括我在内共考取了5名，录取率为20%。

1965年，贵州大学数学系毕业学生和老师合影留念（三排左五）。

　　收到录取通知书后，我父母亲及全家人都很高兴。因为在那之前，我家祖祖辈辈还没有一个上过大学的人，我不仅是我家而且是全村以至全乡（南瓦乡）的第一个大学生。

　　当年由台江到贵阳交通很不方便。要由台江搭乘拉货过路的卡车到凯里，再由凯里乘汽车（班车）到"谷硐"（火车站名，位于麻江县境内，专供黔东南苗族侗族自治州各县需要转乘火车到贵阳或乘坐火车南下广西柳州再转往全国各地出差、旅游和探亲访友人员换乘车的一个小火车站）。由于担心由台江到凯里乘汽车的时间把握不准，父母决定让我提前走，以免不能按时到校报到。

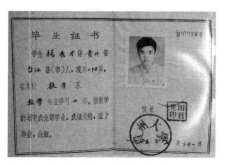

20世纪60年代的大学毕业证书。

　　1965年，参加中华全国学生联合会第十八届执行委员会，受到毛泽东、周恩来、邓小平等国家领导人的亲切接见。

上大学前，我（左一）和送别的亲人合影留念。

20世纪60年代妻子年轻时的留影。

1993年11月，在花溪公园里周恩来总理与邓颖超塑像前留影。

出发的那天，父母亲按苗族的风俗习惯在家中杀鸡设宴送行，父亲端了一碗酒让我喝下去，然后递给我45元钱作为盘缠。父亲交代我："儿啊，这钱你拿在路上用，不能乱花。你到学校后看情况怎么样，行就待在那里认真读书，不行就回来。如果你乱花，把钱花光了，万一到时不行你想走，没有钱也回不来了。"那时的45元钱比一个大学毕业生刚参加工作试用期的月工资还多2.5元，这也是我第一次保管那么多钱。我点头答应父亲，保证不会乱花一分钱。父亲没读过书，不知道上大学是好事还是坏事，他老人家的担心是出于对儿子真诚的爱。算我运气好，从台江经过三四天的周折终于到达贵阳站。

学校还没有开学，我提前好几天到了学校，学校老师安排了一个假期住校的华侨学生接待了我。等到9月初学校正式报到开学后，我才知道那年数学系招的是两个班的新生，分为甲乙两班。我被分到数学系61级甲班就读，担任班团支部书记，组织团员按团章规定，定期过组织生活，培养发展非团员加入共青团组织，还协助班主任老师做同学的思想政治工作。

我们上大学期间国家设立有人民助学金，用以补助家庭困难的学生。开学两个星期后，学校组织评定获得人助金的学生名单，人助金发放的对象，按家庭经济困难程度，分为甲乙丙三等。甲乙丙三等都能享受全额伙食费补助，此外，甲等每月发2.5元零用钱，乙等每月发1.7元零用钱。虽然符合享受甲等的条件，但身为团支部书记，我主动提出只要乙等人助金。吃饭不要家里出钱已解决了我最大的困难，每月还有1.7元零用钱，我已经很满足了。我把每月发的1.7元零用钱攒起来，用来买书或牙膏、肥皂之类的日用品，还买了一双球鞋。

大学一般是上大课，老师不像中小学时那样手把手地教学生，全靠学生自觉钻研。一般是上午上课，下午和晚上就自修。我每天下午除了到教室整理笔记、完成作业，就到图书馆查阅相关资料。晚上就到教室去复习功课，预习新课。大学四年的时间，除了寒暑假回家之外，平时在学校就连星期天也很少出去玩，多是在宿舍或教室复习功课，或者是到图书馆去查阅资料。不想出去玩还有一个原因，那就是出去玩必须邀约几个同学一起出去才好玩，但自己经济拮据，担心遇到尴尬局面。所以，节假日都尽可能地不出去玩。

在四年的大学生活期间，除了刻苦钻研专业知识之外，学校还组织我们参加校内外的生产劳动，以及相关的社会活动。

1961年，我国粮食紧缺、物资匮乏的状况有了较大的好转，但副食品等各类物资仍实行计划供应。学校组织学生到离学校七八华里远的周家寨校办农场去种植苞谷、红薯、胡萝卜等食蔬，收成后送到学生食堂改善伙食。同时为了培养与劳动人民的感情，加深与贫下中农的联系，每年学校还组织学生到贵大附近的花溪区农村参加秋收秋种的劳动。每次两三个星期，带着行李下去，吃在农家，住在农家。花溪周围村寨居住的都是布依族，十分好客。每次我们下去帮助他们收割稻谷、栽种麦子、油菜的劳动结束后，乡亲们都要打糯米粑欢送我们。

1995年8月，贵州大学数学系61级部分老同学聚会（二排右四）。

1963年3月5日，《人民日报》发表了中共中央主席毛泽东的题词"向雷锋同志学习"。作为团支部书记，组织本支部的共青团员和本班非团员同学一起向雷锋同志学习，是我义不容辞的责任。首先，我和团支委的同志研究，确定以团小组为单位（吸收非团员同学参加）成立学习毛主席著作的小组，将班团支部分为三个小组。要求每个团员写读书笔记，谈学习心得，汇报个人的思想收获。并在各小组挑选两名学得好的团员（或入团积极分子），在全支部（班）大会上进行交流发言。系

2000年11月，在中纪委杭州培训班学习时的留影。

党总支和校团委对我们团支部的做法和经验，做了充分肯定，给予表彰奖励。其次，组织本支部（班）的团员和非团员同学做好事，培养"我为人人、人人为我"的公共道德品质。本班团支部号召本支部（班）的团员和非团员利用星期天的休息时间做一件好事，如打扫宿舍卫生，帮生病同学到食堂打饭、洗衣服，外出遇到行动不便的老人要主动让路、让座、搀扶等。我们还组织本支部团员利用星期天打扫校内街道，为学校的花园除草等。再是组织全班同学演唱革命歌曲，如《东方红》《没有共产党就没有新中国》《歌唱祖国》《社会主义好》等。

2014 年，与部分台江中学第一届高中毕业同学聚会留影（前排左三）。

1965 年 1 月 15 日至 27 日，中华全国青年联合会四届二次会议和全国学生联合会第 18 届代表会议同时在北京民族饭店举行。全国各省、市都要选派青年代表组成青联代表团和选派大学生代表组成学联代表团赴京出席该会议。当年贵州省有 6 所高等院校，每所高等院校推选一名优秀大学生代表，组成贵州省大学生代表团。最后我有幸被推选为贵州大学拟出席全国学生联合会第 18 届代表会议的正式代表，并担任贵州省大学生代表团团长。

出席中华全国青年联合会四届二次会议的贵州青年代表团，由全省各族各界代表组成。贵州的青年代表团和大学生代表团，分别由共青团贵州省委机关的青年工作部和学生工作部的负责人邰昌培、帅开和同志带领，于 1965年 1 月 9 日从贵阳乘火车赴京，于 1 月 12 日上午到达北京。

1 月 14 日上午，我作为贵州大学生代表团团长出席了中华全国学生联合会第 17 届执行委员会第二次会议。会议通过了中华全国学生联合会第 18 届代表会议主席团成员名单、17 届学联执委会工作报告和《中华全国联合会章程（草案）》。1 月 15 日，全国学生联合会第 18 届代表会议正式开幕。

1965 年 1 月 17 日，与会全体代表受到毛泽东、刘少奇、周恩来、朱德等党和国家领导人的亲切接见并合影留念。在两会期间，主办方还组织开展联欢活动，让出席会议的各省市的大学生代表相互交流，相互学习，取长补短。

会议从1月15日开始，一直开到27日才结束。我感觉那是一次生动活泼的大会，会议开得圆满成功，令人终生难忘。

20世纪80年代初期的全家福。

1965年7月24日，数学系系主任谭鑫教授向我们做关于毕业鉴定的动员报告，之后同学们就开始写个人自我鉴定。自我鉴定写好后，全班分成三个小组，在小组范围内同学互相评议。最后上交系里作组织鉴定，进入个人档案。个人毕业自我鉴定工作到8月初结束。然后就进行填写个人毕业志愿的思想教育工作，要求每个毕业同学在个人志愿与国家需要相冲突时，要以大局为重，服从组织分配，到国家最需要的地方去贡献自己的才能。

当年大学生毕业分配，也让个人填写工作志愿，但为了体现个人的思想觉悟高，大多数毕业生（包括本人在内）的第一志愿均填写

20世纪70年代，一双儿女在花溪公园留影。

为"服从组织分配"，实际上第二志愿才真正是个人的第一志愿。我的第二志愿填的是"黔东南州、铜仁地区、遵义地区、贵阳市及省级机关"。报上去后，数学系党总支书记就问我："你为什么要填黔东南呢？"我说："黔东南是我的家乡，我大学毕业了，想为家乡建设做出应有的贡献，再加上我对黔东南地区也比较熟悉，所以就填了。"书记说："你有这个想法很好，但是根据你在校的专业成绩和思想政治表现，德才兼备，所以经组织研究决定，让你留校担任教学工作，下一步学校还可选派你到北京、上海、天津等地的名牌大学去进修。"我回答说："从内心讲我是很想回家乡工作，但作为一名共青团员，而且还是团干部，我服从组织分配，谢谢领导的关心。"

1965年7月，我大学毕业，8月搞毕业鉴定和分配派遣，9月就到数学系任职。上班后我第一时间向系党总支递交入党申请书。10月4日，数学系党总支书记和系办公室秘书作为我的入党介绍人，介绍我加入了伟大、光荣、正确的中国共产党。至此，我从小学五年级起就立下的要为实现"人生最光荣的三件大事"而奋斗的梦想终得以完全实现。

作者简介

杨学军，苗族，1938年10月3日生于贵州省台江县交江苗寨。1965年毕业于贵州大学。

工作期间先后担任贵州省国防科工办（省电子工业厅）组织处处长、省国防科工办（电子工业厅）党工委工作部部长、中共贵州省委国防电子工业工作委员会委员、中共贵州省委国防电子工业纪律检查工作委员会书记、中共贵州省委纪律检查委员会委员等职，也曾担任台江县苗学会贵阳分会会长。

在36年的工作中多次获得优秀共产党员、先进工作者等荣誉称号，受到表彰奖励。发表多篇论文，其中《领导干部廉洁自律关系企业的前途命运》一文获电子工业部的相关论文评比一等奖。

父亲的扁担，挑着山里人的希望，父亲的
"追山"精神，是你走出大山的动力。那托着
初升太阳的山峰，寄托希冀渐渐远去的客船，
其实是一切父子关系的真实写照。

父亲的臂膀托我走出大山

田永红（土家族）

离开家乡已四十多年了，我最难忘的，还是父亲那宽厚的肩膀。这叫人很容易想起家乡那些挺拔的大山，想起父亲托我走出大山的那一幕幕情景。

那年秋天，我考取了思南师范学校，正好是个大旱歉收的年成。为一张"农转非"的粮食迁移证，父亲几乎卖掉了家里 2/3 的口粮，并花了几十元钱给我添置日常用品，再加一床旧被条、一个破木箱，箱里压着几件洗了多次补了多处的衣服及几本工具书，便是我全部的家当。父亲送我上学，挑着我的"家当"在灿烂的阳光里走着，那是家乡去沿河县城的一条 30 公里的山路。

父亲挑着我的"家当"，似乎挑着莫大的希望。他知道，近十年来，专业学校没有在我们那片区招生了。片区的晓景、三合、河坎三个公社是沙子区较偏远的教学点，一下子有 70 多人报考，而在这 70 多人中只能推荐一人参加考试。片区教育部门尽了最大努力，把推荐范围缩小到晓景附中应届毕业生中，最后筛选下来，只剩下我参加考试。

家乡——沿河土家族自治县晓景乡场上村李家山组。

家乡一景。

1976年我（右）与父亲的合影。

其理由是：我们沙子区离沿河县城较近，教育质量相对要好一点，竞争力也要强一些。全区有5个推荐名额，参加全县统考，最后只能按最高分录取1名。能否考上，关系到晓景附中能否继续办下去。我不负众望，不仅考上了，还考得全县第一名。我的脱颖而出，不仅让晓景附中能继续办下去，使家乡许多贫困生能就近读初中，也算是为父亲争了光。然而，为了一张"农转非"的粮食迁移证，我们几乎倾家荡产，一家人得饿一年的肚子，让我实在过意不去。

之后，我在想，全家七八口人仅凭那1/3的口粮是怎样撑过来的。饥饿一直伴着我的童年和少年，那滋味真的不好受。为了少尝这些滋味，父母亲利用春秋的两个农忙假叫我去拾穗，在我们家乡叫"善阳春"，诸如善麦子、善苞谷、善稻谷、善红苕、善桐子，顾名思义，就是把别人收割后掉在地里的粮食或果子拾起来，善终也。家乡洋荷坳后山的槽土很出苞谷，苞谷一开始收获，从山脚善到山顶，往往就是半个月，然后就是围着洋荷坳前的青龙河两岸的坝田善稻谷。这样，一年的口粮也就基本上善到手了。然而，上学时间，父亲是绝对不许我去"善阳春"或做别样的。记得我上小学时，一次随寨上那些大同学逃学去山林里摘嫩椿芽、蕨薹添补伙食，这事被老师家访时告诉了父亲。老师走后，父亲非常生气，拿着一条一米多长的竹根使牛棍，凶巴巴地罚我跪在堂屋里，面对香盒上的毛主席像，思过了半夜，不准任何人走近我，硬是等我向他保证以后再不逃学了，才让母亲把我拉了起来。

提到母亲，提到饥饿，不得不回忆起母亲对我的关爱，那真挚的感情与贫富无关。我刚到小学读书，年纪很小，有一次随同寨高年级同学进校，因他们要留下来复习考试，学校离我家较远，我一个人不敢回家，就随他们住在学校的教室里，一天一夜没吃东西，饿得肚子咕咕直叫。这时，我想到的第一个人就是母亲。次日天刚破晓，我出门找水洗脸，教室外还是一层浓浓的晨雾，从雾里走过来一个人，那便是给我送饭来的母亲。我见到母亲就扑在她的怀里，"哇"的一声哭了。母亲却摸着我的头笑了笑说："饿了吧，快吃！你爹不在家，要不昨晚我就送饭来了。"

当然，也因为饥饿，我没有按正常顺序上学。之前我读过半年私塾，父亲就叫我到晓景完小去插班读二年级下学期。我连拼音、阿拉伯数字都认不全，怎么能读二年级呢？每次测验下来，成绩可想而知。要么全班倒数第一，要么倒数第二，搞得我怪不好意思的。还好，教语文的班主任敖老师并不嫌弃我，非常的和蔼可亲，还常常给我补拼音。敖老师穿着朴素，个子小小的。她的发音很标准，姿势也很优美，至今我还记忆犹新。拼音一过关，我的语文成绩就慢慢赶上来了，余下的就是算术这一科。算术成绩太差，老师认为我不可教化，很少给我开小灶。我就只好找父亲或同寨高年级的同学补课。父亲把乘法口诀表写在我的手心里，叫我走路、睡觉都要背，背不了就看一下手心。其实，也很简单，那时的二年级算术不外乎就是加减乘除。学期结束时，我很顺利地升入三年级，成绩还不错。以后，我高小、初中毕业，一直是全年级第一，敖老师为我高兴，经常以我为榜样去教育那些师弟师妹。

我考取师范的那些日子，有些事情不对劲，父亲有力使不上，有文化用不着，家里人多劳动力少，生活一天不如一天，家境很是惨淡。父亲挑着我的"家当"在崎岖的山路上走着，那份"家当"似乎太重了，父亲虽然30来岁，但成年累月地劳累，背明显有些驼了，黑沉沉的脸上瘦削得几乎没有多少光泽。上坡下坎，几十斤的担子压在肩上，就有些急促得喘粗气。尽管这样，父亲还是将我挎的提的东西，全揽在他打着老茧的肩上。

到沿河县城，我们打听到次日有汽船上思南，就购了票。本来

从思南师范毕业时，与沿河县同学的合影（三排右五）。

在思南师范读书时，与同学的合影（前排右一）。

赶了一天的路，非常疲劳，完全可以在码头附近找个旅社住下来，而父亲却偏挑着"家当"跑到十里路以外的亲戚家投宿。前后一天一夜，父亲只吃一顿饭，那还是从家里带去的干粮。亲戚请他吃饭，他推辞说在城里吃过了。我知道父亲是极好面子的，理解他的为人，就没有多言。

第二天早上4点钟，我们就离开了亲戚家。穿过荒草堆、坟岗、田野，又拐了许多街道，再一直往下，便到了乌江码头。天还没有亮，几颗星依稀闪烁，波涛拍打在江边的巨石上发出阵阵声响，远处时不时还有公鸡啼叫。父亲坐在石阶上，两眼直勾勾盯着一涌一滚的乌江，似乎陷入了深思。过了好久，江面汽船上的灯突然亮了起来，码头上陆陆续续来了许多人。船上便放下一块搭板。父亲急忙拿出船票对了一下船上的号码，带着我顺着搭板上了船。

父亲将我的"家当"放在船舱里一条长凳上，用汗渍过的衣襟拭了拭凳面，叫我坐上去。本想托个熟人照管一下我，然而船上没有相识的人，他只好反复地嘱咐我："船颠簸不要站在边沿上。""拢（到）学校后，要听老师话，好好读书。""祖上是出过秀才举人之类的，只有你父亲没出息，一辈子走不出这大山。"过后，又新上来几个学生模样的人，我一打听，原来是和我一样去思南师范读书的。有男有女，他们穿戴比我整齐多了，而"家当"也是清一色的新货：皮箱、绸被、长衣。父亲没去打听，脸突然红了一阵，然后，飞一般地向码头跑去。这时，我才发觉父亲的肩膀是那样的宽大、厚实。不一会儿，他抱着一堆馒头、包子走上船来，把剩下的几块零钱全交给我。我说："爹，这些东西你带走吧，船上伙食挺方便。"

他看了看新上来的同伴，再看了看我，说："儿子，路得自己去闯。"这话，我是听懂了的。父亲17岁那年，我来到了这个世上。实际上，父亲小时候也是很有志向的。父亲那一代，只有他一人，既无兄弟，又无姐妹，因祖父长期在外当兵打仗。父亲从出生开始，就与祖母相依为命，吃了不少苦，也受祖母的善良、宽厚性格的熏陶，学会了独立生活和应付一切事务的能力。他幼时读私塾，稍大就跳班进了公学堂三年级。教他的老师是本家长辈，后来又成了我的小学教师。所以，那老师开始常常说："你读书要像你父亲那样用功。"后来，见我进步快就说："你读书真像你父亲那样用功。"可见，父亲读书是下了功夫的。其实，我出生后，父亲还读着书，还经常教我唱《社会主义好》等歌曲。他装了一肚子的书，还写得一手流利的毛笔字。遗憾的是，父亲并没成为一个公职人员，他开始是有些后悔的，因为，那时在我们偏远的乡里有这样高的文化的人毕竟不多，又加上国家百废待兴，正需要建设人才。

而且，他任了一段时间的"公职"，终因家务脱不了身，而又回了家。之后，他有"公职"机会却不能做了。父亲不相信命运，却相信机遇，他常说，人生一瞬间往往决定一生的命运，所以要时时抓住机遇。他认为，真才实学，才是安身之本，只要读好书，就能抓住机遇，就能走出大山。

在思南拍摄本人小说《行走的婚床》改编的电影《春困》现场。

然而祖父早早去世，曾祖父已九十多岁的高龄，祖母年老多病，家里连个挑柴弄水的人都没有，父亲不得不回家撑起一个家庭。接着，又当了100多号人的生产队的家。在我开始记事的时候，他已经是我们那个生产队的队长了。所谓生产队长，不算官，也不拿报酬，却是一个最辛苦的差事，被乡里人名之为"追山狗"，意思是打猎时，你得打前站，分肉时，你得靠边站，就是在以生产队为核算单位的时候，也没谁愿意来充当这个"追山狗"。可我父亲不仅当了，而且当得很称职，一当就是四十多年。

曾祖、祖母先后谢世。后来，父亲建起了一栋新房，置了许多家具。渐渐地，走出大山的希望也就搁浅了。但他仍不灰心，溅着泥点的脸上，常常挂着笑容，这笑多半是因为我。那是我读小学的时候，倘若在田间碰着我，他就会用手里的使牛棍抹平地面沙土，写上几个生字考我；若围着火塘烤火，他会拎起一根木炭在火铺或木板墙壁上教我练字、算术。他见我一学即会，记得住，就会摸着我的头说："只要你用功读书，老子变牛变马也心甘。"后来，我进了中学，面对 ABCD，X+Y 之类的，他再也不能像以前那样从容自如地辅导。于是，父亲会久久盯着黛青色的大山，半天不言语。每到这时，我会安慰他："爹，这些我都学得懂。"父亲听了后，又对着我笑了笑，但笑得极惨然，极勉强。

其实，我在读小学三年级时，各科成绩就开始进入全班同学的前列，尤其是语文。记得，当时语文老师安排我们第一次写作文《桐子树》，从桐子树下种到成林，而后开花结果，将果子榨成油，桐油的多种用途，我一路写去，洋洋洒洒一千多字。当时大多数同学还不会写作文，而我竟然写了一千多字。所以，我的那篇作文成了范文，周老师把它板书在黑板上，进行分析，让大家学习。从此，我就爱上了写作。之后，在中学读书时，我的作文多次作为范文，被老师刻印后，发给同学；也被同学抄在黑板报上，供大家阅读。父亲知道后，脸上常常露出满怀希望的笑容。

当时的父亲并没有想到以后的我，到了思南师范学校、云南民族学院读书时，甚至参加工作后，还对写作那么痴迷。船离开了码头，驶向江心，渐渐驶向乳白薄雾笼罩的河谷，向陌生而神秘的未来世界航行。我站在甲板上，恋恋不舍地望着父亲，两行热泪夺眶而出。父亲还在向我招手，并大声说："进去吧！外面风大！"船渐渐远去，码头渐渐朦胧，但石阶上还耸立着一个高高的黑影，一座盯着初升太阳的山峰，他似乎把全部希冀都寄托在这艘渐渐远去的船上。

作者简介

田永红，土家族，1953年生于贵州省铜仁专区沿河县晓景乡场上村李家山组。大学本科学历。

思南县作家协会主席、中国作家协会会员、中国民间文艺家协会会员、中国民俗学会会员，三峡大学、湖北民族学院特邀教授，贵州省省管专家，省首届"四个一批"人才。

先后任思南县民委副主任、县委宣传部副部长、思南报社社长、总编辑，铜仁地区作家协会副主席，贵州省土家学会副会长。已出版长篇小说《盐号》《丹王》，中短篇小说集《走出峡谷的乌江》《燃烧的乌江》等。

从农民到工人，从钢炉到数学课堂，干一
行像一行，干一行是一行，用自己的实际行动
诠释了工农兵学员的内涵。然而这些都没能磨
灭对民族文化的探索追求，这大概是基因所决
定的吧。

"老长工"出山记

伍忠纲（布依族）

七八岁时就被乡亲们称为"老长工"的我，通过刻苦学习，走出了大山，成为民族文化学者。我"出山"的心路历程，或许对正在为理想奋斗的年轻朋友能有所启迪。

去年春天，我带着女儿回到阔别45年的第三故乡镇宁布依族苗族自治县平寨村，儿时的几位同学和玩伴早早就在寨门口迎候着我。女儿把车停好后，我刚打开车门，几位老同学就激动地走过来紧紧地抱着我，眼睛里噙着眼泪，嘴里颤抖着不断念叨："'老长工'你终于回来了。"我也激动得许久说不出话。

1966年小学毕业照。

傍晚，与同学欢聚之后，车子刚驶出寨门，女儿就迫不及待地问我："爸爸，你的老同学怎么叫你'老长工'？什么叫'老长工'？"我这时才回过神来，以前很想跟女儿讲过去的事，她总是不想听，见她这般有兴趣，我开始给女儿慢慢讲述那段经历。

"长工"是旧社会靠常年出卖劳力谋生，受地主、富农剥削的贫苦农民。"长工"为了活命去给地主扛活，一天又苦又累，得到的报酬往往还填不饱肚子。

这个绰号的得来是因为当年我干活太辛苦，就像过去给地主干活的长工一样，所以同学们都叫我"老长工"。虽然当时父母有工作，但由于有11个

1955年2月6日，著名民族学家田曙岚老先生到镇宁扁担山地区调研布依族文化时拍摄了此照。田老先生是贵州民族研究所原副所长，是南方少数民族研究专家，对布依族历史文化有很多独到见解。田老先生是笔者母亲王永国的老师，笔者父亲伍德馨、母亲王永国经常与田老先生探讨研究布依族文化。笔者在20世纪70年代多次拜访田老先生，获益匪浅。

照片中家父抱着笔者，家母抱着大弟继云，站着的是三姐忠业，坐在地上的是大哥忠辉。这是笔者的第一张相片。

兄弟姐妹，在一起生活的还有一个姑奶奶，全家14口人，而父母一个月的工资才60多元，所以家庭极度贫困。开始还能勉强维持基本温饱，到了1959年，由于物资匮乏，父母只能申请从条件较好的镇宁县石头寨小学调到条件较差的平寨小学教书。那是因为平寨土地多，人口少，有大量的耕地撂荒，可以让生产队利用这些土地种植粮食。

当年我不到8岁，两个哥哥在县城读书，其他弟弟妹妹又还小，父母身体又不好，所以十多口人的家务事全落到我和姐姐身上。我们跟生产队要了二十多亩撂荒的地来耕种，我就负责地里的活。我还清楚地记得，由于年龄小，个子矮，犁耙有我的脑门高，所以犁地时我是双手高举扶着犁耙，跟在犁的后面，这样犁一天地下来，全身酸痛。当时周围的乡亲们说，从来没有看见过这么小的人就扶犁犁地，有的乡亲看我可怜，干完生产队的活后，就吆喝着牛来帮我犁地。看我家缺少肥料，有的乡亲就叫我们去他家的粪坑里挑肥料。由于我勤劳，又非常辛苦，比过去给地主扛活的长工有过之而无不及，所以乡亲们就叫我"老长工"。

生产队撂荒的土地都是贫瘠的土地，一年辛苦下来，一亩土地只能收获百十来斤粮食，为了多收获一些粮食，我们只好扩大种植面积，种了几十亩地。虽然是广种薄收，一年下来也能收获几千斤粮食，不仅解决了粮食问题，每年还喂养两头大肥猪，杀一头卖一头，既解决了吃饭问题，也改善了生活。

正因为这么艰苦，自己清楚地意识到要改变命运必须刻苦学习，绝对不能放弃学习，所以坚持不缺课。每天上完课后就到地里劳动，晚上尽管非常疲惫也要完成当天的作业。由于实在太累了，我坐在煤油灯下看书做作业经常打盹，额上的头发不知道被煤油灯烧了多少次。通过刻苦努力的学习，我的成绩在班上保持中等偏上水平。到了1966年小学毕业，我顺利考上了安西农业中学。

刚进校不到两个月就遇到了"文化大革命"，全国所有学校停课闹革命，我们只好回家待着。当时平寨小学毕业的二十多个同学的家长看到我们无书可读，无学可上，我父亲就召集家长们商量创办一所民办中学，取名为平寨农业中学。学校聘请了两位老师，一个教文科，一个教理科，我父亲也免费承担部分课程。教完初中课程接着教高中课程。我1970年离开学校参加工作时，基本学完了高中一年级的课程。

1970年8月，水城钢铁厂[现在的首钢水城钢铁（集团）有限责任公司]到镇宁布依族苗族自治县来招收工人，当时的招工条件是初中毕业，年满18周岁。于是我就来到水钢当了一名学徒工。说来也非常幸运，当时从镇宁招来的那一批新工人有近百人，分配学技工的只有我和另外一个工友，其他人都是普工。我和工友分去学铆工。我当时对工厂的知识可以说是零，不知道铆工是做什么的，听一同入厂的工友们说，"车、钳、铆、电、焊，不给钱也干"，想必是个好工种，所以下决心要学好。

当时我们所在的铆工组（其实就是工段）是水钢铆、焊技术力量最强的工段，有两个8级铆工（过去技术工种最高级别就是8级），一个7级，就是我的师傅。我的师傅虽然只是7级，但他入厂时是高中毕业生，这在当时的工人队伍中已经是"高级知识分子"，所以他是大家公认的理论水平最高的工人，受到工友们的敬重。

那时工厂里几乎没有娱乐生活，吃完晚饭后或者去看露天电影，或者玩"三打一"（一种扑克游戏），正好为我提供了充裕的学习时间。

每天下班后我就学画展开图（铆工下料的方法），当时铆工下料最权威的一本书就是唐顺钦的《钣金工实用下料展开手册》。该书有200多种结构件的展开方法，我从头到尾，一个结构件一个结构件地学习下料，没有哪天晚上是12点以前睡觉的。师傅们看我如此刻苦，不仅我的师傅热情地教我，其他师傅也来"抢"着教我。我也虚心向组里的各位师傅求教，还积极参与其他的技术学习活动。

当时负责水钢建设的冶金部第八冶金建设集团公司的钢结构技术力量非常强，我发现他们每周日晚上都有一次技术讲座，我就去听。讲座是在一个工棚里进行，工棚里坐满了他们的人，我只好站在工棚外的小窗户边听。功夫不负有心人，在两年的时间里，我不但把唐顺钦《钣金工实用下料展开手册》里200多种结构件的展开方法都学会了，还发现书中有四个展开法是错误的，另外对十多个展开法进行了优化。当时一起学徒的师兄们（我年纪最小）戏称我为"大工匠"。那时厂里对我们学徒工的学习是很重视的，每个月都组织一两次技术比武。那时的技术比武是没有任何物质奖励的，每次比武结束后就在车间门口用红纸公布前三名的成绩。每次技术比武，铆工第一、二名不是我就是一个姓李的师兄（他是老三届的高中毕业生）。我学徒不到一年，有一个班的班长抽调"工宣队"（即所谓的工人宣传队，进驻学校，参与对学校的管理），就把我调到那个班，实际就是代理班长，那时整个车间学徒工独当一面，带一个班干活，我是唯一的，就这样一直干到去上大学的时候。

除了努力学习专业技术外，我每天都坚持自学初、高中的数学、物理、化学。那时自学可以说是盲目的，没有目标的，因为当时大学没有招生，而学铆工有初中文化就足够了。自学数、理、化知识完全是觉得这些知识好玩，也就是对知识的兴趣爱好罢了。

在我后来的人生经历中，这三年学徒工所学的铆工知识似乎没派上什么用场，所以后来有的工友说："可惜了，你废寝忘食学来的东西全部浪费了。"我回答说，虽然这些知识对我日后没有直接用处，但是没有这些知识为我一次次"红榜题名"（技术比武获奖），就没有我后来的"金榜题名"（组织推荐我报考大学），所以也不能说完全没有用处。

1973年，我突然听说大学要恢复招生考试（其实1972年就已经开始，只是自己不知道），因为我喜欢看书学习，所以师兄们开玩笑说："'大工匠'不去报考？"我当时随口回答说："要去报考的。"其实师兄们是在开玩笑，我的随口回答也是玩笑话，因为我是不可能得到推荐的。当时我所在的烧结厂有三个车间，一个车间只有一个推荐名额，我们机修车间都是技术工种，学徒工就有400多人，水钢很多干部子女都安排在我们车间当学徒，所以我是不可能得到推荐的。

有一天我到车间办事，一名姓谢的"万能员"（那时每个车间有一名负责办理车间所有杂事的工作人员，俗称"万能员"）负责报名，这名工作人员故意开玩笑问我："你是不是来报名考大学的？"那绝对是玩笑话，因为她更清楚我不可能得到推荐。我还是随口回答说："是的。"她说："那我就给你报上了哈。"我说："好的。"反正都是玩笑话，而且这种玩笑话还带点讽刺的味道。

玩笑开完了我一直没有放在心上，但过了几天车间那位"万能员"来找我，说我被推荐了，叫我到厂政治部领表来填。我当时认为她是取笑我的，对她大发脾气。她说是真的，而且悄悄告诉我推荐会的一些细节。她说我是"渔翁"，得益于"鹬蚌相争"。

当时车间领导分两派，为各自推荐的候选人僵持不下，双方都不肯让步。主持会议的是一名姓胡的指导员（那时工厂是准军事化的组织机构，车间叫连，指导员就是党支部书记。这位指导员是援藏转业干部，是一位标准的"老革命"，他不参加任何派别，大家都说他很固执，火爆脾气，所以人们都有点怕他），问报名的还有哪些人，工作人员念了所有报名的人员名单。这位指导员问："伍忠纲是不是技术比武经常上红榜的那位？"工作人员说："是的。"这位指导员站起来发脾气地说："这样的好青年不推荐还推荐谁？"此时工作人员补了一句说："他是少数民族。"这位指导员说："就是要培养少数民族青年，你们说说你们推荐的那两位哪方面比他强？"此时其他领导没人敢再说话，就这样确定推荐我。不管这位工作人员描述的情景的可信度有多少，但会议争论激烈是肯定的，拍板推荐我的肯定是这位指导员。我当时是一个小学徒工，跟车间这些领导甚至连话都没有说过，我相信我得到推荐确实是"渔翁得利"，但如果不是每次技术比武都榜上有名，这位"老革命"指导员再怎么正直也轮不到我。如今这位老人早已作古，那位车间工作人员在我上大学期间已经调离水钢。时至今日，我还没有当面向他俩道一声谢，很是遗憾。

虽然得到了参加考试的推荐，但是推荐名额与招生名额是一比三，那年是全省统一考试，招生名额和推荐名额分配到各地州市和各厅局，完全按照分数择优录取。考完试后自己心里是没有数的，没有抱太大的希望。考试成绩下来后，我的成绩还不错，上了省外院校的录取分数线，这也就是说我上大学是无疑的了。据说我的档案推荐给了昆明工学院。那时只要上了分数线，学校是不能拒绝录取的，所以水钢招生办的领导说肯定没有问题，叫我做好上学的准备，甚至叫我可以不去上班了。但我还是坚持上班，天天在兴奋的心情下等待录取通知书的到来，但是一等再等，其他人的录取通知书都下来了，就是不见我的通知书。

水钢招生办的领导也着急了，向省招生办打听，省招办调阅档案后说我是推荐给昆明工学院的，但没被昆明工学院录取，原因是昆明工学院来招生的老师认为我的字写得不好，这样丑的字不可能考这么高的分数，于是他们怀疑我考试成绩的真实性，所以就没有录取我。那时大学刚刚恢复招生，考试作弊是不存在的，这位老师的质疑是没有道理的，当然这里面是否另有隐情就不得而知了。那时招生制度真的太不完善，退了档案也没人管。水钢招生办的领导和省冶金厅招生办的领导知道这个结果后不能接受，找到省招生办要求解决，他们给省招生办说如果怀疑成绩的真实性可以重新考试。省招生办也觉得理亏，就安排贵州大学对我的考试成绩进行核查。我被叫到贵州大学，贵州大学的领导王六生和当时负责招生的一个科长对比了我试卷的笔迹后认为无误，并从试卷里抽了几个题，又另外出了几个题对我进行现场考试，我都顺利完成。当时王六生当着我的面给省招办打电话说成绩没有问题。省招生办问王六生，贵州大学能不能帮助解决我的录取问题，王六生说数学系正好有一名学生不来了，可以补录我到数学系。省招生办请王六生问我愿不愿意到贵州大学，我说愿意，王六生马上给我签发了录取通知书。真是好事多磨，同时我也是处处遇到贵人，我报名考大学其实是一句玩笑话，没曾想车间的"万能员"还真的把我的名字写上了，并且得到胡指导员的大力推荐。被昆明工学院来招生的老师无理拒绝录取后，多亏水钢招生办、省冶金厅招生办和省招生办领导的关心和帮助，多亏贵州大学的王六生和相关工作人员的仔细复核，不然我的大学梦险些被我的"字写得不好"打破了。

在大学毕业阶段查看论文计算结果。

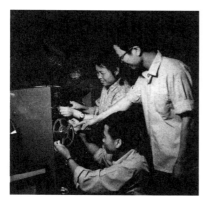
大学毕业实习上机操作。

1976年毕业实习时，三位同学与指导老师合影（前排右一）。

我做梦都想上大学，但是做梦都不敢想能够上大学。1972年大学开始招生，重新燃起了年轻学子们的大学梦。1973年全省统一考试，择优录取，但是名额很少，那年全国只招九万多人，但我竟然梦想成真了，激动的心情难以言表。我高高兴兴地拿着录取通知书回单位办理手续，踏上了迟到近一个月的大学求学之路。

到大学后，由于我晚一个月到校，落下的课程不少，加之我们班同学多数是"老三届"，大家基础都比较好，所以开始时我感觉学习很吃力。不服输的我选择了埋头读书，迎头赶上。除了认真听课，认真完成作业外，我每天都把

第二天的课程预习一遍，这样很快就跟上了班上的进度。跟上课程进度后，自己并不满足于现状，力求把每个数学公式都证明一遍，对于数学系的学生来说能做到这一点是非常难的。为了做到这一点，我经常向老师请教，特别是李长明、谭鑫、周思纯等老师。由于我的刻苦精神和钻劲感动了这些老师，他们都毫无保留地帮助我学习，使我不仅在学业上有很大的收获，与他们也建立了深厚的师生感情。当时社会上对我们这些"工农兵学员"在大学的表现和师生关系有很多负面的评价，但我自己的体会却截然相反。仅举我自己的三个例子就可以说明问题：

一是学有所成。我们班同学在学习上都比较用功，这是任课老师的共同评价。毕业实习，我们这一组四名同学参加中国科学院宁芜找矿组的工作，当时带队的是中科院地化所著名专家涂光炽（1980年评为中科院院士）。在涂光炽先生的指导下和倪集众、南君亚等四位老师的直接帮助下，我们实习组完成了"宁芜地区富矿找矿数学模型"的论文和计算机程序的编写（那时没有现成的计算程序，都要自己编写）。这种课题在今天来说算不上什么，但在当时却是前沿课题。当时的几位指导老师评价说："没想到你们几位同学还能完成如此前沿的高难度课题。"事实证明，我们并不像当时社会上所说的，在大学混了几年，出来什么也不会。

二是我毕业回水钢工作后，我的老师们听说单位没有安排我做专业对口的工作，他们都很遗憾，为此周思纯、李长明等老师专程到水钢看望我，鼓励我。若没有深厚的师生感情，怎么能做到这一点？

三是谭鑫老师1979年调到贵州民族学院组建数学系时，第一个考虑调动的就是我。当时第一批上报贵州省人事厅的名单里，我名列首位。最终，

1973 年入学时留影。

2001 年参加竣工典礼。

2002 年评为水钢"劳动标兵"。

由于水钢不放人，我未能到一生敬仰的老师身边工作，是我终生的遗憾。

我是一个随遇而安的人，当现实的工作与心中的目标不一致时，依然努力把现实的工作做好。我平均三年换一个工作岗位，不论到哪个岗位，我都把新岗位作为学习和锻炼自己的场地，努力学习新岗位的专业知识。由于我在所处岗位都认真学习研究，工作都有创新的亮点，所以每年都得到不少先进荣誉称号。退休时，我整理办公室，各种荣誉证书有 100 多本，摞在一起比我还高。我给自己定的工作标准就是让他人找不到毛病，所以几十年的工作历程虽然没有多大的成就，但哪怕是一次口头批评都没有受过，这是自己感到骄傲的地方。

2003 年母亲 82 岁寿辰全家合影。

2003 年任水钢发电厂党委书记时，在水钢中央变电所指导工作（右二）。

2004 年给水城意舍乡困难群众送温暖（左一）。

2008 年，水钢出台了一个提前内部退休的政策，正处级干部可以提前 5 年申请内部退休。开完动员会的当天，我就把申请书送到组织部。在我退休的欢送会上，同事们说我辛苦了一辈子，现在终于可以回家安度晚年，享天伦之乐了。我说从明天起我要为我的事业而奋斗。同事们问我要到哪里发财。我说我要为之奋斗的事业不但发不了财，可能还要搭钱。同事们闻之一愣，问什么事业。我说我是布依族，退休后我要把抢救、保护、传承自己民族的文化作为事业，为其奋斗，终我一生。同事们给予我热烈掌声。

我之所以把下半生投入民族文化的抢救、保护、传承事业中，是因为我们布依族是一个具有悠久文化的民族。但是民族的很多优秀文化处于濒危之中，有的甚至已经消亡，有的传承后继无人，有的文化被人们错误理解，有的甚至被恶意篡改。面对本民族文化的现状，自己非常着急，所以要拼命努力，把濒危的抢救过来，让消亡的复活过来，把错误的纠正过来。

我之所以要这么做，一是源于对本民族的爱，二是我有这个能力和基础。

我出生在一个世代研究、传承民族文化的家庭，我的高祖和曾祖都是清朝秀才，父亲是民国时期的大学生，母亲是民国时期的师范生，而且他们都潜心研究布依族文化。

退休前，我虽然没有充裕的学习和研究时间，但只要有时间和机会我都会充分利用，如每次回家看望父母，往往几句问候后就开始向父母请教民族文化的相关知识，讨论民族文化的有关问题。回家碰到"古摩"（布依族宗教仪式）活动，我就认真当好摩师的助手，绝大多数的"古摩"活动我都参与过。我父亲不是摩师，但是他老人家在摩师中的地位相当于摩师的老师，很多摩师经常来请教他，有时摩师们因为对摩经的见解不同而发生争论，往往要来请他老人家评断是非对错。除了正式拜他老人家为师外，在他老人家教其他徒弟时，或者对摩师们争论的问题进行仲裁的过程中，我学到了很多摩教的知识。所以说我今天的研究成果并非一日之功，不仅有自己扎实的生活基础，还积累了我高祖、曾祖和父母三代人的研究成果，有自己长期学习、实践、思考、研究的结果。如果没有这样的环境条件，想要破解很多民族传统文化之谜是不可能的。例如，给小孩做"过关"时为什么用公鸡当秤砣？布依族村寨里的小庙供奉的是什么神灵？入殓时为什么要在棺材底部撒一小撮泥土？服饰上的那些织锦、蜡染、刺绣图案图纹是何含义？

退休后，我终于有时间系统整理高祖、曾祖和父母三代人的研究成果，收集大量民族传统文化资料，参加相关活动，如婚丧嫁娶、扫寨搭龙、起房乔迁等仪式。我把收集来的资料进行科学的、历史的、辩证的分析研究，组织相关人员研讨，付出了极大的心血。

在研究服饰图纹时，我不是只听取个别织锦艺人对图纹的介绍，而是通过对布依族历史迁徙的过程、布依族古代天文知识、布依语的变化等知识进行综合研究之后得出结论。比如织锦图纹里有一个菱形图纹，所有的织锦艺人都称它为"羊"，我反复分析认为这个图纹理解为"羊"是没有道理的。我对布依语读音中与"羊"相同或相近的字进行研究，发现与"羊"读音相同的还有"鸟"等几个字，如果把这个图纹理解成"鸟"或者其他几个字是否恰当呢？这时我突然联想到中国古代天文学的相关知识。

中国古代天文学把天上东西南北分为四象，每一方用一个神兽表示，南方用朱雀表示，朱雀是传说的神鸟，另外又把天上分为十二星次，中国西南

参加贵州省第十一次哲学社会科学科研成果奖颁奖大会。

《镇宁布依族》一书获得贵州省第十一次哲学社会科学科研成果奖著作类三等奖。

地区对应鹑尾。朱雀、鹑鸟都是"鸟"，那么织锦图纹的鸟是否指的是天上的"鸟"？如果理解为天上的"鸟"会怎么样呢？这样联想，一下就破解了整个图纹的疑案。原来这个图纹是标记布依族所居住的方位，布依族居住在南方，对应天上的方位就是朱雀或者鹑尾。这样一来，"鸟"周围的那些叫"蛋"或者"鸡"的图纹理解为天上不同的星系就非常形象了。

有耕耘就有收获，有付出就有回报，我为民族传统文化的研究付出了很大的辛劳，也获得了满满的收获。2014年出版的《镇宁布依族》一书获得了贵州省第十一次哲学社会科学科研成果奖著作类三等奖。

通过参与布依学界的相关活动，自己在布依学领域的研究成果与学术水平得到学界专家学者的认可，在2016年贵州省布依学会换届选举中被选为贵州省布依学会常务理事、学术委员会委员。受贵州民族出版社邀请翻译注释两部布依族摩经，其中《布依族摩经典籍·嘱咐经》已完成，将于近期出版。

熟悉我的朋友都说我上知天文，下知地理，中间知道人，知识非常广博。对这样的评价，我愧不敢当，但自己兴趣广泛、爱好学习却是真的。我是什么都学，什么都懂一点，知识面比较广，但什么都不精。这为我今天的民族文化研究提供了很大的帮助。有人说我大学学的是数学专业，毕业后就教了一个学期的数学，浪费了。我说一点也不浪费，如果没有数学学习中严格的逻辑思维训练，我的研究就不会有严密的逻辑，就会像有的人那样把田野调查中得到的似是而非的东西作为成果。在大学时我就认真地学习了毛泽东的

《矛盾论》《实践论》等哲学文献，有的同学不解地说："我们是学理科的，又不是学政治的，读那些书干吗？"在这里我却想说，如果没有辩证的哲学思维，就无法对民族文化进行深入研究。

回过头来看，如果没有党和国家对少数民族学子的关怀，如果自己没有传承民族文化的使命感，我就没有走出大山的可能与动力。走不出大山，自己有可能是一个勤劳的农民，也有可能是一位技术精湛的工人，甚至有可能是一个官员，但是民族文化的这些研究成果可能就出不来，布依族的很多传统文化可能就永远消失了。所以自己一生虽然吃了不少苦，费了不少力，但能为社会、为民族做一点有益的事情，感到非常欣慰。

作者简介

伍忠纲，布依族，1953年生于贵州省安顺专区镇宁县（今镇宁布依族苗族自治县）阁老小学（父母工作之地）。老家在贵州省镇宁布依族苗族自治县高荡村。贵州大学数学系毕业（后又获中共贵州省委党校经济学本科文凭）。

曾任水城钢铁厂[今首钢水城钢铁（集团）有限责任公司]分厂的纪委书记、工会主席、党委书记等职务。著有《镇宁布依族》一书，报刊上发表过多篇文章。

瘦小的身影，数日奔波，翻山越岭，踩水过河。那是一种信念，那是一种坚持。离别亲人，星夜兼程，渡船搭车，那是一种追求，那是一个梦想。

我的漫漫求学路

赵幼立（土家族）

我们这一代人，现在进入花甲之年，退出工作岗位，有了一些可以自己支配的时间，于是就静下心来想一想这几十年的事。虽然没有那么惊天动地，更没有什么丰功伟绩，但一些经历，作为经验，好像可以给后人些许借鉴。特别是自己写出来，供自己或他人咀嚼、品味、分享，也算是一种贡献。

说真的，真正铺开了纸、提起了笔，又不知道从何开始。因为求学之路人人都有，有的顺畅，有的坎坷。坎坷之路，有的说出来，晚生们不一定相信，他们会说你是杜撰，是矫情。比如，说我只读了11年的书，比高中毕业还少一年，他们就会一脸的茫然，或者瞬间改变表情，说我是在"那个"。

我上学时间少，上学晚是第一个原因。上学晚又是因为"难关"。

上学前的苦难

那一年，我5岁多，刚好遭遇"难关"。我虽然年幼，但对那段岁月的记忆，过于深刻。

当时，吃大食堂，任何人家里都不允许冒烟。我全家六口人，爷爷60多岁，因患哮喘已卧床十多年；母亲是家里的顶梁柱，可右脚无名肿痛半年多，下不了地不说，还只能在铺上"天一声妈地一声妈"地呻吟着；哥哥11岁，个子太小，干不了什么，但家里只有他可以稍微干点活；姐姐 8 岁，严重营养不良，只能跟在哥哥后面打个伴；还有个妹妹，两岁多，因营养不良还不能下地走路，饿了也只能是含住妈妈的奶头不放。

繁忙的沿河中堆浩码头（1974 年）。

记得有一天下午，我们饿得实在受不了，哥哥就带着姐姐和我早早地去食堂外院坝里等着。等了好久好久，食堂的人叫我们进去。我是进不去的，因为大门坎太高了。哥哥和姐姐进去了，他们也是费了很大的劲才翻进去的。过一会儿，他们就端扶着那个只能装四五斤水的木提盆出来，提盆里装了些见菜不见米的稀饭，我们三姊妹簇拥着提盆，眼睛都几乎掉进了盆里。因为有大人看着，我们没敢做什么。可是一下院坝坎，我们就按住提盆开始抢起来。很快，提盆里啥也没有了，大哥十分生气，他跺着脚，大声嚷着："还有公、妈和妹，他们看都没看见夜饭……"

一天，父亲回来了。他在思南县委会工作，并不知道家里的情况。他看见这个光景，家里什么吃的都没有，就去向队里要，还同队长吵了一架。第二天，他就将我带去了思南。到了思南，一个星期后父亲要去北京参加农展会，将我送去城关幼儿园，可我骨瘦如柴，还不能扶住椅背站立，人家不收，好说歹说才勉强留下。

就在这一年冬天，进出不到一个月，我就失去了三位亲人——爷爷、姐姐和妹妹。母亲每次提及这段经历，都会老泪纵横，甚至号啕大哭，因为妹妹就在她的怀里，活生生由热变冷……哥哥和爷爷睡在一铺，爷爷什么时候去世的，哥哥也不清楚。每每谈及此事，哥哥总是低头不语。爷爷是 60 多岁的老人，是要认真安葬的，可当时饿饭，没有力气，差一点没找到人抬出去。姐姐和妹妹则是请人用草荐裹着抱出去埋的。

那一年，我们寨上死了好多人。母亲说，她当时以为自己活不过来，幸得好心的孔幺娣大嫂时不时送过来一把卧烂草或菜皮，才渡过了那个难关。

我被父亲带到思南，还上了非农业户口。我本来应该在思南上小学，可家里一下失去了三位亲人，父母亲心头不快，就扯皮吵架，甚至提出离婚，母亲就把我要回了身边。

回到农村水田坝，因为落后，穷乡僻壤，没有学校，我七八岁都没有上学，整天和一帮小朋友捉蜻蜓、扳螃蟹、拽泥巴团团，也跟着母亲砍过火地、种过芝麻。1963年春节，王家一位嫁到酉阳的嬢嬢带着她的儿子齐祖凤回来探亲，在大家的请求下，她把儿子留下来在赵家祠堂办学教书。

路最长的小学

我是1954年4月出生，上学时都快9岁了，所以从二年级下学期读起。大队的人很急，小学的一年级到六年级都要招生，还办了一个初中班，七个年级七个班，都由齐祖凤老师教。齐老师是1962年毕业的，个子不高。开学那天，他母亲看见许多学生个子比老师高，就要求学生说："他教你们读书写字，你们不要打他！"

当时，老师只有一个，学生却很多。他每天只能到我们的教室一次，就让我们练习毛笔字。简单的算术加减法我也不会做，只是跟着一个曾在大龙桥上过小学的同学抄，甚至连一加一等于二还是后来去思南的息乐溪小学才学到的。

那一年，父亲和母亲扯皮，被组织知道了，就将父亲调到了乡下。父亲也为自己的冲动后悔。当得知水田坝办起了小学，只有一个老师教，他就带着深深的内疚，趁暑假回到家里，将我带去息乐溪小学读书。当年，父亲的工资很低，从思南坐汽车经过德江到沿河，要好几块钱。他的钱坐不了几趟，所以决定走路到思南息乐溪。为了让我学习有个伴，父亲还到对香的姑婆家，邀得表哥通坤和我到思南读书。这样，我们先从小田坝出发，经山岔、大水田坝到对香，住两晚后再从对香出发。

对香在黑岩门下，但我们上学不走黑岩门，而是走穿天。一出门就上坡，先走几里的沙石山梁，到岩

渔叉。

渔篓。

下就走悬崖上的"之"字拐路，快到顶时就进穿天。所谓"穿天"，就是"穿洞"，就是天生桥，因为它在山巅之上，一边是悬崖，一边是岩上，所以老百姓就给它取了个十分形象的名字——"穿天"。

过了"穿天"，就是岩上了，然后经过猫阡坝到谯家，过耳当溪，第一天歇德江枫香溪。第二天从枫香溪出发，经青菜坝、大罗坝，中间还有一个三望路，当晚住印江的中坝。第三天从中坝出发，踩水过河，过思南夫子坝，爬坡翻张家山，过秦家，最后到息乐溪。第一天、第二天都要走到天黑，第三天可以在天黑之前到达。其间，第一天住谯家，第二天住夫子坝。我小小年纪，个子也很小，要连续走三天的路，实在很难。遇到上坡下坎，要手脚并用，有的地方是爬着往后退。冒雨赶路的时候少，但顶着烈日、迎着狂风前行是家常便饭。

水田坝大寨。

那时早餐是在驻地吃碗面条，中餐就是舀点井水就着糠做的饼干，或者就是家里带的熟鸡蛋。大热天赶路，几个人带一个行军水壶，一路上遇到水井，就趴下像牛一样吸，或者手捧着喝，有时为了方便也用桐子叶叠成三角瓢样，舀着喝，有时路过山寨，也会向农户讨口水喝。每每喝生水，并不怕拉肚子，每人兜里都装着一包大蒜。喝水之前，先剥两瓣大蒜放在嘴里。我很怕大蒜的辣，但没有办法。

34 年后重访枫香溪。

路上最难的是休息。冒着寒风或烈日，一走就是三天，很累，很想停下来休息。可又不敢休息，因

曾经的枫香溪地区国营饭店。

家父 1960 年参加农展会留影。

息乐溪小学的毕业照。

为一坐下去，就起不来，膝盖都僵硬了，站不起，迈不开。坐一小会儿，父亲就催促："歇不拢（到），还是要走才能到。"每次起身都要靠父亲拉扯，站起来后又迈不开步子，膝盖、大腿都不听使唤，总是要试着走个百把米才又恢复正常。所以就常有那样的情况，慢走当歇，在路上一天都不停下来。到中坝实在受不了了，就去卫生院请医生打安乃近，只有这样，才能睡下，第二天才能接着走。

寒暑假回家也是一样，中途歇过硫黄厂、中坝、青菜坝、大罗坝、谯家。来来去去走过六趟。虽然吃过许多苦，有过许多难，但都过来了。晚上住招待所，低矮的木房，板壁上有缝，虽然曾经糊过报纸，但很多都已经残破，风一刮，那"噗、噗"的声音实在叫人无法入睡。虽然很累，但躺下会很冷，只能先烤火，等实在熬不住了再上床。

我们烤的是什么火？是煤火，那时没有炉子，更没有现在的回风铁炉，我们烤的是煤团篝火，就是用煤掺和着水与黄泥，经牛踩过后揉成煤团，小的三十斤，大的五十斤，用三个堆拢来，中间就着木柴和原煤发火。人们围着煤篝火，面前很热，背后很凉，所以大人们总是胸前背后交替着烤。烤这个火，最大的问题是煤烟呛人。那晚上的寒风没有个定向，一会吹东，一会吹西，坐到下风口就自认倒霉。

还有个难处，是上厕所。招待所的厕所一般离客房很远，路上既没有灯，也没有电筒，煤油灯是点不起的，不想早睡，也是怕晚上不好方便。客房内有煤油灯，用罩子罩着，灯光很暗，稍点久一点，就会把所有人的鼻孔熏黑。

早餐，只能在招待所吃，要交粮票，贵州省粮票就可以。招待所也叫国营饭店，八点钟开门，你起早了不行，晚了错过这个点又没有地方卖了。住店，夏天好过，但是蚊子很多，有蚊帐，有土法生产的两尺多长的蚊香条。没有电风扇，更别说空调了，只能自备棕扇或大蒲扇。但无论如何，夏天要好过一些。

到息乐溪小学，我上的是三年级。识数、算数都是在那里学会的。记得有位年轻的杨老师，他要求严，有点凶，没有一个学生没有被他罚站和扯耳朵。但我是例外，也许他是看在我父亲的面子上，因为我父亲是公社书记，是当地最大的"官"。但我要感谢杨老师，他对我很有耐心，循循善诱，是他教会了我加法、减法、乘法和除法。

表哥只和我读了一个学期，寒假回家后他就没去学校了。后来我们就在刘家搭伙，住的则是公社办公的祠堂。祠堂到街上之间的坝子里曾经枪毙过人，我每次路过时总是毛骨悚然。那一年多，父亲经常下村或是到区县开会，常常把我一个人留在祠堂里住。我常常是在恐惧中度过那一个个晚上。当父亲回来问我怕不怕时，我又不敢说，有时还硬着头皮说不怕。还好，一切都坚持过来了，有时也为自己的"勇敢"而自豪。

1965年春节前，学校放假，我是同孙家坝农中的黎文德校长步行回家的。过完年，我就没有去思南，而是在家门口上小学了。原来水田民办小学升为蛟岩小学，公家还派来了公办老师。学校不再设在祠堂里，而是搬进了一栋一楼一底长五间的马屁股木楼房。齐祖凤老师回了酉阳，学校只有两位公办老师孙秀毓、张碧珍，孙秀毓任校长，另外请了一位姓肖的女民办老师。六

乡村一角。

个班，只有三个老师，还是复式班，虽然赶不上息乐溪小学，但终究比以前一个老师教七个班好。我读四年级下，有20多个同学，上课时同六年级一个教室。

说起教室，实际上就是一个空房子，桌子是用一块圆木削一个平面，不及20厘米宽，长有3米，加四根嵌进的木棒就是脚。多数同学的凳子就是路边搬来的石头。我从家里搬来的小饭桌，有一尺八长，一尺二宽，是最好的，表哥朝瑞和我共用。六年级仅五个同学，老师先给他们讲，我们默读语文；等到他们做作业，老师再给我们讲。

也正是这个学期，老师出了一个作文题，叫"一件小事"，我想了很久，决定就写望牛这件事。望牛是农村小孩人人都会的，可写起来没有几句话，后来就在前面增加了一段队长安排我望牛的情况，写我怎么从不愿意到愿意。写完了，又在后面增加了一段，牛望好了，得到了队长的肯定和赞扬。就这篇作文，校长在全校师生大会上宣读，说我写得好。得到表扬，我很高兴，也知道，原来作文就要这样写。也就是这一年的暑假，孙校长把我叫到他办公室："五年级不读了，那两本语文书，你就读需要背的课文；那两本算术书，就看例题，看懂了的就过去，看不懂的多看几遍；就做一遍总复习的题目，下学期开学就上六年级。"当时很害怕，我没敢说什么，只是点头。那时假期不长，只有二十几天，我还真把那几本书消化掉了。

新学期开始，我就上了六年级。说来也巧，学校的木楼是空架架，没有钱装修，就把六年级教室放在了我家的堂屋里。在自家堂屋读书，我的自豪感可想而知。上学的第一天，就遭到几个大哥哥贬嘴（为难）："皮他，那个繁分和追击问题，我们读了一年都还不大懂，他怎么得行？！"六年级原先12个同学，我去了就是第13个。我年纪小，个子小，没敢说什么。一个月后，数学单元考试，我竟拿了个全班第一，满分，那些大哥哥就什么也不说了。有这样的成绩，孙校长很高兴，我算是没有辜负他的期望。我要真心地感谢孙秀毓老师，我算不了千里马，但他确实是真正的伯乐。

"文革"中的辍学

1966年8月，我从蛟岩小学毕业。学校通知我去县城沿河中学读书。9月，按学校通知的时间，哥哥之强背着棉被送我去沿河中学。我们到了学校，却找不到报到的地方，问了几个老师，才知道"文革"开始了，学校都停课闹革命了。"那我怎么办?""回原地闹革命。"哥哥背着东西,我们就这样回蛟岩水田坝了。

远眺大山。

一开始我还跟着蛟岩小学六年级的同学听课,但都是学过的,没什么意思,一个月后就又去农中班听课。虽然上了一些课,但班上都是些"大学生",每天还要参加劳动,我年纪小,个子小,适应不了,又回到六年级,勉强坚持了一个学期,后来就辍学了。

以前,写望牛这件小事,望牛的时间并不多,现在倒是真正的望牛了,一望就是几年时间。我们寨上望牛,是成群结队的,自有娃娃头喊,今天到这座山,明天到另一座山。望牛、弄柴、玩游戏、唱山歌,好不开心。我不是能干的小孩,动作不麻利,气力也不行,特别是爬树差人家很远,许多树都爬不上去。

那时的游戏很丰富,迭子、叠棒、走母猪窝、踢毽、甩过猴、打洋战、发卖卖板、梭沙沙板,还有捉泥鳅、打火豆……有时还比谁捡的柴好,比谁的柴捆得好,或者比谁的刀快,谁做的木号、木牛角吹得响。当然,也比谁的牛、羊长得肥,能打架。

我觉得,望牛砍柴最艰难的是中午回家。那时很穷,一天只吃两餐。早上起来,一般在台阶上坐一会儿就上山。累了,就坐一会儿;渴了,就找泉水喝几口。中午时分,把牛嘴笼套上,由小点的娃娃赶着回家,我们则扛着柴跟在后头。柴重不说,此时又饿又累,特别是太阳将路上的油沙晒透,远看上去就像在冒着透明的蓝烟,光脚踩上去,那是钻心的灼痛。我们往往是瞄准不远处桐子树下的阴凉处,鼓足勇气,扛上柴,踮着脚尖一鼓作气往那里跑。还未完全跑拢(到),就将肩上的一捆柴扔了过去……没有办法,四五里地,歇是歇不拢(到)的,还得咬紧牙关坚持往回赶。回到家里,第一件事就是用大瓢舀起石缸里的水痛饮,三四斤凉水下去,才安下心来……

这期间,哥哥又负责建房子,我还帮着劈柱头、扛挂条、抬檩子什么的。

直到 16 岁那年,我才上了沿河中学。

难忘的沿河中学

那是 1970 年的春天，我背着被子，握着入学通知书，又去了沿河中学。上一次，有哥背被条，打听什么消息都由他去。这一次不同了，只有我一个人。我还担心，怕遇到上一次的情况。可这次完全不同了，校门口就写着欢迎新同学的标语，从三重桥过去，上了那石坡，面前的操场好宽好宽哟，还有提示标牌，指示往右边走，然后就看到墙上贴着的分班名单。我分到一连四排。开学时，才听老师说，全国学人民解放军，都不叫"班级"，而是叫"连排"。因为有几年没有招生了，所以一下子招了十多个班。我们一连四个班在一栋楼，一楼一底，楼下做教室，楼上就做学生的寝室。农村来的孩子多，都是两个同学一铺，一个出盖的，一个出垫的。早晨要出操，起床钟响了，许多都还起不来，班主任老师去叫，推开门，全部是赤身裸体。后来校长还作为一个问题在大会上讲，要大家学城里人，穿个短裤睡觉，平时里面也要穿短裤，惹得全场哄堂大笑。

当时的学校还是不正常，贯彻毛泽东主席"学制要缩短，教育要革命"的精神，我们初中学两年、高中学两年。我们是春季入的学，后来改为秋季毕业秋季招生，所以我读了两年半的初中。就这两年半，军事训练和农业基

故乡水田坝。

础知识及劳动锻炼占了很大一部分。

初中时，一连两个学期，同学和老师给我的评语都是"缺少青年人应有的朝气"。这件事，让我背了很久的包袱。后来，我决定改变自己，尽可能地参加体育活动，篮球、乒乓球，一改过去站在旁边看的情况，主动参加，打他个大汗淋漓；与人打招呼时有意提高声音，给人一个自信的印象；凡是有同学参加的会议，争着发言，摆明自己的观点；积极参加文艺活动，大声唱歌，唱样板戏，还主动要求参加学校宣传队。这样下来，第三个学期就没有"缺乏朝气"的评语了。改变了自己，我常常窃喜。

土家族山寨。

农基课我是认真听的，虽然来自农村，但许多事情并不清楚。特别是关于测量方面的几节课，我听得特别认真。虽然当时对着水准仪什么也没看见，但还是在 1974 年测量了家乡一条引水渠的流水面，后来又测量了山岔到下坝的公路线。学农基课，最主要的还是劳动锻炼。当时，我们在学校种地劳动，每个学期还要去深溪沟农场劳动一个月。记得为了增加学校劳动，我们还把教室后面的草坪挖了种上白菜。挖掉了草皮，草地上的水泥乒乓球台就不能用了，现在想起来很不应该。当时为了种好各班的地，我们排班去厕所淘粪，没有人说脏

土家族山寨巷道。

和臭，能排上班，还有几分"时传祥"的光荣。我们的那块地种得很好，成熟的白菜卖给学校食堂，一斤两三分钱也可以增加班费。后来我们班去农场劳动，光是从这块地砍去的白菜，到农场称就有 28 000 斤。全班同学为有这样的劳动成果感到非常骄傲，就连现在回想起来，仍然感到十分高兴。

高中阶段，我们沿河中学升上去的学生被安排在二班，吴马可老师当班主任。他是一个很有责任心的人，每天的早自习和晚自习都和我们待在一起。同学们的所有问题，不管是哪个科目，凡是问到他，他都会给你解答。有当

时解答不了的，他会回去查阅资料第二天来做解答。他还有听课的习惯。只要他不去其他班上课，都会同我们一起听课。我们劳动，他也从未落下过。吴马可老师有一句口头禅："要搞就搞好，不搞就拉倒。"我们全班同学都被他那高度负责任的精神和果敢的作风所折服。吴马可老师影响了我的一生。

对我影响大的还有刘慎忱老师，他教我们的物理课，要我们养成动手的习惯。他管理学校广播室，很耐心地教我怎样操作，第一步怎样，第二步怎样，为什么这样，不这样又会是什么结果。他培养了我的爱好，以后就把广播室交给我管理了。虽然每天我要比别人起得早一点，晚饭后还有一个放音乐的任务，但每天过得充实，还有一种特别被信任的愉悦。

高中毕业照。

当时学校没有专门的电工，就由物理老师兼任，刘老师将总控制箱的钥匙交给了我。那时电压不稳，经常停电。学校的电路很差，一有风吹，就有线路发生短路，还闹过一次笑话。那天停电跳闸，查了全箱的保险，就差一个没查，赶快跑去看校园有无外线短路，忙乎了有四十多分钟，没有找到故障原因，返回来一看，就是那个没有查看的保险烧坏了，一换上全校就恢复了光明。当时，虽然没有人批评我，但就因为漏查了一个保险盒，让全校黑了四十多分钟，能不有愧吗？按程序，不遗漏，这才叫严谨，才不会误事。

读沿河中学时，还有两件事情令人难忘，一是生活水平差，二是上学路上的艰难。

当年在沿河中学读书，我们每人每月生活费才7元2角钱。具体地说，交了30斤粮票，再交7元2角钱。如果交的是大米或苞谷，还要扣除一定的费用。读初中时，要自带口粮，我交的都是苞谷。家里穷，那几十斤苞谷都交不起，还要向学堂坡姑姑家及表哥朝全、朝福家借。有的同学家里好一些，怕带去交的是大米，吃的是苞谷，所以就自己带上锅碗，在学校周边的农户或居民家自己生火煮饭。有的同学则从家里带上油辣椒，每餐的油水就增加了许多。我则完全在学校学生食堂吃饭，每餐有那么些粮食，即使是粗粮，也总比母亲、哥嫂在家里咽菜的好，所以我很心满意足。

当然也有难受的时候，餐餐都是干菜，或是牛皮菜，其他同学发牢骚，我也做不到心如止水。学生食堂，每餐八个人，是编桌固定的，每餐都这几个人。每桌一个小甑子，大甑蒸好饭分到小甑，每餐再由一人分到每个人。每每分饭的时候，八双眼睛都盯着小木甑和八个大碗，特别是那七双眼，总在八个碗之间游移，总觉得自己碗里比别人少。菜就是一盆汤菜，表面有几颗油星子。只有重大节日才加餐，才会有一两个炒菜，一个月就一两次见荤菜。汤菜也是要分的，每人一小汤瓢。甑子里的苞谷饭，全是散糠糠的，没有粘连，刨进嘴里要格外小心，不然就会呛着。有好几次，抢先的同学端起碗就往嘴里刨，他一呛，一口饭喷得满桌都是，多数同学都还没有端起碗来……没有人出声，没有人生气，安静片刻之后，大家又端起碗往嘴里送东西……因为每个人心里都清楚，这餐弄脏的饭不吃，就不可能有其他东西吃。还有，谁能保证自己在下一餐不被呛到呢！

每周六我都要回家，在学校虽有粮食，但菜汤都没有多的，每餐那四两粮食，何以能让吃长饭的孩子填饱肚子啊？我每周回家，为的就是能有两餐可以填饱肚子。

初中时回家，星期六下午才可以离校，和学堂坡、新房寨的几个同学一起，一路打闹，说说笑笑地在天黑前回到家里。高中时就不一样了，蛟岩没有一个高中同学，初中的老乡如朝华他们吃了中饭就可以往回走，我既是班上的团支部书记，又是校团委的负责人，每周都要检查全校的卫生情况，往往都要在四点半以后才一个人往家里赶。读高中没有背东西了，轻装上阵，开始离校时几乎小跑。毕竟路程太长，差不多每次到新房寨时天就黑了，要走八九里夜路。有几次只到丁家坳就天黑了，走了十五里夜路。每次回到家里，母亲都还在等我，锅里的渣豆腐还冒着热气。几碗拌着香喷喷糊辣椒的渣豆腐吃下去，那种吃饱的感觉真好！

冬天里，我的手总是长冻疮，在学校一个星期，全是冷水，两个手背肿得像泡粑，拿笔和拿筷子都是捏锤子般握着。周六晚上，同家人一起在火铺上摆龙门阵，翻来覆去地烤着手，睡在被窝里，那也是奇痒难忍，但第二天就消肿了。到了学校，周三就又肿了起来。所以，读了两年高中，那两个冬天是极难受的。

走出大山不容易

1974年8月，我高中毕业。那时高中毕业是不能直接上大学的，还必须上山下乡劳动锻炼。我只能回到蛟岩公社水田大队田坝小队，成了名副其实的回乡知青。那年，我们公社想办初中，公社主持工作的冉副书记找我谈话，要我到初中教书，作为公社的民办老师。当年，蛟岩公社高中毕业生只有我一个，我的学习成绩在全班处于前列，他们要我教书，这很正常。学校的老师也希望我能加入他们的队伍。冉副书记找我谈了几次话，并保证两年后推荐上大学，我才答应。

那两年里，我过得很充实，也很快乐。除了上课以外，同学生们一起平整操场，打炮眼、放炮炸石头来砌一楼的教室隔墙，去全公社各生产队扛木头来装修二楼的教师办公室和学生宿舍，冬天又带上学生去十里以外的红岩脚下烧木炭，或者带上学生去沙子区参加文艺演出。每一件事都是生活，都充满了乐趣。特别是当年的蛟岩中学，是全县除了沿中、官（舟）中以外，第三所开设英语课的学校，确实让我有那么几分自豪。当时公社的民办教师的报酬很低，队上记工分分粮食，国家补助工资每月12元，大队再解决6元钱。我的情况除外，不在队上记工分，360斤粮食由全

母亲在街头留影。

公社 3600 人平摊,每人一两。除了国家补助的 12 元钱外,公社再发给 9 元钱。就为这每月多得的 3 元钱,我高兴得不得了,走起路来都很轻快。

不过,当年劳动留下的过敏顽疾至今让我苦不堪言。当时,蛟岩中学学习沿河中学的管理模式,学生全部寄宿,每天上午四节课,下午四节课,早晨要出操,上早读课,晚上还有两节自习课。学校就一间空架子木房,立在一堆泥土里,我硬是带着学生移去了七八十厘米厚的泥土,平整出一个标准篮球场。房子是空的,就打石头来砌"干打垒"隔墙,使之成为像样的教室……不知什么时候闪着了腰,经常从后背扯到前胸痛。当时就请一位土医师配草药泡药酒喝,很快腰不痛了,但是引起了十分严重的皮肤过敏,胸口、右肋下的皮肤都破损化脓。最严重时,对所有的食物、花粉都过敏,以至于现在辣椒都不能吃,绝大多数香料和相当一部分药物都不能碰。贵州人不能吃辣椒,难受啊!

两年以后的 1976 年,我可以被推荐上大学了,可是公社又给我设了两重障碍,一是不让我入党,二是说我的成分有问题。材料送到县里,人家不看重这个,入党和成分都不算大问题,还将我作为省外招生的候选人加以公布。

1977 年 2 月的一天,我怀揣着交了当年口粮才换回来的粮食证明,清早从水田坝出发,去中界向父亲辞行。父亲当时是中界公社的代理书记,也许是他工作太忙,也许是他认为上个大学不算什么,也许他认为我早已长大成人,理应独立出去闯世界,也许……最终他没有去送我。我很想他去送我,同我一道去沿河县城,步行 30 多里路,父子俩可以说很多话、讲很多事。到了县城,就住在广播站的寝室,父子俩可以睡在一张床上,可以讲通宵的话。在此之前,我还没有单独出过远门,要说有,也是去思南找他。这次不同了,我要去几百公里外的贵阳,那里是早就想去的省城,但是毕竟要离家半年以上。也许是我太想父亲来送我了,所以,后来我决定一定要将子女送到大学安顿好以后才回家。

母亲就不一样。前一晚,母亲和哥嫂一直同我在火铺上讲话,鸡都叫了两遍才各自歇息。天不亮,母亲就起来煮早饭,还煮了 20 个鸡蛋,说可以在路上吃。哥嫂也起来得很早,帮我收拾行李,并带上侄子为我送行。到了石墙坳,我让他们都回去,可是母亲和哥都没有走,他们又陪着我下学堂坡,经沟里过朝门,上长岗岭,一直送到中元坝后面的山坳,这一上一下,少不了八九里路。母亲千叮咛万嘱咐,还不停地擦眼泪(以后假期回家后返校,母亲都要送我过学堂坡,依着那大板栗树,看着我下完坡,走完那田坎,直到消失在她的视线里）。

　　进城了，先到光升舅舅处，就在那里吃晚饭。他对我特别好，我上中学时，做什么好吃的都要叫上我。这顿晚饭，肯定是他家里最好的东西和最好的手艺。我睡在床上，一晚上辗转反侧，根本没有入睡。既有对省城、对大学生活的憧憬，也有对回乡这两年半生活的回顾。想起我那些学生，他们的淳朴天真和对知识的渴求，就觉得我上大学是一种责任。想起冉书记和黄校长之前对我讲的话，以及我上不了大学就打算辞职去修收音机的气话，倒觉得这成了我决心好好读书的重要动力。

　　天刚亮，我就急忙赶到中堆浩的沙滩上，舅爷早已等在那里，他要亲自送我上船。沿河去贵阳，本该坐汽车经德江、凤冈、湄潭到遵义坐火车，可是沿河至德江之间水桶口的公路桥坏了，正在抢修，所有班车都停了，只能坐船去思南，到思南再坐汽车去遵义。船上的人我都不认识，舅爷还介绍一个他的熟人给我。

　　一天的上水船，我在木条凳子上坐累了，就去船舷或甲板上走走。那时候轮船的马力不大，上猫滩、新滩都要绞滩。乌江河道不是很宽，船都只能走江心。上猫滩时，一开始船开足马力往江心冲，可是走着走着就走不动了，马达疯狂地吼叫，整个甲板都在不停地抖动，不一会马达就歇气了，声音变小，船往后退，并往左岸靠。水手们忙着，但还很有序。有的拿撑杆，有的放跳板，有的拖钢缆往岸上跑。拖钢缆的水手都是年轻人，但随着钢缆的延伸，他们的脚步变慢，拖动起来很是费力。此时，我的眼前一模糊，水手就变成了船工，他们十几个人，肩膀上挽着纤绳，嘴里喊着号子，缓慢前行。船继续往上，水越急，号子越响亮，脚步越慢，水手们赤裸的身体几乎贴到了鹅卵石上，号子几乎听不见，只有船上的人声音很高，几乎压过了江水的咆哮……这就是我上中学途中看到的纤夫们拉船的那一幕。当我回过神来，轮船已经上了猫滩。绞滩动力来自何处？是船上的还是岸上的？这个问题压得我有些心紧。后来才知道，先用船上的动力，不够用时再用岸上的人力（后来有了电动的）。上水船行得很慢，可以缓缓地欣赏两岸风光，古镇、古村、悬崖、纤道、钟乳、山鸡，还有那岸边的木船和那调皮的猴子……过夹石峡时，船长还在喇叭里招呼，看见猴子就要离开甲板，进船舱躲过猴子扔来的东西。"两岸猿声啼不住，轻舟已过万重山"，我怎么也想象不出坐下水船的那种感觉。

　　船到思南，早已经是掌灯时分。我赶到汽车站时，昏暗灯光下的售票窗早就关闭。第二天，我天不亮就去卖票的窗口排队，等到八点钟，得到的答复是"今天到遵义的票没有了，只能买明天的"。没有办法，只好买次日的汽车票。刚拿到票，又有通知，不要走远，如果中午有车，可以发加班车去遵义。老天有眼，还不到中午，就开来一辆解放牌货车，说可以加班去遵义。于是大家就拿着行李去爬车。货车没有凳子，二三十个人就把行李垫在车板上坐着。若当天能赶到遵义就可以节约一天的伙食和住宿费用，心里别提多高兴。那时候公路是泥沙路，虽然窄，但是车很少。师傅开得很快，车轮扬起的尘土直往车厢里回灌。弯道太多太急，车里人一会往右边滑动，一会往左边滑动。我本来就坐不得汽车，一上车就开始吐，被这样子折腾，我的肠子都快要吐出来了。

大概下午5点，货车赶到了遵义火车站。我没见过火车，又是第一次到遵义，下车就跟着人流走。买到了车票，就带着行李在站台上等着。火车来了，那又响又长的汽笛，让我本来未干的脸上又添了汗水。火车是由重庆开来的，人太多，车门都打不开，下车的人只能从窗户跳下来。看见很多人往车上爬，我有点手足无措。忽然看见一位好心人向我招手，我毫不迟疑地把行李投了进去，然后也赶紧爬了上去。车厢里的人太多，人挤人，连腰都直不起来。

火车到了贵阳，学校有接站的，到了学校，早已过了零点。校车也是一辆解放牌货车，只往后看得见是在树荫中穿行。当时，我们中文系的全部男生就住在食堂的一个大餐厅里面，上下床，一张床挨着一张床，密密麻麻的。对这种情形我并不陌生，因为中学时也是这么住。

第二天早晨，随一个同学的父母亲到校园里面转。学校有很多树，几幢红砖房掩映在绿荫中，特别是由木篱笆圈起来的平地什么也没有种，里面长的是草，这让我大吃一惊。好不可惜，这么平的地空着，要是"农业学大寨"，那坡改梯、土变田……我没有作声，又跟着他们去了花溪公园。那一大片一大片的草地就在花溪河边，为何不改成田来种水稻？还好，我并不莽撞，没有说出来，后来才知道什么叫公园，公园的作用和意义。现在想起来，其实并不可笑，因为来自农村，祖祖辈辈都是农民，每天同田土打交道，视土地为生命很正常。在那石漠化严重的地方，每天为刨田土而打得满手老茧的人，对耕地看得太重，这没有错。

在贵阳读大学的那三年，刚刚打倒"四人帮"，恢复高考，召开科学大会，学风很浓。我是全身心投入学习，上课从未请假，除了周末去医院看皮肤病外，每日就保持着寝室—教室—图书室—寝室的轨迹……我们男女生都做得有自己的布坐垫，每天都带着，既为少磨损裤子，更为每天争占前面的座位。

虽然当时学校生活相当艰苦，每月 13.5 元的生活费我也觉得很满足。父亲每月给我 10 元钱生活费，基本都用在买书和回家路费上。说到买书，那时很难，为买书，我经常要到花溪新华书店门口排一晚上的队。大学毕业，分回铜仁，我还为有 7 箱书而自豪，为买了 230 多元钱的书而自豪！

1980 年元月，我从贵州大学中文系毕业，如今一晃 30 多年就这样过去了。这 30 多年，正是改革开放的 30 多年，也是中国变化最大的 30 多年。这 30 多年，在中国共产党的领导下，国家的经济、社会发生了翻天覆地的变化，吃穿用行都变得很好，更好。回顾一下那些年，为求学，真的是"路漫漫其修远兮"！那个时代的人都是这样，只不过各自踩过的山路、淌过的河流和喝过的井水不同罢了。

没有那一年的漫漫求学路，就没有我的今天，更不会有这些文字。

我为那些年的精神而歌！

我为求索和坚韧的精神而歌！

作者简介

赵幼立，土家族，1954 年生于贵州省铜仁专区沿河县（今沿河土家族自治县）中界镇水田村。1980 年 2 月毕业于贵州大学中文系，曾任中共铜仁地委党校讲师、地纪委研究室主任、政协地工委秘书长，现任贵州省土家学会副会长、铜仁市诗词楹联学会会长。主要研究地方历史文化、民族文化、旅游文化和梵净山佛教文化，主编或参编了《武陵仙境——梵净山》《铜仁旅游文化集萃》等书。

童年饿饭与上学的艰难，务农伐木与松明火把下读书，是刻骨铭心的记忆。待遇不公，几经挫折，高考路上起起伏伏。没有埋怨，只有珍惜；没有放弃，只有奋斗。你为走出大山的孩子们照亮了前路。

求学翻山路

吴锡镇（苗族）

我的求学路就是翻山，翻越一座座大山。

家乡坐落在贵州省锦屏县钟灵乡坪寨村四组，属于云贵高原东部向湘西丘陵过渡的斜坡地带，四面高山环绕，寨子深居大山褶皱底部，一条小河从寨前自西向东而后深切娄江峡谷折转北流，时而舒缓时而湍急，高高的大山和清亮的河水养育着山寨世世代代的苗家儿女。

童年的故事多，饿饭是我一生最难以忘怀的一件事。那个年代的生活相当艰难，村寨每家至少要缺粮半年以上，插完秧就盼着禾苗抽穗结籽能吃上新米饭。一生中难以忘怀的第二件事是读书难。我读小学、初中时期正赶上"文革"，除了课本，科普类的读物也奇缺。

1970 年，我小学五年级毕业，班主任刘承祺老师登门对我父亲说："全县统考，你家公子全公社第一。进中学后，望他更好地向工农兵学习，长大为人民服务。"印象中，我父亲笑笑，说了些发自内心感谢老师的客气话。当大多数同学到隆里公社附中上学时，我却受家庭成分和社会关

1969 年小学语文课本书影。

锦屏县钟灵乡高坪小学发的"红小兵"袖标。

手工课作品。

系的影响，没能继续升学，只好扛着锄头镰刀在家务农。其间，我跟着大人们一起在生产队劳动挣工分，上山造林，下田插秧打谷和担粪，偶尔还与大人一起砍树拉原木。拉原木就是从山上把砍倒晾干的杉、松原木拉到河边，再从河边逆水拉到公社所在地，然后由公社卖给外地商人。这种活路很累不说还非常危险，途经山谷时要用长长的杉条木绑成铁轨似的高厢。人们用钉牛钉住原木，用棕绳扣住钉牛铁环，绳索套在两个人肩扛着的杠子上，木头在高厢中间的横木上滑动。前后两组四人配合要特别默契，边走边吼出拉木头的号子，才能顺利拉动大木头。在高厢拉木头，稍不注意，人就有失去平衡跌下高厢掉到山谷去的危险，一旦掉下去，非死即残。

我人小，大人们就让我拉小一点的原木。尽管很累，一天却只能挣大人们一半的工分——6分。太累的时候躺在地上简直起不来，仰望天空，小小年纪的我想着心事：难道就这样一辈子扎根农村，出路在哪？心酸的眼泪往肚里吞，辛苦与不幸深埋内心深处，只有自己一个人知道。其实父母比我更苦，只是他们不说。

世事变化无常，不知是苍天有眼还是冥冥之中自有安排，在极度困惑的时候，我有了升学的机会。1971 年 8 月，钟灵小学校长杨再坤向公社和上级教育部门申办初中班，不论成分和社会关系。知道这一消息，我很高兴，父母亲也一直想让我继续读书，二姐也鼓励我，恍惚中我就成了初中生。我们班是钟灵乡有史以来的第一个初中班，公社领导和学校老师都很重视。我非常珍惜这来之不易的学习机会，学习很努力。教我们的老师是从小学抽调上来的，其敬业精神值得佩服，他们教小学游刃有余，但教初中就不那么得心应手了。我们知道老师尽了力，可我们的学习成绩还是不理想。

那个年代，要想学习文化知识简直就是一种奢望。在"文革"中，叔父把家里的藏书烧了三天三夜却还没烧完。读过小学的父亲是很有远见的，他把抢救下来的一些书悄悄拿出来教我读。记得刚上小学三年级，父亲就教我看浅显易懂的古典小说，比如《说唐全传》《杨家将》《二度梅》。到了小学四五年级，父亲就指导我看《西游记》《三国演义》《封神榜》《儒林外史》等。书是旧版线装，字是竖排繁体，许多字不认识，但我总是很认真很刻苦地阅读，有些字蒙着读过去。父亲干活之余或是夜晚趁着松明火把就教我识字正音或者讲故事。我也常看《林海雪原》《青春之歌》《暴风骤雨》《钢铁是怎样炼成的》等现代小说，文学熏陶由此开始。懵懵懂懂的我当时就想通过读书跳出这非常艰苦的农村环境，走出天空只有簸箕大的大山，不做那些累死人的农活，想到城市去生活。尽管当时的社会环境下我们看不到什么希望，但仍相信好好学习可能会有改变命运的机会。父亲经常告诫我：万般皆下品，唯有读书高。这一信念一直深深植根心底，读起书来我非常刻苦用功。

　　由于钟灵附中办学条件差，隆里附中的学生一把火烧了学校，1972年9月至10月，两所学校的学生相继转到敦寨中学。敦寨中学的老师对我们很好，可一些同学却瞧不起刚刚转入的我们，在日常交往和学习中总有表露。面对某些同学的轻视，在学习上我下决心要超过他们！白天，每一节课都专心听

1974 年 7 月初中毕业照。

1975年"学工"活动表彰奖状。

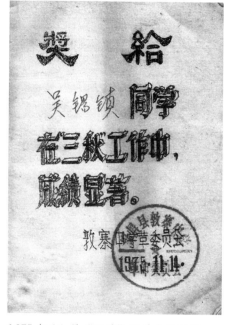

1975年11月"三秋"活动表彰证明。

老师分析讲解，课后认真完成作业，然后才开心地玩；晚上，学校没有电灯，我和其他同学制作小煤油灯看书。我们用小刀在废弃的墨水瓶的瓶盖上钻个小孔，找来一块约2寸长的铁皮包卷成筷子大小的空心圆筒，然后用棉花或纱线搓成灯芯穿进圆筒，再把穿有棉纱的圆筒插在塑料瓶盖中间，煤油灯就做成了。课余去敦寨街上供销社买来煤油，晚上点上灯就在教室里看书写字。当然，夏天的夜晚少不了许多蚊虫叮咬。老师不到教室，我们的学习没有压力。同学们经常打闹嬉戏，但我仍然努力地学习。那段时光，我的生活虽然贫穷，但开心快乐。

我的中学阶段正是我国教育发展的低潮期，老师上课不敢讲超出课本的东西，也基本不敢管学生。教我们初二初三的语文老师课堂上干脆不看学生，抬着眼睛看教室的天花板，把课文念完就走人了事，任学生在课堂上打闹。一些老师对于教学随便敷衍，课后就约同事扛钓竿下河钓鱼消磨时光。多数老师仍然是很负责的，比如我们初三的化学老师国世光和数学老师李廷辉，两位老师令我终生难忘。他们对待教学一丝不苟，对学生有爱心，上课条理清晰逻辑性强，解题步骤层次分明方法多样，深受学生喜爱，对我后来的教学态度影响深刻。

那时农村学生读中学有国家补助粮食，城市学生反而没有。居民户口的学生有固定的粮食供应。农村搞大集体，多数人出工不出力，生产力水平相当低下，粮食歉收，农村家家户户年年缺粮。当时国家给我们的粮食补助是一个月9斤大米，我们只带十五六斤大米及6块钱的生活费交给学校就能保证一个月的生活。除交大米外，我们每人每月还交三五十斤干柴到学校食堂，才能领票吃饭。有的学生年纪小，砍不动柴，就由家长挑柴送到学校。我几乎每个周六都回家，周日去学校，路上顺道砍上三五十斤干柴，再搭上家里东拼西凑来的四五斤大米一起扛到学校。在学校我很想回家，星期六回到家后家里伙食比学校的差就又想去学校。这样矛盾的心理伴我度过了那段艰难的学生生涯。许多同学吃不消学校的艰苦生活纷纷辍学回家，而我却一直遵从父亲常说的"万般皆下品，唯有读书高"的古训而坚持在校读书。

1974 年 7 月，我以优异的成绩初三毕业，校革委主任与教导主任为我和另外三个地富子女的升学问题展开了激烈的争论，教导主任坚持以学习成绩为主要升学标准报教育局。

1974 年 9 月 1 日，我幸运地成了高中生。高中的语文、数学、政治、化学、物理、军体课本都是薄薄的几十页，学科知识内容简单，课外读物尤其科普书籍更是奇缺。我们经常走出校门参加学工学农学军等社会实践活动。到了高中，我人也长大了也懂事多了，知道要珍惜学习机会，无论是在校读书还是在校外开门办学，我一直把学习放在首位。

整个高中阶段，我们班 29 个男生挤在教学楼前右侧一间破旧矮小的教室睡觉，老师们都管这叫"鸡笼"。"鸡笼"没有天花板，睡在床上往上看就是瓦片，月光透过瓦缝漏到我们被条上，斑驳得很有诗意。深冬季节，早上起床时感觉特别冷，学校还催我们早起做操，即使打白头霜也不例外。那时学校的严格训练对我今天的学习和工作都有深刻的影响。那些年的气候变化非常有规律，一年四季季节分明。数九寒冬，我们坐在教室里上课，多数同学的手脚都冷得起了大冻包。我的手被冻得特别严重，十个手指头都红肿得像胡萝卜，又痒又痛，但上课时我还是坚持专心听讲。

高中阶段有一件事让我刻骨铭心，难以忘怀。农村学生除了国家补助粮食，还有人民助学金。我父母都已经丧失了劳动力，家里的确困难，迫切需要人助金，我向班小组申请乙等人助金，班委会同意以丙等上报学校，几天后班主任在教室宣布我班获人助金的名单时却没有我，而比我条件好的反而能享受补助。当时我只是气愤，泪水在眼眶中打转，一肚子苦恨不知向谁诉说！后来才了解到学校不照顾成分不好的学生。父亲说，困难是有，但坚持一下就会过去。于是，我吃差的、穿破的，咬紧牙关在高中硬挺了两年。

1976 年 7 月，我们高中毕业不能直接考大学，进入大学读书需生产大队和公社根

高中毕业证。

1976年8月高中毕业照。

据家庭出身、社会关系和在生产劳动中的表现来推荐，当然就没有我的份。我怀揣高中毕业证，耷拉个脑袋，扛着伴随我中学几年的破旧木箱和被条走出校门，一步步翻山越岭回到老家，心跟家乡的山水一起苍凉起伏。我们大队完小教师紧缺，大队领导安排高中刚毕业的我和另外两人当民办教师，这正合我意。农村小学有农忙假，可以帮助家里插秧打谷，因此，父亲很是支持。感谢上苍给了我改变人生轨迹的一次机会，后来事实证明，我的确是当老师的那块料。

1977 年，我国决定恢复停止了十年的高考招生制度。国家政策的重大改变，使许多包括我在内的年轻人看到了改变命运走出大山的希望，科学春天的到来，让人看到了我国走向伟大复兴的希望。这突如其来的天大喜讯以信件形式在同学间传递。还没来得及准备，我们就匆匆地走上了期待已久的考试殿堂。贵州高考作文和广东一样：《大治之年气象新》，解一元一次、二元一次方程算数学难题。高考结束填报志愿，我不报其他大学其他专业，专报师范院校教育专业。高考成绩、考生上线或录取与否不公布，个人也不知道。说的是按成绩从高到低由本科、大专到中师、中专依次录取，事实上却有高分落榜的人。

我的分上了贵阳师院的录取线，超出凯里师专线 15 分，因出身和社会关系没被录取。我的人生经历了第一次不该有的严重挫折。看到人家上大学，自己忧伤不已。但转念又想，国家既然恢复了高考，短时期内就不可能停下。在父亲的叹息中，我不仅不气馁而是更加发奋努力。除教学工作外，校领导还安排我负责学校新建教学楼的监督工作。我一边尽职努力工作，一边托同学找资料买书籍，认真复习准备参加 1978 年的高考。

当年大中专院校招生考题相同，报考类别和录取却分开进行，大专与中专中师不可兼报，报考大专的考生即使成绩低于中专中师也照样录到大专院校；报考中专中师的考生即使成绩比大专院校考生的高也只能录取到中专中师。

我的高考选择面临两难境地，父母亲知道我的难处并告诉我：一是我的祖父在旧时当过教师、校长，后来政府没有为难他，而那些土匪恶霸政府官员都被镇压了；二是建议我改报中师不去从政，政审阻力会小一些。后来发生的许多事都证明了我父母亲是颇有远见的。

我谨遵父母之命只填报黔东南师范专科学校，省内外其他的中专学校一律不考虑，尽管分数超出 28 分。我终于得到了师范学校的录取通知书，无异于鲤鱼跳进了龙门，无异于走出了大山。我珍惜这来之不易的读书机会，学习倍加刻苦勤奋。我以优异的成绩毕业，分配到

回乡证明书。

母校敦寨中学任教（40 个同学有 3 人分到中学，其余到小学任教），实现了我当一名人民教师的美好愿望，圆了我的教师梦。父母很是高兴，嘱咐我要教好学生。父亲还说："这是基础，如果想上大学还可以考。"我想，不进大学深造将是我一生的遗憾。于是，我暗下决心一定要考上大学！1982 年，我通过高考预选并在 7 月考出了好成绩，我高高兴兴地填报了贵阳师范学院中文系。地区招生办调档到桂林电子工业学院，而锦屏县招生办领导说我有正式工作，就把我的指标拨给了一个应届考生。那些年高考名额很有限，一个县能考上大学的就那么几个，考上中师、中专的也就十几个。我又一次因为人为的因素失去了上大学的机会。这一波接一波的挫折，让我欲哭无泪！好在我有父母给我宽慰，给我精神支柱，更相信社会存在公平，这使我变得坚强起来。

1983 年元旦，我与心仪已久的女子结婚。婚后两周，深爱我、我也深爱的老父去世。我悲痛欲绝，父亲生前要我当一名好老师和希望我进大学深造的愿望我一直没忘：我一定要到大学深造才能实现人生的心愿。我把这种想法告诉了新婚妻子，她鼓励说："我支持你再考，老天总会开眼的！"69 岁高龄的母亲也很支持，说："你们年轻人前途要紧，不要担心我，有儿媳妇在家呢。"

我怀着对父母亲的崇敬，怀着自己的梦想与人生的追求，刻苦复习高中各科知识，再次向大学梦发起冲刺。因有前两次高考的经验，各科的复习也比较到位，1983 年 8 月，我很幸运地被贵州教育学院地理系录取。真是苍天有眼，我终于圆了大学梦。

1985 年，我大学毕业后，由敦寨中学调到锦屏二中。在二中教了 6 年的书，教学成绩显著。1991 年 8 月，我调到锦屏县高级中学，教学教研成绩突出。2003 年 8 月通过考试，我调到黔东南苗族侗族自治州振华民族中学。2007 年 10 月，由州教育局党组下文，任命我为振华中学教科处主任，为振华中学的教育科研和教学质量的提高继续贡献自己的智慧和力量。自 1977 年 9 月进入师范大门走出大山开始，我在神圣的讲台上挥洒汗水已经 38 年，从大山褶皱底部走向凯里，走向高原深处，走向更高的平台，为学生服务的范围也更为广阔，实现了我的人生理想！

日月经天，江河行地，岁月无情，光阴流逝，学生时代的经历都历历在目。那上学的乡间小路还在大山深处蜿蜒，父母倾注的全部心血依然在我的身体里流动，党和国家为我这样的少数民族学子提供的发展道路也愈发宽广。

我很重情，年龄越增大，就越喜欢回忆以前的经历，越是回忆，就越觉得那段经历是我一生的财富。我常想，对帮助过我的人要心存感激之情。也许那些好心人早已忘记他曾经帮助过我的那些事，也许我一生都报答不了他们，但我一定要记得他们，即使不能当面说声"谢谢"，尤其是我的老师。我们更要感谢党和政府对我们少数民族学子的关怀和指引，感谢这个时代，在工作中真诚回报社会，因为有稳定祥和的社会环境，才会有我们奋斗的平台，才会有事业上的成就。对于生活中所经历的曲折和磨难，不要把它当作不幸，而要把它当作人生旅途和事业上的一种铺垫。没有党和政府的关怀和指引，没有家人的全力支持，没有自己的刻苦努力，就没有我的今天。我虽然已经走出了大山，但任重道远，还要继续在工作岗位上为那些想要走出大山的孩子们点亮心灯。

作者简介

吴锡镇，苗族，1956 年生于贵州省黔东南苗族侗族自治州锦屏县钟灵乡坪寨村四组。

贵州省黔东南苗族侗族自治州振华民族中学高级教师，曾任教科处主任，黔东南苗族侗族自治州高中教学能手，骨干教师，教学名师，凯里学院客座教授；中华诗词学会、中国散文家协会、中国当代文学学会、贵州省作家协会、贵州省诗词楹联学会会员，黔东南州诗词楹联学会副会长，《黔东南诗词》杂志编辑；中国地理学会、中国地理教学研究会会员，贵州省屯堡研究会理事。在《中华诗词》《中国校园文学》《中国散文家》《南风》《文萃》《散文诗》《中国教育报》《贵州日报》等发表文学作品逾 70 万字，获省级重点课题和优秀成果奖 11 次。

77 级，永远的历史话题，国家与个人的命运是如此紧密相连。"工棚大学"的磨炼，书海的浸润，使你充满激情和能量。对桑梓后学倾囊相授，对家乡故土鼎力相助。

大道青天　涅槃而出

杨昌儒（布依族）

时光倒流至 38 年前，百废待举的共和国组织了"文革"后首次全国高考，570 万知青、工人、农民、士兵挥泪上考场，最终 27 万人进入各类院校，录取率 4.73%，这也是 38 年高考史上最低的录取率。我就是 4.73% 幸运儿中的一员，可以说小平同志最终拍板 1977 年恢复高考改变了 4.73% 幸运儿的命运，而这些人在后来的 38 年里书写了新的华章。每当回忆起自己的漫漫求学路，我总是感慨万端。

我出生在黔南布依族苗族自治州平塘县一个布依族毛南族聚居的山清水秀的村寨，自小敏而好学、聪慧练达。1973 年高中毕业后，我到平塘县新平小学做代课老师，兢兢业业教了一年小学，逐渐爱上教书育人这份工作，也为今后从事教师这一太阳底下最光辉的职业埋下了伏笔。1974 年夏天，征粮队需要能写会算的年轻人来做好征粮工作，我服从安排参加征粮队，下到四里八乡认真工作，一直忙到当年年底粮食入库、任务完成，才回家参加农业劳动。那时的高中生是不折不扣的秀才，因为生产队的民办教学点需要教师，我又服从生产队长的安排，上午中午教书、下午务农。上午九点开始给村里孩子们上"包班"课，即语文、数学、史地、美术、体育等全部课程一肩挑。一般到下午三点，学生放学回家了，我又放下教鞭扛上锄头下地劳动，去挣男劳力的那十个工分。那种艰难困苦是如今难以想象的，但艰苦没有成为我们这代人的绊脚石，反而成为垫脚石。因为我是民办教师，县教育局每个月补助 8 元钱和一斤煤油，还有一条香烟的烟票。在 20 世纪 70 年代的中国农村，这是非常神气的，是给教师的特殊待遇。

1975 年，命运对我露出了笑脸。我因为家庭

往昔同学少年，今朝各界英才。

成分好、成绩好、表现好而被确定为推荐上大学的最终人选，在收拾行李准备到省城上大学的最后一刻，命运弄人，最终另一位成分更好、来头更大的知青坐上了开往省城大学的汽车。作为安抚和弥补，组织安排我到平塘县师范学校就读。在那特殊的年代，要么沉沦放弃，要么卧薪尝胆，我选择的是后者。

师范毕业后，我被分配到平塘县苗二河公社马坡小学当老师。学校是木制的吊脚楼，5 个老师教 5 个年级的学生，木板房不隔音，为了使学生听得清自己的讲课内容，老师们不得不尽量提高嗓门"吼"课，好像一群人关在木房子里吵架。除了上课，还要参加政治学习，写宣传稿、刷标语，带领学生上坡铲草"学大寨"。当时处于"文革"后期，书籍是稀少的，知识是贫乏的，前途是渺茫的，想要学习提高，却找不到可学的东西、看不到未来的出路，我渐渐失去了信心和向上的动力。这也许是凤凰涅槃前那最灼人最苦痛的熊熊烈焰。

1977 年邓小平同志复出，以非凡的战略眼光和政治勇气为当年的高考确定两个基本要求：一、为革命而学习，遵守纪律、热爱劳动；二、要看现实表现，不要看出身。还明确"老三届"高中毕业生同样可以参加高考。

"唯才是举"的春雷响彻神州，远在西南乡村一隅的我得知这条让"很多人高兴得要死"的消息，却不以为然。那一次推荐上大学的捉弄让我心灰意冷，完全不想报名，只想好好工作，过两年当个大队支书也挺好的。远在昆明部队的长兄得知后，立马请假赶回家劝我报名，面对父兄一遍一遍地劝慰开导，我就是两个字"不考"。好说歹说不见效，心急如焚的长兄丢下一句话："现在家里有四间房，你不要以为都是你的；如果不去考大学，明年

我就回家来分家,四兄弟一人一间,看你咋办?"

这句狠话把我逼上了梁山,与其躲在小山村里抱怨命运的不公,不如直面不公的命运——考!

报了名,离考试只有两个星期的时间了。几年都没碰的高中课本根本就找不到了,复习资料少而又少,一起报考的"战友"只好把各自能找到的资料拼凑起来,相互传看。好不容易,一位"战友"多方辗转找到当时贵阳师院的一份复习资料,大家排队轮流复习。复习不能脱产,上午中午我给学生上课,下午做生产队的农活,收工回家已经天黑了,随便扒几口饭、擦把脸就坐在煤油灯下复习,煤油很快用完,只能上山去摘马尾松树干上的油脂疙瘩来点灯,整夜不眠地疯狂复习。第二天清晨,洗把脸就去马坡小学讲课,我才发现点了一夜的松油疙瘩产生的黑烟已经把两个鼻孔熏得黑黢黢的,但整个人却是神采奕奕,精神焕发,学习的激情充分燃烧,完全战胜了身体的疲劳。

匆匆复习两个星期,我就上了考场。那一天平塘县设了两个考场,我赶到考场一看,乐了。有父子、母女、夫妻、叔侄、舅甥同上考场的,荒废十年才迎来一次"不讲出身讲成绩"的公平考试,参考者的辛酸、悲壮和决绝是今天无法想象的。相比大多数考生,我还算比较淡定的,心里还想着那个大队支书的工作,考上则去,考不上回家干两年就干个支书,也是为人民服务。

考完回家,一切如常。

当年,简陋的是校园,昂扬的是精神。

1978 年的春天不紧不慢地到来了,陆续听说有人接到大学通知书了,我还是不紧不慢地上课教学生、下地做农活,也懒得打听,考就考了,也许心里觉得过两年干个支书也不错。

3 月 23 日是个赶场天,父亲一大早就喊我一起去赶场,顺便去区教育辅导站打听一下。我不想去,自己下地干农活去了。父亲拗不过我,自己去场坝了。父亲走到半路,遇到教育辅导站的干部。他老远就喊:"老杨,你家昌儒考上贵州民族学院了!要请客哟!"

父亲赶紧跟着去教辅站,把从省城转到县城、最后转到区里的通知书拿到手。作为一名老知识分子，父亲高兴得马上拿出半个月工资买肉打酒，邀请教辅站干部和近亲吃顿饭。

这些事都是后来才知道的，当时我还在地里干手里的活，母亲来找我，隔得老远就喊起来："昌儒，你考上大学了，快回家和干部们吃酒。"

我停下农活，抬头是莽莽苍天，遥想省城的大学；低头是生长于斯的厚重土地，泪水默默顺着脸颊无声地流淌，滴入脚下的黄土——落泪成金。

两元钱是当时普通人月工资的十分之一，也是平塘县到贵阳的车票钱。我连续坐了十个小时的客车到了贵阳，找到学校的迎新车，来到当时还在借楼办学、甚为简陋的贵州民族学院。入学第二天，我来到只有几间平房的学院图书馆，生平第一次看到这么多书，被深深震撼了。我产生了一个朴素的念头，"尽可能把这些书读了"。我是这么想的，也是这么做的。大学四年，我如饥似渴地读书、笔记、思考、辩论、实习……

和所有 77 级大学生一样，我的想法很简单，就是把失去的时间抢回来，我们也是老教授们最欣赏最难忘的一届学生，奋发图强，夜以继日。

参加学校篮球队。

那时的贵州民族学院刚刚恢复重建，暂借中共贵州省委原统战部政治学校的两幢旧楼来办学，还有一部分教学场地在旧工棚里。《人民日报》来采访，刊发的报道使用了"工棚大学"一词。就在工棚里面，我和我的同学们留下了无数读书至废寝忘食、几近癫狂的典故。有一次，我通读《资本论》，一上手就停不下来，每天除了上课时间去教室，回寝室就一动不动地读书，连吃饭都是室友从食堂带回来，就这样几近疯狂地连读十天，终于读完，似乎完成一个心愿。我也觉得只有全部读完才停得下来，

政治系首届本科毕业生全体同学拜谒遵义会议会址。

读完的一刻，由于精力严重透支，立马沉沉睡去。第二天醒来，我感觉整个人看世界、看问题、做学问都产生了一次飞跃，这就是读书的力量。

四年下来，多少个书声琅琅的清晨、多少个挑灯看书的夜晚，那段学习生涯让我铭记终生。

毕业那年，贵州民族学院逐渐迁回花溪校区，需要选拔优秀毕业生留校任教。我本来心里想的是回平塘县、回黔南布依族苗族自治州，回去建设家乡，但当组织上决定留下我时，我心甘情愿地无条件服从。那个年代的毕业生真是一颗红心两种准备，组织上怎么安排，个人就怎么服从。

留校之后，学校决定选派优秀青年教师到中央民族学院学习民族理论，以期壮大贵州在此领域的后备力量。我又远赴北京，在中国最高民族学府潜心学习一年，为以后学术上的进步留下一串坚实的脚印。

1998 年，我晋升为教授，成为当时布依族学人中最年轻的教授之一；2008 年，我成为民族学博士生导师；2014 年，我晋级为二级教授，成为贵州民族大学民族学学科带头人；著有《民族理论概要》《民族政策学》等七部著作；承担多项省级和国家级课题，发表论文 90 多篇（多篇被"人大复印资料"转载），在全国层面率先提出建立"民族政策学"学科。因为这些成就，我不仅享受贵州省政府特殊津贴，成为贵州省省管专家，还兼任中国人类学民族学学会常务理事、中国西南民族研究会副会长、教育部民族学类教学指导委员会副主任等学术、社会职务。

同学合影（后排右一）。

在多个教学管理岗位上，我一直努力实践自己的办学理念，在本科生当中推行"修身计划"，以期学子能逐步迈出"修齐治平"的第一步。1997 年，我在本科教学中实行"导师制"，除了学好日常本科课程，让本科生参与到教授、副教授的课题研究中，使本科生享受到研究生的学习资源和学术训练，堪为创举。推行之初尚有争议，而 1998 年北京大学也在本科生中推行"导师制"，最高学府的跟进消弭了争议之声，此举以西南之一隅领全国风气之先，堪称神来之笔。

走出大山的我依然心系故土。从自己三十多年读书治学的经历中，我深深体会到知识改变命运、读书成就梦想的重要，对桑梓后学，我倾囊相授。略略估算一下，经我授课辅导的平塘籍、黔南籍学生数以千计，无论从政、从商、从学，我均是谆谆教导，以学高为师、以身正为范，培养良才无数。

我的家乡虽近县城，因基础设施有限，生产发展缓慢。有一年我回乡省亲，到亲戚家做客。一名族弟学习甚好，在闲谈中长辈却告诫族弟"不要像你昌儒哥这样学习好，学习好了，考上大学了，家里也没钱去读啊……"一席话，让我几近落泪，暗下决心，尽己所能帮扶乡亲。我利用假期返乡，四处走访调研，找出家乡发展缓慢的症结之所在，推动地方政府修路、引水；出现资金困难，我主动请缨跑项目；携带着实实在在的"项目申请书"联系省直厅局，经我牵线搭桥，省直厅局以民生扶贫项目的形式为家乡修建引水工程，修通两公里长、六米宽的水泥路，基础设施改善，乡情乡貌随之改善，有更多学子走出大山，渐成建设祖国、服务家乡的栋梁。

教好学生的同时，我将极大的心血倾注于家庭和孩子。在个人的努力与我的教导下，孩子一路学业顺畅、德智双全，博士毕业择业期间，征询我的意见，我说："你生于斯、长于斯，建设贵州服务家乡，责无旁贷。"对孩子虽然是督训有余，嘉奖不足，但深沉的父爱深埋在我的心中。

在贵州民族大学最新一届党代会上，有记者采访我，以我在校 38 年的学习、任教、治学的经历，应有千言万语；片刻思索，我说了八个字："欲兴校统，唯聚良才。"

大道至简，诚哉斯言！

作者简介

杨昌儒，布依族，1956 年 10 月生于贵州省黔南布依族苗族自治州平塘县。曾任贵州民族大学党委委员、副校长，兼民族科学研究院院长，民族学（人类学）教授，民族学博士生导师，中央民族大学民族理论专业博士生导师。享受贵州省政府特殊津贴。

有梦想就有希望，有希望就不怕路途远。感恩党的民族政策好，读书圆梦能吃饱。动听的彝语让你陶醉，古老的彝文使你动情。愿本民族原生态文化传承成为你终生的追求。

不是烂漫放飞的读书梦

王继超（彝族）

读书不是梦，读书却如梦。

我的读书梦不是烂漫的放飞，而是付出艰辛的一步步丈量。

没有想过外面的世界很精彩，也没想过离开山门，但想装上一肚子的字，娶个媳妇比别人有更大的优势，家庭能够丰衣足食而已。

为了圆读书梦，小学时，寒暑两学期，用稚嫩的赤脚每天来回丈量十公里的泥泞；读初中，水涨船高，这种丈量一下子增加了一倍多。小学时，我能把《毛主席语录》背得一半，《毛主席诗词》能倒背如流，但数学，那时叫算术，被一位南郭先生教出来的老师坑到家了，他连基本的分数都不懂。"误人子弟"一词我是从他那里读懂的。

那时，在"文革"期间，老师虽然也负责，可课程却并不重，到了初中二年级，我终于可以住校了。在学校不远的地方，我有一位要好的同学，他经常领我去他家，于是就享受到了两大好处，一是有顿饱饭吃，二是优先到他家用木条编的篱笆楼板上翻书。这里宛如一个小型图书馆，据说造反派抄学校图书室时，同学的父亲用大箩筐把"封、资、修"的书一箩筐又一箩筐地背到自家楼上。在煤油灯下，在篱笆楼板上，我把能读的小说、连环画都胡乱翻了一遍，有小说《苦菜花》《迎春花》《朝阳花》《高玉宝》《说岳全传》，连环画《铁道游击队》《敌后武工队》《西游记》《高尔基》……曾经在高尔基的《童年》《在人间》《我的大学》里找到共鸣；为岳飞的"天地不公、鬼神有私"的遭遇流泪，为鲁迅《狂人日记》里的狂人拍手叫好。

读完初中，狂躁、不理性的我还想到威宁县城或二塘区去读高中，然后……在班主任老师推心置腹的开导下，讲现实，正所谓"富人看未来，穷人看眼前"。我要先解决吃饭问题，再作打算，于是报考威宁民族师范学校，在班主任老师的努力下得以录取。也是注定要与民族学校结缘，从民族师范到民族学院都是免费的，我从中师到大专，基本上没有增加家庭的负担。

我的读书梦的实现，也注定了要用脚来丈量一遍又一遍的路程，行走在蜿蜒的泥泞小道上，小学时日行五公里，初中时日行二十余公里，习惯的说法是五十华里。去县城读师范，一两月回一次家，每次步行五十多公里。夏天与雨水淋透的麻布衣亲密，冬天瑟瑟发抖于裹紧身躯的单衣内，六到八个月的赤脚触地，厚

1979 年 5 月，在威宁百草坪写生。

1983 年，就读中央民族学院（今中央民族大学）时在天安门留影。

厚的老茧，马刺一类的草刺是戳不进脚板的，碎石或鹅卵石的路面也因脚底老茧而行走自如。那时，除非出远门上省城坐坐车，否则，去哪里都只有走路的份，一辆两匹马拉的马车，稍后是"三五"或"二七"拖拉机，能够搭乘，可比坐今天的奔驰、保时捷都威风多了，谁敢滋生坐车的奢望啊！

进威宁民族师范学校时我十五岁，胆子小，按我母亲的说法是我还做不了一条路的主，因此，每次回家，都约一位家住板底的大同学做伴，条件是

他每次回板底我也要陪他去，相当于是等价交换。

去我家时，一次又一次丈量着威宁朱家弯、簸箕弯、鸭子塘、南屯、三岔河、红石岩、冒水井、金钟、小尖山、牛场坝、老鸦箐、高家口子、哎家坪、妥洛住、白泥巴水井、磨克……1974年4月一次回家，夜间十一二点到小尖山脚，又累又饿，实在走不动了，两人就点燃一小堆篝火，就地露宿在路旁。那一晚，同学呼呼大睡，我却因为害怕一直睁着眼睛。

去他家时，那真叫跋山涉水，朱家弯、簸箕弯、鸭子塘、威宁城、上帝山、羊角山、櫃子林、关口、盐仓、捡马坝，到此一直爬坡，上架子岩、大法、百草坪，再过一个长长的坡下到板底，回来那天，我们又从这个坡爬上来。那时，我们都生龙活虎的，虽然知道什么是累，但脚和腰不酸痛。一次，我们从板底回来时起身很晚，到了櫃子林，大概有十一二点了，行走在326公路上，车是没有的，寂静极了，只有两人发出的脚步声，加上毛毛细雨积攒在树叶上树叶托不住而落下的嘀嗒声，脚步慢时竟边走边睡着了。

那时候读书是饱一顿、饿一顿，几顿饭不得吃也是常有的事，从小学到初中，再到中师都莫不如此，饿着肚子也要读书，尤其在小学时，哪有机会像今天的农村孩子那样享受什么"营养餐"！

1974年初到8月，中师毕业却还没有分配的消息，于是我就和寨子里的同伴挖了一个多月的煤，知道了什么叫重体力活。分煤的时候，要花吃奶的力气去背自己的那一份。那时我只有十七岁，虚岁十八，背三百五十六十斤，

20世纪80年代初留影。

下体都挣肿了，还说是小腹痛。寨子里的同伴，大家都一样，但他们毕竟比我更习惯劳动。到八九月时分配，虽然半年多时间仍是威师发的十五元生活费，分去的龙场中小学再补助九元，一共是二十四元，比当时种地强多了。我总算是告别了锄把、犁耙了。

我的家乡边远，覆盖原始森林，高海拔植物中，不乏很多的千年古树，天阴时是古木撑天，天晴时是四面突兀的大山撑住蓝天，就像生活在锅底，到处是水，遍布着煤矿，挖地几十米就能见煤。家乡属于典型的农业社会，交通封闭，与外面阻隔，也算是一处世外桃源。

1964年的六一节，我们乘坐的解放牌军车在弯曲的便道上疾驰飞奔，车辆的颠簸让人晕乎乎的，

几乎失去了对周围环境的反应能力。等到了军营，从军容、军衣、军徽等军人的标志感受到了震撼与新鲜，再由军人给戴上鲜红的红领巾，我们倍感神圣与自豪。这种感受，人的一生也没有几次。

　　读书的机会少，因而更加珍惜能够读书的时光。想要提升学历，提高自己，也只能靠读书。在威师读两年的中师，严格地说，我只上了一个多学期的课，好在威师那时的教师配备很合理，资源也丰富，丁是丁，卯是卯，各门授课教师的素质都很高，很有水平，语文、数学、物理、化学、历史、地理、美术、教育等课程的老师，都是高配，几乎都是副教授以上的水平。但受当时社会因素的影响，老师授课有时不是很正规。修完课程的学生，要么到十余里外的城里去耍，要么上山玩，弄得食堂有一段时间都开不了伙。尽管如此，我玩耍的时间却比别人少，也就是在这个时候，我的业余爱好得到了发展，跟美术老师学画画。我的美术老师何伊华，可是贵州省美术界国画大家宋吟可先生的三大得意门生之一呢！

　　基于弥补自己短处的想法，我抓紧时间读书，什么书都读。在从事初中语文教学时，所有要上的古文，无论长短，凡是要求学生背诵的，自己先要能背诵。那时农村的初中生年龄都偏大，有了自己的示范，学生也就心服口服，好好下功夫背诵课文而不会掉以轻心。读书没有什么捷径，最根本的就是要下功夫，尤其古文是最应该牢记的，那才是真功夫。

笔耕不辍。

　　我努力地学习各方面的知识，也包括自己所熟悉的东西。因为生活环境较为封闭，小时候的我是个汉语盲，小学的时候开始有课本，后来读《毛主席语录》，能念书识字，可仍运用不畅，这种状况到了初

2015年3月27日，在巍山县祭祖现场。

中二年级时才得到改善。

2015年，在黔西南地区调研。

我的母语是彝语，彝族有丰富多彩的经文，念诵起来很美很动听，唱的歌、讲的故事那更是不得了。从事中小学教学那几年，我用汉字或拼音记录感兴趣的彝族故事或歌谣。在那种原生的文化生态环境中受到的深深的熏陶，形成的这点专长，竟让当时管地名普查的罗区长发现了。他安排我翻译了半年的当地彝语地名。在这当口，中央民族学院招收第一届彝族文献大专班，多在在职人员中考试录取，除文化分外，非常看重彝文功底，当时的威宁彝族回族苗族自治县民委吴副主任动员我参加考试。二十来天的准备时间，我先后拜了三位布摩先生为师，掌握三千来个彝文单字后，参加了考试，最终被录取，虽然只是大专，但也算是进了大学的殿堂，虽然是以贵州考生的倒数第二名录取，但也是得造化了，毕竟出题和改卷的老师与我无亲无故，他们可能是出于对古老彝文的敬畏，加我一个不算多或是平衡什么的罢了。当然，在此之前，我就读威师时的禄老师用一个上午的时间教我国际音标，他鼓励我说，彝文在各处用得不规范，各人都只认识自己地方的，不要害怕考试，有机会让你出题，对方也会被你给考倒的！两年的中央民族学院生涯，我如饥似渴地学习，把午休和星期天也搭进去了。

在果基·宁哈老师的努力下，彝族文献大专班得以开办。满头白发，二十九岁就研究生毕业，后来身陷右派风波而被下放的王扶汉先生教我们古代汉语，他从四书五经、《战国策》、《史记》、汉赋教到唐诗宋词，四书五经的内容，包括正、集注等，他几乎是倒背如流，对我们的帮助实在是很大。在王先生的影响下，我尽力背诵，光《诗经》那时能背的就有四十来首（大多是十五《国风》，其中《豳风·七月》和《大雅·生民》较长）。《战国策》也选背了必背和参考的篇目。李延良老师的哲学课讲得深入浅出。戴庆厦老师的语言学概论贴近实际运用。但国干老师的《现代汉语》语法分析层次分明、清晰到位。他们都是装有一桶水而能倒给学生一碗水的人。两年的学习，教书人的心血没有白费，学生学有所得，并能在后来的实际工作中发挥作用。

在很古的时候，我的祖辈中也有读书人，他们是因读彝文书做了布摩而出名的。在很长的历史时期内，只有身为布摩家族的人才能读书。

到了彝族地方政权垮台，土司制瓦解后的若干代，由于政治上的歧视，彝族人是不能读书的，因此也无法融入学而优则仕的社会。

历史的时钟转到了民国时期，虽然没了彝族人读书的限制，但高额的学费令人望洋兴叹，多数生计都难以维持的家庭又何谈读书呢？

现在回过头来看我读书的历程，是中国共产党光辉的民族政策给我和类似我的人圆了读书梦，正所谓"翻身不忘共产党，读书全靠毛主席和邓小平"。

作者简介

王继超，彝族，1957年3月生于贵州省威宁彝族回族苗族自治县龙场镇长坪村岩脚寨，著名彝文专家。毕业于中央民族学院（今中央民族大学）彝文文献专业班，第十二届全国人民代表大会代表。1986年从威宁彝族回族苗族自治县民族事务委员会调入毕节地区彝文翻译组。整理出版了《彝族源流》《彝文典籍目录》《西南彝志》《彝文金石图录》等30多部、近1300万字的彝族文献学术译著。

山中飞出小木叶，唱响布依三月三，唱响布依六月六。木叶唱出好花红，唱出布依新生活。木叶唱出布依魂，唱响华夏民族情，唱响大地惊环宇，唱响美好新时代。

那年，我从大山走出

罗文军（布依族）

那年我从甘塘寨走出，
带着母亲的叮咛，
父亲的期盼及乡亲们的祝福，
沿着那条泥泞的小路，
开启梦想的征途！

那年我从贵州走出，
来到祖国的首都。
清脆的木叶声，
在人民大会堂绚丽的上空飞舞。
总书记的亲切接见，
就如那春风在心头暖暖轻抚！

那年我从中国走出，
在国际音乐节的殿堂上，
奏响东方魔叶神奇的音符，
被国外媒体誉为"木叶之父"！
让那些外国友人知道了，

传承木叶。

外国友人学习吹奏木叶。

在中国贵州的大山深处，
生活着一个名叫"布依"的民族！

那年我回到挚爱的故土，
一条条宽阔的柏油路，
一栋栋精巧的建筑，
那些深藏在记忆里的画面已渐渐模糊，
乡亲们的笑容却依旧质朴，
那酸枣树下弹奏着的古老月琴，
仿佛在传唱着新农村蒸蒸日上的康庄之路，
赞颂着改革开放的锦绣蓝图！

木叶传情。

在希腊演出。

作者简介

罗文军，布依族，1960年生于贵州省安顺专区盘县羊场乡甘塘组。

国家一级演奏员，木叶、葫芦丝演奏家。历任政协贵州省委员会第七、八届常务委员，贵州省音乐家协会葫芦丝·巴乌学会常务副会长兼秘书长，贵州省布依学会副秘书长、贵州省民族管弦乐学会理事，贵州省经济文化艺术研究会理事，贵州省音乐家协会会员，贵州省民族音乐研究会会员。1992年8月在波兰第二十五届国际民间艺术节上获"金山杖"金奖（团体奖），木叶独奏"银奖"，巴乌芦笙合奏"特别奖"和多能手"特别奖"。

歌声伴随着读书声，画笔依偎着课桌。封闭的现实震撼了你，敬业的老师感化着你，让你愿作一颗照亮后生的夜明珠，用你的智慧和画笔，描绘日新月异的家乡，让更多的人认识大山之美。

那年，我从大山走来

杨殿弼（侗族）

确切来讲，我是吃苞谷饭、喝酸菜汤长大的。农村人只知道叫苞谷，而城里人却称为玉米，两种不同的称呼，似乎很有意思。

我从大山走来，掐指一算，已经整整40年了。40年前，我在老家昂英生活。昂英是苗语音译，坐落在雷公山下，是雷山、台江、榕江、剑河四县的交界处，隶属剑河县太拥区白道公社，当时叫昂英大队，其实是由桥水、昂宿、昂英三个自然寨组成。每个自然寨就是一个小队，一条小溪从山坳顺流而下，在地势最开阔的地方把昂英和昂宿分开，河岸两边都是水汪汪的坝子田，一直延伸到榕江县乐里区平阳公社的小丹江大队。

孩童之乐。

40年前的昂英，是一个交通十分闭塞、距离县城最远的苗族、侗族、汉族杂居的村子。虽然地处偏远山区，但是民风淳朴，乡邻之间和睦相处、相互照应。

我出生于20世纪60年代。

那些年，村里的孩子和我一样，虽然几乎每天吃的都是苞谷饭、蕨粑饭、红薯饭、洋芋饭，玩的是水沟边的小水车、稻田和池塘里的泥巴，还有就是抽陀螺、捉迷藏、上山捕鸟、下河捉鱼、砍柴割草和照看弟妹，但我们仍然在那里快乐地生活着、成长着。

刚懂事的时候，最高兴的事儿就是看电影。虽然只有"八个样板戏"（即京剧《红灯记》《智取威虎山》《沙家浜》《海港》《奇袭白虎团》，芭蕾舞剧《红色娘子军》《白毛女》，交响音乐《沙家浜》等），音乐史诗《东方红》和《地道战》《地雷战》《南征北战》《平原作战》等不多的影片，但却百看不厌。好不容易等到区里的电影队到大队来放一场电影，大家连晚饭都不吃，从家里赶紧搬凳子到村头学校的操场抢占位子，看电影就像过年一样激动和喜悦。在本村看完了，又跟着电影队到附近的村子里去再看，直到离村子太远了，才依依不舍地放弃。平时，小伙伴们在一起的时候，都相约到村里会讲故事的奶奶婆婆家，听她们摆（讲）故事，如《梁山伯与祝英台》《牛郎织女》《天仙配》《张古老》，以及当地的民间传说故事，如《小姑娘智斗老变婆》《牛脚坡上的牛脚印》《七

1978 年，与同学合影（中）。

1978 年，在剑河相馆留影（前排左一）。

姊妹打岩》《招龙坪的由来》等。特别是讲到鬼故事的时候，小伙伴们听着听着都会不约而同地挤成一推，故事讲完了都不敢独自回家，要么就是大人举着松油火把——送回家，要么就是爸爸妈妈打着火把来接。在爷爷公公家，他们就教我们吹芦笙、教我们唱游方歌，有时还送给我们各种各样的木枪，让我们玩打仗的游戏。每场"战斗"，山上的口号声、打杀声、哭叫声响成一片，有时候持续到天黑，直到父母或哥哥姐姐在山下扯着嗓子喊我们回家吃饭，大家才恋恋不舍地离开。

稍微长大点的时候，开始对异性有了好奇和爱慕。村子里年轻的哥哥们，只要哪家来了客人，总是叫我们这些小崽儿去看看是否有年轻姑娘。条件很简单，就是两分钱一颗的水果糖。如果有姑娘，邀请出来就不是一颗水果糖了，起码四颗，两颗用来"贿赂"主人家的小朋友，叫他悄悄把姑娘带到门外与哥哥们见面。如果只给两颗水果糖也可以，但必须让我们在旁边听他们

游方对歌。我们大多数时候都是只要两颗水果糖，因为就想跟着他们，听他们游方对歌。那些年，要知道两颗水果糖也是哥哥们起码两天的工分挣来的，能慷慨拿出来也很不容易。我们就这样跟着哥哥们走遍昂英、昂宿、小丹江、南丹等相邻村寨的每一个角落，帮他们约大姑娘，听他们唱了一场又一场饱含深情的游方歌。

1980 年，与同学合影（前排左一）。

村寨的哥哥们把来做客的姑娘约出来，一般就到村头桥边的石凳上对歌。那时候的年轻人很讲礼貌，对歌时男的在一边，女的在另外一边，或站着或坐着，距离约 5 米，哥哥们划火柴点烟的瞬间，双方都能相互看见对方的脸蛋和身材，清晰地听到对方的歌声。大家认真唱，好好散，没有一点不文明的行为。我们这一片是苗族、侗族、汉族杂居的村寨，来做客的姑娘是苗族就用苗语对歌，是侗族就用侗语对歌，是汉族就用汉语对歌。我们就这样跟着老人学歌，随哥哥们实践，伴随着歌声慢慢长大。在放学路上、在去砍柴的路上或去给山上的牛喂草的路上，嘴里时不时要哼几句老人们教的山歌和跟哥哥们学唱的情歌。

冬天，山上的候鸟很多，一般大清早我们就到山上建鸟堂捕鸟。鸟堂，就是把一个地方的草木清理干净，把几棵位置好的树拦腰砍断，然后在被砍断的树的上方竖起满枝都裹着黏膏的枫树，树上挂一只装有媒子（鸟）的鸟笼。在离鸟堂不远的地方，搭建一个简易小草棚，大家都在草棚里静静等待。天刚亮的时候，鸟笼里的媒子就叫起来，把在天上飞的鸟吸引到鸟堂里来。一次，我们在鸟堂捕鸟，很不凑巧，我们的鸟堂和附近其他鸟堂的媒子都在叫，结果连一只鸟的影子都没见。鸟堂用媒子捕鸟的最佳时间是早上七点到九点，过了九点，鸟就不会落堂了。到九点半的时候，不知是哪个鸟堂的人唱起了山歌，附近鸟堂的人一个接一个也唱了起来，漫山遍野都是歌声。那时，老人教过我们一首用当地寨名编成的歌，现在都还记得。

　　　　昂英昂宿打一望，
　　　　一望望见小丹江。

丹江就在河坎上，
南丹出的打鱼郎。
高计鸡井出枞广，
追里小寨出菜秧。
乌社坐在董董上，
董董上面建学堂。
归备尽是地主仔，
列辰洞里好姑娘。
……

　　"枞广"是当地的俗称，就是松油柴；董董也是当地的俗称，就是山包包。

　　就这样，歌声伴随着我慢慢长大，歌声伴随着我慢慢知晓事理，歌声伴随着我慢慢成熟……

　　歌要唱，书我们也还是认真读的。我们读小学的年代正是"四人帮"横行霸道的年代。尽管报纸上、收音机里说的都是"造反有理""读书无用"等言论，但我们的老师仍然默默地教我们习字算术。没有课本，老师专门步行近百里到区革委所在地去购买《毛主席语录一百条》教我们读写。清晨，教室里书声琅琅，学校还真是个读书学习的乐园。小学升初中虽然没有考试，但老师还是悄悄给我们进行了语文和算术两个学科的测试。因为"山高皇帝远"，没有人管也没有人告发老师，于是，我们才幸运地成了真正意义上的小学毕业生。

　　那次测试，我的作文得了满分。作文的内容我现在还清楚地记得：我去山上给大队分给我家看管的水牛喂草喝水后，在回家的路上，看见一棵树倒在水田里，压着了生产队的秧苗。要不要把树搬开，挽救生产队的秧苗，我犹豫了。因为对当时的我来说，那棵树太重，但在心里进行复杂的思想斗争之后，我使出了吃奶的力气，把比我重好几倍的树搬到了田

榕江县平阳小学初中班女同学合影。

1980年太初中学毕业留影（前排左二）。

边……老师表扬我，说我将一件简单的事，写出了自己的思想和行为，看见了一个人的品德，有创造力。最后老师还给我写了一段话：我们经常会遇到许多不起眼的小事、好事，就看你是不是愿意去做，只要你坚持了，将来你一定会成功的。当时我也不知道"成功"是什么意思，只是记住了老师的话：做好每一件小事、好事。

上小学那阵子，我们班一共有 10 个同学，在老师的精心培育下，个个都是顶呱呱的小学毕业生。那时，大家吃的基本上是红薯、洋芋、苞谷、蕨粑之类的杂粮，身上穿的是土布衣服，好些同学大冬天了还穿着光着脚背的土布鞋来上课。虽然上初中每个月也花不了几个钱，但那几元钱在当时也是一个壮劳力整整两个月的工分钱呀！班上有三个同学就这样眼巴巴地望着我们离开村子去山外读书，因为他们家里连盐巴都买不起，哪还有钱供他们读初中呢！

上初中的时候，我刚好 12 岁。在老家昂英，如果要在本县的太拥中学读书，我们得爬过一座又一座大山，穿越一条又一条小溪，步行 30 公里，才能到达学校。12 岁，正是吃得多、长身体的时期。而要背米背菜走 30 公里的山路，把菜和米交给食堂，换成饭票菜票，估计还没有到一个星期就会用完，又只好周末赶紧回家背米背菜，那是何等的艰难啊！为此，老师只好带着家长一起来到距离我们寨子比较近的榕江县平阳公社小学初中班，商量就近上学的事。平阳小学初中班热情地接纳了我们这七名邻县上初中的学生。

平阳公社距离昂英大队就 10 公里路。10 公里山路，我们最多走 3 个小时。这比起太拥中学来说，要轻松得多。在学校，除了买必需的学习用品，如课本、作业本、钢笔、墨水之外，吃的都是从家里肩挑手提来的南瓜、黄瓜、萝卜、白菜、韭菜、青菜、红薯、洋芋、干酸菜、大米。学校食堂什么菜都收，但只收大米，不收杂粮，而家里的大米又不多，每天家里给的限量是八两，如果吃不饱就吃红薯或洋芋。食堂里弄的菜就是不管是什么菜，南瓜、黄瓜、萝卜、韭菜、青菜、白菜一起混到锅里煮，锅里漂出来的油珠子几乎数都能数得出来，那是真正的"玻璃汤"。那时候哪能吃得饱啊，所以课间休息时，或是偷偷到宿舍里啃几口红薯充饥，或是悄悄跑到食堂灶台的热灰里埋一个红薯或洋芋，下一节课间休息时再刨出来吃，才能熬得到午饭时间。记得有一次放学去排队打饭时，有个从列辰（平阳公社附近的一个自然寨）来读书的师兄排着排着一下就倒在地上，大家赶紧去掐他的人中。后来班主任急忙把他背到公社卫生院，医生一看就知道是饿晕的，冲一杯糖水给他喝，人马上就醒过来了。

去平阳小学初中班读书，要经过平阳公社的小丹江大队。小丹江大队也有一伙同龄人，我们结伴而去，结伴而归。上学途中，大家互相帮着挑菜挑米，一路上欢声笑语、情同手足。如今虽然各奔东西，但每到过年，大家都要从异乡归来，其乐融融地喝酒聊天，当年的同学之情总是忘不了。

"四人帮"被打倒的那一年，我正好上初二。学校的教育体制一时还没有得到彻底纠正，我们每个星期至少有两个下午的劳动课，农忙季节还得成天帮助学校附近的生产队插秧、收稻谷、掰苞谷、挖红薯洋芋等。当时学校有校办砖瓦厂、农场等，还喂养有好几只山羊。我们的劳动课就是去砖瓦厂

太拥高中毕业留影（前排左一）。

练泥做砖瓦，到农场种红薯、洋芋、苞谷等，到山上放羊。后来学生越来越多，农场面积相对就小了，学校只好又组织学生跑到五六里外的荒滩上开垦稻田。每周我们至少去两天，但从未看见那些荒滩上出现过绿茵茵的秧苗。

我们的班主任名叫杨昌勋，当时已是花甲之年的老人，瘦高个子，身体单薄，面容慈祥，是一位来自榕江县城郊的数学教师。照理说，数学老师的课堂应该是在教室里，老师就应该在课堂上教我们学习，让我们在黑板上悟出科学的道理。哨笛本来是体育教师用的，但却成了他的专用品，他每天都随身携带。哨笛是用来叫我们上山劳动和催我们返回学校的，第一次听到哨笛声就意味着要出门干活，第二次听到哨笛声就意味着要吃午饭，第三次听到哨笛声就是要收拾工具返回学校了。就这样日复一日，杨老师拖着单薄的身体陪着我们在山间出没，一直到 1977 年恢复高考。

在平阳小学初中班读初中的那段时光，我们经常问老师一个问题，就是我们都是农村人，本来是来学文化、学知识的，怎么天天在田间地里干农活呢？当老师给我们上数学、物理、化学课的时候，我们又问老师，教这些与我们种田又有什么关系呢？弄得老师哭笑不得，只是告诉我们："你们还小，以后再说，很多事情你们不懂，长大了慢慢去体会。"从那时候开始，我总在品味老师说的这句话，在以后的生活中学会慢慢去体会、慢慢去思考、慢慢去实践。

在平阳小学初中班一晃就是两年半，初三的下学期，因为要读高中，我们只好回到本县的太拥中学读书。来太拥，我们这个队伍又少了两位同学，因为家里兄弟姊妹多，快揭不开锅了，他们俩只好辍学在家抢工分填饱肚子。那是 1978 年，也是恢复高考的第二年，我刚好 14 岁。尽管太拥中学路途遥远、山路崎岖，因为肩上可以承担生活的负重了，每次上学都能够备足两个星期的米和菜，所以，我和剩下的四位同伴挑着行李来到太拥中学。

在太拥中学，我遇到了一位能歌善舞、精通器乐、擅长丹青的化学老师，他叫吴成林，是"老三届"的知青。据说还在生产队参加生产劳动时，他自己作词作曲、伴奏的舞蹈《苗岭颂》轰动全区，该节目参加县文艺演出获得一等奖，后选送参加州里举办的文艺演出再获一等奖。吴老师的二胡、扬琴、手风琴、笛子、口琴、小提琴一摸就会，一会就熟，一熟就精。那时太拥中学刚成立不久，学校周围满是泥土和乱石，吴老师的家就是在教学楼旁边用废旧木板临时搭建的简易棚。

每当皓月当空、夜深人静的时候，简易棚里一阵阵悠扬的琴声传进我们的集体宿舍。那是一座废旧的粮仓，用横板隔成的一个大通间，挨近楼枕的横板取下几块就算是窗户了。当吴老师的琴声传来时，大家都不约而同地从暖暖的被窝中爬起来，披着外衣趴在横板窗户上静静聆听，直到琴声消失。

绘画也是吴老师的绝活，花鸟画用笔刚劲，墨色渗透自然，画面感觉大气，构图完美，题款讲究。特别是他笔下的荷花和墨竹，给人的感觉更是气韵生动、灵秀、纯洁、雅致，富有人性，充满着正能量。每一幅荷花或是墨竹都给人不同的意境和不同的遐思，在题款上从不重复。周末没回家的时候，我就悄悄溜进老师家看他作画，他画完一幅，偶尔也手把手教我画些简易的花花草草。因为得到老师的指点，我对绘画产生了浓厚的兴趣，也希望自己将来能和老师一样琴棋书画样样在行。

老师的家简朴而不显简单、简陋而不失温馨。每一间都挂着一幅他自己装裱的画，每一幅画都彰显着老师的人格魅力。走进老师的家，就像走进教室，聆听老师给我们上一堂如何学习和怎么做人的大课。从那时候起，我成了吴老师的"粉丝"，也知道只有博学才能让自己的人生丰满和精彩，并立志将来要为艺术而努力，为美化他人，也为净化自己而孜孜不倦地追求。

初中的学习生涯终于结束，由于当时的高中办学条件很差，不能满足所有的学生升入高中学习，只有通过考试来择优录取。最终，我们从老家来的五位同学有三人考上了太拥中学的高中部。在我们三人中又有一位因为家庭困难而辍学，最后就只有我和另外一位继续读高中。

那时候的高中是两年制，在两年的时间里，我认识了更多的老师，感受到老师的慈爱、认真、负责和敬业。我的老师几乎都是中师或高中毕业，确切地说没有一个大学生。但他们每一位都不甘落后，不懂的地方与大家一起交流、互相学习，共同攻克难关。他们深知自己的不足，而要达到"要让学生装满一碗水，教师必须具备一桶水"的为师的基本条件，必须要弄清楚课本上知识的来龙去脉，才能在课堂

1986年，在小丹江。

上正确地传授知识，教会学生学习。所以每个晚上，老师窗前的灯几乎都是通宵达旦地亮着，老师的日常生活也是"两点一线"：教室—寝室—教室。每天上午，我们看见老师手上抱着一大堆的作业、课本和参考资料，双眼红红的，但给人的感觉却是很有精神、很有信心，因为他们心里装着的是学生，任何困难都难不倒他们。他们是一群能打硬仗的山里汉子！

如今，这些老师都已经退休，有的已经作古。但同学们在一起聊天的时候还时常提起太拥中学高中部的那些老师——语文老师吴德渊、数学老师王国柱、化学老师吴成林、物理老师唐宏伟、政治老师李政宇。因为生活中有了这群平凡、普通而又敬业的园丁，才使我有了今天的进步。因为他们的敬业精神感化了我，才使我不辜负他们的期待，并继续去圆他们一生中没有圆满的梦。

从1966年到1976年，国家经历了十年动荡，人才和知识变得十分珍贵。泱泱大国必须要实现文化的繁荣、科技的进步和经济的发展，人民才能安居乐业，人才的培养是国家强盛的重中之重。所以，从1977年开始，国家恢复了高考。1980年高中毕业的升学考试，中专和大专是分开考试的。当时我以全班第一名并高出分数线80分的成绩考上了剑河县师范学校。说实话，当老师也不是我的初衷。老师的职业光荣而神圣，但育人是一个漫长的过程，不能像其他职业那样立竿见影，成效看得见摸得着，更重要的是肩上承担的压力太大，弄不好就会误人子弟，影响人的一生。所以，我在填报志愿时，第一、第二、第三栏上都没有填"师范学校"四个字，但就因为在"能否服从调剂"一栏上写了"同意"两个字，结果命运改变了。县教育局把所有服从调剂的28名学生的档案全部安排进县里的师范学校，结果还是不够一个班的人数，最后从全县民办教师当中选出12名加入这个团队，这样40人组成了80级师范班。

注定今后要成为一个娃娃头，一辈子要与娃娃打交道。我担心，我郁闷，我悄悄流过眼泪，心里一度颓废过，也想过重新补习，希望来年东山再起，在填报志愿时再也不能在"能否服从调剂"一栏上写"同意"两个字！但寒假放学回家时，有一件发生在我身边亲人身上的事让我震惊了，使我对教育这个职业有了重新的认识，也为教育的责任而反省、深思。

那是1981年春节过后不久，春天来了，家家户户都需要耕牛犁田。猪、鸡、鸭有没有无所谓，但牛是绝对不能没有的，因为牛是农民的命根。我叔叔家里没有牛，怎么犁田播种？好不容易东家借、西家讨，凑足了800元钱，说是到雷山县永乐镇赶集买一头牛回家饲养，到农历三四月间好犁田。等到赶集的日子，叔叔早早起来，连早饭都没有吃就急速步行到30公里外的永乐镇。永乐镇是一个比较繁华的集镇，街上吃的、喝的样样让人嘴馋。叔叔舍不得花钱，就在一个简易米粉店花一元钱买了一碗素米粉当午饭。就在叔叔小心翼翼从最里层的衣服口袋中掏出钱付账的时候，被街上的一伙骗子看见了，叔叔成了他们眼中的肥肉，叔叔走到哪里他们就跟到哪里。当叔叔走到人比较稀少的地方时，一个骗子手上握着一枚玻璃跳棋子，悄悄对叔叔说是夜明珠，晚上会发出五颜六色的光，是他家的传家宝，是他家祖上用50块大洋买来的，因为家里老人病重，需要钱救命，才不得不忍痛割爱。骗子说这个夜明珠在黑市售价至少在5万元以上，但为了让家里老人早日康复，只好2000元卖了。叔叔接过夜明珠左看右看，透明的珠子里面还有彩色的花瓣，觉得是稀罕之物，于是开始动心了。这时，旁边的"托"蜂拥而上，并表现出立马购买的架势，叔叔慌了手脚，便主动拉着骗子到僻静的地方，一番讨价还价后，叔叔便把身上买牛的800元钱全给了骗子。等到他身上揣着夜明珠高高兴兴地回家时，走到街头感觉口渴了，就走进一户人家讨口水喝。突然，他看见主人家的小孩在堂屋里下跳棋，他凑过去看棋子，然后又悄悄掏出身上的"夜明珠"来对照，结果傻眼了……他一口气跑到原来买"夜明珠"的地方，结果那伙人早已不知所踪。他从街头转到街尾，从街尾转到街头，直到天黑，就是找不到那几个可恶的骗子。他只好垂头丧气摸着黑往家走。一路上心事重重，不知走了多久，也不知道走错了多少路，直到第二天天大亮后才回到家。

　　在他家里，叔叔悄悄跟我讲了他的遭遇。我震惊，我伤心，我更愤慨！一枚不值几文钱的玻璃珠子，竟然让叔叔丢掉800元钱。除了叔叔贪心之外，更重要的是叔叔的愚昧！假若他读书识字，见过世面，他就不至于上当受骗。

　　我想，在农村，也许每天都会有像叔叔那样遭遇不幸的人。叔叔的悲剧折射了中国农民的现状，也引发了每一个教育者的深思。于是，我确定了自己的志愿，将教师作为自己一生的事业来追求。

　　从偏远的乡下来到县城，一切都是崭新的，对一切都好奇。城里人真好，有工资，身上揣着钱，想吃什么想穿什么就可以随时掏钱购买，而这些都与我这个乡下人无缘。我身上穿的是父亲买来的卡其布，母亲亲自为我剪裁并一针一线缝制的便衣，脚上穿的也是母亲为我做的土布鞋。在剑河师范学校学习的两年里，学校开设的每一门功课我都认真去学。虽然有部分课程和高中学习的有所雷同，但我还是极为认真地对待、细心地钻研、认真地写读书笔记。周末和节假日,许多同学都回家或者走亲访友,有的甚至邀约女朋友在花前月下述说浪漫的故事,几乎只有我一个人总是坐在教室里静静地看书、认真地写读书笔记,或者绘画,或者在教室一角的脚踏风琴上练歌弹琴。我深知,这是一个需要知识的年代,是祖国建设缺乏人才的年代。教师,既是学生行为的表率,又是传播知识的引路人。既然选择了教师这个职业,我就要将它作为自己一生的事业来追求,并以此来体现自己的人生价值。

1982 年 7 月,两年的师范生活结束了,我和一位女同学一起分配回家乡的白道乡(原来的公社)半溪小学当了一名"娃娃头"。到学校报到时,校长(一名年长的老师临时负责)安排我一个人负责五年级(只有一个班,15 名学生)。当时这所学校包括我俩只有 5 名老师。这意味着语文课、数学课、常识课、思想品德课、音乐课、体育课、美术课、课外活动等都要上,而且都要上好。幸好在师范学校学习时,我对每一门课都认真对待,有了扎实的基础,否则我还真"吃"不下这口"饭"。就这样,上午三节课,下午两节课再加上一节课外活动课,每天六节课,晚上还得备课、批改作业,有时候还得到附近的村寨去家访,一个星期下来,30 多节课弄得人筋疲力尽,但我还是坚持着,并满怀信心期待 7 月的收成。

小学升初中考试,我所教的 15 名学生,有 12 人考上了区里的初级中学,全区小学升初中教学质量评比我获得了第三名。特别让人欣慰的是,我让白道乡所在地的白道村的小学生升入初中实现了零的突破。

白道村虽有六七十户人家,但来学校读书的小孩却很少,学校也只是一个办学点,学生读到三年级后还要去离村子三四里路远的半溪小学读完小。因为白道村是苗族村寨,学生只会说苗语,到半溪小学读书要讲汉语,他们不会,怕遭欺负,不敢去,也不愿意去,从来没有人考上初中。而在我教的那一年,白道村来了六名学生,有三名学生考上了初中。我成了白道乡的名人,成了白道乡村头寨尾都在谈论的话题。为此,我深感自豪,并骄傲了好一阵子,因为我的出现点亮了一盏灯。

1983 年,我 19 岁。秋季,因为工作需要,我回到以前读高中的母校——太拥中学教书。太拥中学是一个比白道乡半溪小学高了许多的平台,因为它是全区的优秀学子聚集的地方,它不但有全区一流的学生,而且还有全区一流的教师和教学设施。太拥中学的教师百分之八十是从黔东南民族师范高等专科学校各个科系毕业的,我因为能加盟这样的学校,成为教学团队中的一员而感到自豪。那时,我给自己的定位也是很高的,因为我刚刚获得了全区小学升初中教学质量评比第三名，区教育督导室领导为我颁发的奖状还是崭新的，还留有余热。

第一个学期学校安排我教初一年级两个班的数学并兼任二班的班主任，学期结束后我改教语文，同样兼任二班的班主任。在师范学校学习的时候，我的语文、数学两个学科的基础知识掌握得还算比较牢固，所以无论是上数学课还是语文课，我都能胜任。因为爱这个职业，我会努力尽到一名教师的责任。

在太拥区工作的年轻人很少，区所在地除了中学、小学和医院之外就没有能去玩的地方。我们吃完饭，大多是在教师宿舍楼梯脚的那个不足20平方米的阳台上聊天。

在平时与同事的交流中，我总觉得自己与他们无论在学识的深度还是广度上都有很大的距离。这是为什么？难道就是因为他们上过大学？我也是上过高中，然后才去读的师范学校。照理，我不会比他们差多少嘛！我想不通！既然比不上他们的学历，我就和他们比教学，看谁的教学水平高。平时没有课的时候，我走进他们的课堂观摩教学，发现他们的教学理念、方法，语言能力以及驾驭教材的能力远比我强得多。这下，我终于被他们渊博的知识和教学水平所折服，原来获得全区教学质量评比第三名的那种沾沾自喜、洋洋得意的心态荡然无存。我是一个很好强也很认真的人，我不希望就此甘拜下风。于是我想到了"充电"，只有进一步深造，才能与自己的同事站在同一条起跑线上。从此，我在教学之余又多了一条艰辛的求学之路。

绘画是我从小就爱好的，读小

1981年在昂英留影（后排右一）。

1986年游玩黔灵山时留影。

学的时候，语文、算术书上的每一幅图画，我都用铅笔描绘下来，每次都能画得和书上的差不多，我自信在绘画上是有天赋也是有潜能的。而且上高中的时候，也得到启蒙老师吴成林的真传，读中师的时候，素描也曾有机会得到美术老师麻广成的精心指导，有一定的绘画基础。我想，走美术这条路绝对可以通向大学的殿堂。何况如今的大学又是向所有勤奋好学的人敞开的，考试是选拔人才最公平、最公正、最合理的方式。

在太拥中学教书的那一年，周末，我约同事一起骑自行车走村串寨采风创作；平时，晚上备好课、批改完学生作业后，隔壁的老师都进入了梦乡，我还要摆上静物独自作画……我就这样日复一日编织着自己的梦想，日复一日在梦想里增添新的内容。功夫不负有心人，1984年秋，我终于收到了黔东南民族师范高等专科学校发来的美术专业录取通知书。

太拥中学，在我读高中的日子里，曾有无私奉献的老师精心培育我走进中等师范学校。如今，我在这里工作，又得到受过高等教育的老师们对我的热心帮助，让我如愿以偿地踏进高校门槛。语文老师周之能、蒋国波，数学老师周玉林，物理老师杨通荣，政治老师姜含英，化学老师李茂钦，英语老师杨子让……说心里话，我舍不得与我朝夕相处的同事，舍不得那群天真活泼的学生。但为了完成人生的梦想，为了找到一个更能实现自身价值的理想平台，我选择了背井离乡，到繁华的都市去接受挑战。

黔东南民族师范高等专科学校位于凯里市，这里是全州的政治、文化和经济中心。从偏远落后的太拥山区来到自治州首府凯里市，从一所中学来到一所高等专科学校，虽然环境改变了，但我的初衷没有改变：就是希望成为一名更加优秀、更加充满自信、更有人格魅力的人民教师！

黔东南民族师范高等专科学校美术系创立于1982年，这里有全国知名版画家蒋志伊老师、山水画家张正炳老师和油画家杨念一老师，有省内知名画家、摄影家、书法家，如孙培柏、龙盛江、陈长浩、潘建海、于信芝、杨国雄、王珍团、张奇等老师，也有刚从重点大学毕业的新生代老师，如胡勇、张锦华等。他们兢兢业业地做好教学工作，使我每天沉浸在学习知识、把握绘画要领的艺术氛围之中。

在高校学习的三年，我每天都在图书馆、画室、寝室之间穿梭，不懂的地方就向老师请教，或找同学探讨，而更多的就是把自己关在图书馆。从大山走来，我从来没有见到这么大的图书馆，也没见过里面摆放这么多的书籍——有中国的、外国的，有文学的、艺术的、历史的，也有政治的、军事的、地理的、物理的、化学的、生物的。总之，你想看什么书，想查什么资料，图书馆里应有尽有。三年后，我将离开这座城市、离开这个图书馆，回到大山深处去与山里的孩子为伴。我必须要把我看到的、听到的讲给孩子们听，让他们知道山外有山，山外的世界更美丽更精彩；让他们从小刻苦读书，立志成才，走出大山；让他们走出大山远居他乡时，心里也要牵挂着大山深处的故乡和留在故乡里的亲情友情，为大山深处故乡的发展大计出谋划策，使故乡能尽快甩脱贫困落后的帽子。

1987 年 7 月，我以全班第二名的优异成绩（仅低于第一名 0.02 分）毕业，根据定向分配合同是回家乡的太拥中学，但 10 月经黔东南苗族侗族自治州人民政府特批，被择优分配到凯里铁路职工子弟中学，担任一名中学美术教师。

凯里铁路职工子弟中学隶属铁道部成都铁路局贵阳铁路分局，是一所企业内部职工子弟完全中学，每年的招生只面向湘黔铁路沿线职工子弟，初中两个班，有时三个班；高中一个班，有时候根据学生情况，分为文科、理科两个小班。

学校创建于 1975 年，是伴随着湘黔铁路的开通而成立的，可以说是一所由火车"拉"来的学校。学生绝大部分是湘黔铁路沿线职工子弟，学校教师大部分也是从铁路各个站段抽调来的知识分子。为了修建湘黔铁路，为了支援贵州的大动脉建设，他们从祖国各地前来。当铁路修建好，火车顺利通行后，他们又响应党的号召，听从祖国的召唤而留在贵州，留在凯里铁中做一名默默无闻、甘于奉献的教师。冬去春来，他们坚守三尺讲台，无怨无悔，培育了一批批合格的铁路建设者和接班人。

1987 年 10 月 23 日，我到贵阳铁路分局报到，得到派遣证后于 27 日到凯里铁路中学工作。

记得在我上第一节美术课的时候，给学生进行自我介绍后，在黑板上随意画了一幅铁路信号工人挥舞信号旗的速写。刚转过身正准备给学生讲速写要领的时候，教室里突然爆发出热烈的掌声。当时，无论我怎么挥手暗示，掌声总是无法平息。掌声代表着学生对老师专业基本功的肯定，掌声也代表着学生对艺术的浓厚兴趣，掌声更代表着学生对教师工作的鼓励。我为之而感动，也为能成为一名美术教师而自豪。

因为那次热烈的掌声，我工作的方向更明晰，工作的劲头更足了。1987 年 11 月 5 日下午，我在学校贴出了第一张美术摄影课外兴趣小组的海报。结果来了高一、高二年级的 16 名学生，其中摄影 12 人，美术 4 人，经过一年的学习，有6名学生的摄影作品参加由黔东南州群众艺术馆举办的全州第二届少儿书画摄影展并获奖，有两名学生分别考取了黔东南民族师范高等专科学校美术系和贵州省高等艺术专科学校油画系。

当时的美术摄影课外兴趣小组成员多数为初中生，高中生少时两三人，多时六七人，但只要对艺术感兴趣，我都尽心尽力去指导他们，把他们当成自己的作品来细心雕琢。直到后来有爱好摄影的老师分配到学校了，我把摄影兴趣小组交给他，这才能全心指导美术兴趣小组的学生绘画和创作。至2000年，从这里走出去的学生有102人，他们分别被重庆大学、西南大学、云南大学、四川美术学院、北京服装学院、贵州大学、贵州师范大学、贵州民族大学等高校录取。

1994年，新上任的校长要求我制订一份培养美术人才的长远计划，尽可能把那些被高等学校拒之于门外的学生，以美术特长生的名义送进大学。有学校领导的关心和支持，有同事的理解和配合，我的干劲更足、心情更轻松、目标更明确，于是有了2003年102名学生被高校美术专业录取的优异成绩。

为了能让我更好地发挥写作和摄影的特长，学校为我购置了照相机和摄像机，学校开展的各项活动，我都拍摄下来，然后伏案采写新闻稿件送报社刊登和电视台播放。近十年来，我采写的300多条新闻稿件先后在《贵州日报》《黔东南日报》《凯里晚报》《西南铁道报》《贵州铁道报》发表以及在黔东南电视台、成都铁路电视台、贵阳铁路电视台等电视媒体播放，为宣传凯里铁中、扩大凯里铁中对外的影响立下了汗马功劳。为此，我被贵阳铁路分局认定为全分局中小学美术学科带头人，被成都铁路局评为优秀青年教师，多次被贵阳铁路分局、中共凯里市委宣传部评为优秀通讯员，之后又被成都铁路局破格晋升为中学高级教师。

我的兴趣爱好广泛，既丰富了自己的教学空间，增强了自己的课堂驾驭能力，又能在教学上不断产生奇想和灵感，培养了学生的想象能力和创造意识。年年高考，我辅导的学生专业合格率和升学率都为100%，得到了学校的支持、家长的信任、社会的肯定和上级主管部门的关注，因而增强了自信心和荣誉感，也更加坚信自己走的是一条正确的路。

2000年，我率先在全州竖起凯里铁路中学艺术中职特长班的牌子。2001年9月，首次面向凯里市及周边县招收艺术特长生，62名学生进入艺术特长班学习。迄今为止，每年至少有60名艺术特长生进入我校中职特长班，已有1000多名艺术特长生在此接受专业训练，其中有700多人考上全国30多所艺术高校或高校艺术专业。

2004年，铁路实行大改革，凯里铁路职工子弟中学随之被改为凯里市第八中学。凯里八中仍然秉承铁路中学的办学宗旨和管理模式，全体教职工仍然心往一处想，劲往一处使，教学质量一直保持在凯里市领先的地位。为加大对艺术特长生教学的管理力度，让更多的艺术特长生能考上理想高校，学校成立了独立的中层管理部门——体艺处，负责全校体育、美术、音乐学科的教学工作以及艺术特长生的招生宣传和日常管理。根据工作需要，我被任命为体艺处主任，在学校领导的管理和监督下开展各项工作。

2004年10月，黔东南苗族侗族自治州举行第四届高中教学能手比赛。在决赛中，我的四项比赛指标全部达标，成为获得表彰的8名教学能手之一。2005年年底，我被贵州省教育厅认定为第二批省级中小学骨干教师。同年年底，我被黔东南苗族侗族自治州文联推选为州美术家协会副主席。2006年年底，我又被贵州省作家协会批准为贵州省作家协会会员，同时被州作家协会推选为州作家协会理事。

因为加入了作家协会和美术协会，我有机会与文学家、艺术家频繁交流。通过交流，开阔了视野，提高了艺术境界，在美术教学中提升了教学理念，无论是美术鉴赏课堂教学还是美术高考生辅导，我都力求从培养学生分析问题、观察问题、想象能力、创造意识等方面入手，既培养学生的情商又要关注学生的智商，使学生在轻松愉快的学习氛围中快乐成长。所以，每一届艺术特长生毕业后，即使没有被高校录取，到社会上都能找到适合于自己生存、发展的人生平台，成了社会上能自食其力、遵纪守法的合格公民。

2008年，贵州省教育厅评选首届中小学教育名师，我有幸成为名师培养对象，到华东师范大学高级研修班学习。在华东师大学习期间，听到各位顶尖级专家学者的专题讲座，得到各位专家的精心指导，同时通过参观、交流，增长了见识，开阔了眼界，使我对育人事业有了更深层次的理解和认识，更坚定了我一生为师、无怨无悔的信念。2009年年底，经过专家考核、考察和论文答辩，我被贵州省教育厅认定为贵州省首届中小学（幼儿园）教育名师。

俗话说十年树木百年树人。我们培养学生不仅仅看他考上了什么级别的学校，更重要的是培养他良好的个人行为习惯。同样，衡量教师的成就不仅仅看他有多少学生考上大学，更重要的是他的文化内涵和人文品格的高低。培养学生德、智、体、美、劳全面发展，这是学校育人的终极目标。而对教师来说，就应该以德为先、技艺精湛、教风优良，处处为人师表，既做传授

《祥和的日子》

《小站春声》

知识的好导师，又要做道德模范的引路人。我就是这样默默地遵守，默默地垂范，默默地耕耘，也是这样默默地享受辛勤耕耘带来的收获喜悦。2009年教师节，我第二次走上黔东南苗族侗族自治州人民政府会议室的颁奖台，被州人民政府表彰为"全州优秀教师"。

正因为在课堂教学上的精益求精、在教育科研上的刻苦钻研、在教育理念上的不断提升，2013年10月我又被贵州省教育厅认定为贵州省首批中小学（幼儿园）教学名师工作室主持人。作为名师工作室主持人开展跟岗研修培训活动以来，我先后培训了50名来自全省各地高中学校的美术教师，并身体力行、率先垂范，让学员开开心心地学、实实在在地做、依依不舍地走。

宝剑锋从磨砺出，梅花香自苦寒来。因为对事业的坚守、对职业的热爱和付出，2014年教师节，我被教育部授予"全国优秀教师"光荣称号。对于"全国优秀教师"这个称号，我连做梦都不敢想。面对突如其来的荣誉，我真不敢相信这是真的，因为我也和所有的教师一样平平凡凡、普普通通，大家都站在教书育人的第一线上兢兢业业地工作、勤勤恳恳地耕耘、实实在在地生活。

2015年，时值黔东南苗族侗族自治州第三批州管专家和第二批州级拔尖人才申报评审，在来自全州各条战线上的企事业单位顶尖人才中，我被中共黔东南州委、州人民政府认定为第三批州管专家。面对这些来之不易的荣誉，自己感到欣慰，但更多的是责任和压力。

从12岁离开家乡，离开生我养我的父母，离开那些朝夕相处的莽莽群山，我就这样，一个人从一座山翻越到另一座山，从村里走到乡里，从乡里走到县里，然后来到州府凯里这个繁华的都市。从某种意义上来说，我是故乡的叛逆者，是故乡的不肖子孙，有愧于那一方水土的滋润和养育。但从另一个角度来看，我从一名普通的小学教师到初中教师再到高中教师，从州级高中教学能手到省级骨干教师，成为州管专家到省级教育名师和省级教学名师工作室主持人，从市级优秀教师到州级优秀教师再到全国优秀教师，这一路的汗水说明我的坚持是正确的。

四十年弹指一挥间。四十年的风雨兼程，让我品尝了人生百味，见证了从饥饿到温饱到小康的发展进程，鉴别了生活中的美和丑，也知道了诚实、坚守和汗水是实现梦想的精神支柱。

改革开放以来，我和所有凭着自己的努力考入大学的农村莘莘学子一样，因为有建设祖国的热情和汗水，才会有今天的丰硕成果。40年的工作生涯，无论身居何处，从事教育工作的初衷永远不变，我将它作为我一生中最为快乐的事业来追求！

如果汗水的背后得到的是成功，如果成功是一块能让别人前行的奠基石，那我应该是故乡人的骄傲。一个从大山脚下走出来，能在强手林立的空间里争得一席生存之地，一个能让600多名文化成绩平平、对大学只能望而却步的孩子顺利进入美术高校求知深造，难道不是为故乡的父老乡亲增光添彩吗？当然，我的成功离不开远在大山脚下父老乡亲的嘱托，离不开单位领导和同事的支持、关心和帮助，离不开上级主管部门的指导和关注，离不开学生的刻苦学习和不断进步。成绩属于大家，成功更属于大家！

岁月悠悠，无情的时光可以改变年龄、容颜、环境和生活，但改变不了我与大山的情结。这份情结滋润着我对育人事业的那一份执着和爱。

作者简介

杨殿弼，侗族，中共党员，1963年生于贵州省黔东南苗族侗族自治州剑河县昂英村，本科学历。

从教30年，先后辅导600余名高中美术特长生考入省内外30多所美术高校。教学质量、课题研究多次获州级一等奖、省级二等奖。教学论文有近30篇先后在省内外刊物发表。自1996年以来，先后获"成都铁路局优秀青年教师""黔东南州高中教学能手""黔东南州优秀教师""黔东南州州管专家""贵州省骨干教师""贵州省教育名师""全国优秀教师"等荣誉称号。

现为国培贵州省高中美术工作坊坊主、贵州省高中美术名师工作室主持人、贵州省作家协会会员、贵州教育学会美术专业委员会常务理事、黔东南州教育局教科所中小学美术兼职教研员、中小学高级教师、贵州省特级教师。

知识给了你勇气，知识给了你力量。《水浒传》《三国演义》给你的人生带来了不同的际遇。外面的世界真精彩，外面的世界也有些无奈。虽然走出了鸡爪沟，但是，金窝银窝，心里惦记的还是那个土窝窝。

走出鸡爪沟苗寨

麻勇斌（苗族）

鸡爪沟苗寨是我生长的地方，是我的家乡。我在那里待了 18 年。现在，那里还有我四五百名族人，以及我的三弟带着他的老婆孩子在坚守，耕种祖宗开垦的田土。如今它属于贵州省松桃苗族自治县蓼皋镇。我生活在那里的时候，它属于松桃苗族自治县城关区的巴坳公社。

走出生我养我的鸡爪沟苗寨，到外面的世界去"当工作"，是我童年时就有的理想。我之所以从小就树立这个理想，原因有两个。第一，是我很小的时候，父亲就不断给我讲故事，说他曾在东北的旅顺、大连当兵，说他退伍后被安排在贵州的扎佐、都匀探矿，说他还在 103 汽车队开过车，外面的世界可大可宽了，有马路，有火车，有城市，城市里面什么都有卖的，好干净，好热闹，不像鸡爪沟，就只见簸箕大的天，一条小溪在山谷中央拼命地钻，左冲右突，好不容易才在山脚挤出一条狭窄的缝，溪边的田小块小块的，像破裤上的补丁。父亲说他参加工作时，工资虽然不高，但他每个月有 32 斤口粮，他的单位有食堂，每天有大米饭吃，每个星期能够吃上三餐猪肉。虽然这话有点像神话传说，却让我无比向往。第二，是我的家很穷，我的父亲在寨子里遭受太多的欺负，我不喜欢那里的族人。在父亲患病不能下田劳动抢工分的年头，我家几乎年年都是补款户。补款户能够分到的粮食是很少的。于是，日子稍微好过一点的人家，大人欺凌我家大人，小孩欺凌我家小孩，或明目

梯田风光。

张胆恐吓，或暗地里中伤，委屈受多了，族中的亲人就不亲了，同寨的伙伴就不伙了。相反，有很多的怨和恨在心中滋生，只巴望着长大了，能够凭自己身上的力气谋生了，寻个机会跑出去，再也不回这个贫穷而无情的地方。

为了能够走出鸡爪沟，到外面的世界去，我曾想向族中的一位名叫麻老赶的满叔学习做牛生意。他虽然人在鸡爪沟，却长期不在鸡爪沟与贫穷的族人争田土、争粮食。他怀揣一把锋利的杀猪刀，手拿一根赶牛的竹条，走南闯北，到过四川、湖南，风雨无阻，会过好多朋友，赚了大包的钱。可是，父亲说，那叫牛客，赚的是昧心的钱，富而不贵，大地方的人根本瞧不起。父亲还说，古人讲，要富就不能离开猪，要贵就不能离开书。于是，我便只有好好地读书。

我认真读书的那阵子，是1977年和1978年。那个时候，是华主席领导国家，我们写作文，都称他英明领袖。国家一改过去的做法，不再提倡"不学ABC照当接班人"了，鼓励学生认真读书。叶剑英元帅也写诗鼓励学生读书，说"艰难有险阻，苦战能过关"。我在距离鸡爪沟苗寨4公里左右的木溪大队附中读书。木溪大队是汉族为主的一个大队，现在改叫木溪村了。我的班主任郭发群老师，负责教政治和语文，科任教师瞿中界，负责教数学、物理、化学。他俩都是民办老师。可能是我学习认真，总是得到他们的表扬，我读书的劲头特别足。1978年春，松桃苗族自治县城关区开展初中生数理化竞赛，我考得第一名。这给我和我的父母挣得莫大荣誉的同时，也给我的两位恩师挣得了不小的名声。临近毕业时，我的恩师不断地劝我考高中，去读松桃第一中学的尖子班，并说，只要考上了松桃第一中学的尖子班，考大学基本上没有问题。我十分动心。可是，就在我选择考高中还是考中专的关键时刻，我的父亲在盐井水库的工地劳动时受了重伤，生命垂危，县医院不敢收，只好抬回家中找苗医治疗。好在鸡爪沟背后坡东山苗寨的龙老义医术高明，用草药把我的父亲从死神那里拽了回来。在父亲疗伤期间，我请他决断到底考什么，他说："孩子，我命不好，不知道哪天遭不测。我们就来个灶门口烧黄鳝——熟一截吃一截算了。万一我死了，谁能供你读书？"我知道父亲担心自己"遭不测"这话的更多所指，就决定考中专。

我去松桃县城考试的那天，是一个下着暴雨的日子。我和同寨的麻开银一起。我们俩是同年出生。按照族中的辈分，我要称他阿叔。他也报考中专。我们俩从盐井水库的工地出发。父亲本来是准备与我们同行的，因为还有一些活儿没有做完，就让我们先走，他后面赶来。天空中乌云密布，出发前，父亲用工棚里的旧塑料口袋，为我俩各做了一件简易的雨衣，还发给我俩各一个烂了边缘的斗笠，并叮嘱我们，说如果打雷下雨，切不可在树下躲避，他会在下午赶到松桃县城与我们会合。临走时，他还给我四角钱。

我们走到陆地坪的地界时，开始雷声大作，接着大雨如注。马路上的雨水横流，像小溪一样。没十分钟时间，我和麻开银就浑身湿透了。父亲给我的四角钱没有湿，因为我把它夹在腋窝里。我和麻开银在雨中走了两个小时左右，来到松桃县城杨芳路的一幢临街的旧木房，门牌号已经记不起来了。那是我的族中长辈麻绍廷的住所，他在县政府计量局工作。他见到我和麻开银浑身湿透了，就让我俩脱掉衣裤，钻进他的被窝里睡觉，而后把我俩的衣裤晾在门口的竹竿上。我们鸡爪沟苗寨进城参加考试的，还有麻绍四等，都挤在麻绍廷的一间窄小的木屋里，拼命地背诵时事政治。可能是太累了，我一上床就睡着了，直到下午五点多钟，父亲从盐井水库的工地赶到了麻绍廷家，我还在睡大觉。他赶紧把我叫醒，要我像麻绍四他们那样，抓紧时间复习。我没有听他的，起床后就和麻开银一起到平块中学看考场去了。

考试的这天，有很多家长在场外等待，父亲却没有，可能是因为他在盐井水库的活儿确实丢不开，抑或他相信我会照料自己。上午考试结束后，我走到平块中学外面的马路边，准备找个地方吃饭，恰巧碰见童代刚老师，他是木溪大队的人，在巴坳公社工作。他在平块饭店给我买了一碗米饭和一碟炒酸胡萝卜。这是我从未吃过的也是最香的饭菜，那味道至今难忘。下午考完之后，我一个人走回鸡爪沟，因为麻开银被他的亲戚接去做客了。我买了两角钱的水果糖，给家中的弟妹。这时天色已近黄昏，我就在路边拔了一根木棍，拿在手里，作为防身武器，以防途经某个寨子被恶狗或同龄的孩子欺负。这是我第一次独自一人从县城回家，心中很害怕。因为这条回家的路上，要经过好几处阴森的地方。首先是出城不远的马场，那是枪毙犯人的地方，有很多的乱坟；其次是苗语叫作 zhal gheul zhux gangd 的地方，从前是杀人的地方；还有一处苗语叫作 shangd wangx ghot 的山谷，埋葬有很多早死的人。我之所以对这些地方充满恐惧，是因为我只有 14 岁，我怕鬼。但是，我还是硬着头皮一个人走回了鸡爪沟。从此以后，我感觉自己长大了，只要有一根木棍在手，去哪里都不惧怕。

父亲在我考试结束几天后才从盐井水库的工地回到家，问我考试情况。我对他说数学应该有 94 分，政治可能及格，语文有 70 分左右。他没言语。深夜，我醒来，听见父亲和母亲悄声讨论，说我肯定考上了，我们家翻身的日子不远了。他们还计划着如何卖口粮和给我准备一口木箱等等，一直说到天亮。而我，对考上与否并不抱什么希望，照样早起上坡砍柴，中午到小河里去，用两根拇指粗的刮了皮的刺桐赶五彩鱼，找点下饭菜，下午 3 点钟后

丰收在望。

放牛。这是我能够为父母分担的活儿。

1978 年 8 月初的一天下午 2 点钟左右，我正在一处名叫 las shot 的地方放水浇辣椒地，听见有一个人在小河边大声地喊我的名字："麻勇斌——麻勇斌！"我听得出，喊我的人是一个汉族人。他可能不熟悉鸡爪沟苗寨，不知道我家在哪个角落，才大声喊我的名字。

在鸡爪沟苗寨，很少有人称呼我的学名，只称呼我的奶名。我的奶名是昌达仵，简称昌达。上小学二年级之前，我还是用昌达这个名字。不知出于什么原因，父亲给我改成了麻勇斌。麻勇斌这个名字虽然用了好几年时间，寨子里的男女老幼，照例称呼我为昌达。只有鸡爪沟之外的人，才用麻勇斌这个名字称呼我。所以，听见有人大声喊麻勇斌这个名字，我就赶紧跑下山去，看是谁找我。我的父亲也听见了有人喊我的名字，他从家里疾步出门，比我先来到小河边。我来到小河边并认出来者是巴岇乡教育干部曾老师时，他已经同父亲兴奋地说了一阵子话。他说我考上松桃师范了，区教育组叫他来送通知书并给家长报喜。寨子里面的好多大人小孩都跑到小河边来，观看我的录取通知书。我当然欣喜万分。全寨子都为我高兴。这情景，我今生都不会忘记。

考上松桃师范，就意味着我从此可以不用扛锄头把了，可以走出鸡爪沟苗寨去"吃国家饭"了。这个时候，我还不满 15 岁。一个不满 15 岁的孩子，就得到了"吃国家饭"的好处，在鸡爪沟苗寨的确是个传奇。但是，这并不是我真正走出鸡爪沟的里程碑。

我真正走出鸡爪沟苗寨，是得到松桃师范录取通知书的 6 年后，即 1984 年 8 月。这 6 年时间里，我有两年时间在松桃师范读书，两年时间在一个叫做牛场公社的扒龙小学任教，两年左右时间在鸡爪沟小学任教。也就是说，我虽然得到了"吃国家饭"的工作，但因种种原因，经过 4 年的时间，又回到了鸡爪沟苗寨。我想走出鸡爪沟苗寨，还得再次起步。

1982 年 12 月，我从扒龙小学调回鸡爪沟苗寨的小学任教。对于我来说，这是件好事，但鸡爪沟苗寨的大多数族人认为，我这是被"贬"了，弄不好还有"破碗"的可能，即有可能丢掉工作。我的父亲为此忧心忡忡。

我之所以被"贬"回鸡爪沟苗寨教书，是因为我在扒龙小学教书时，很不安心，总是想着要考大学。同时，由于年轻，自视甚高，不会与领导相处。到 1982 年报名参加高考时，被学校领导做了一点小手脚，没有报名成功，一怒之下就拿着刀去找学校领导，事情闹大了，就被上级采取措施，拘留了几个月。好在我的一切不当行为都是为了去考大学，是为了学习更多的知识报效国家，在的确非常尊重知识、尊重人才的当时，即使行为愚蠢，也是情有可原的。所以，被"释放"后，我申请调离扒龙小学，回鸡爪沟苗寨小学，县教育局很快就下文了。但是，我的名声因此很臭，回到鸡爪沟苗寨小学任教，族人就认定我是被"贬"了，不知道哪一天被"秋后问斩"，回家务农。

那时候，鸡爪沟苗寨的小学校就我一个公办教师，是唯一可以完全用汉语讲解课文的老师，其余老师，多数是我读小学时的老师，是民办老师，汉语说得不好，甚至说不全。学生们很喜欢我。所以，我虽是个被"贬"下来的老师，仍然感觉不错，根本不在乎族人的议论。同时，我不再相信父亲给我灌输的人生经验了，不再相信"忍得一时之气，免得千日之忧"的道理了，我开始秉持"马善被人骑，人善被人欺"的法则，一改过去那种凡事总是忍受、总是胆怯退让的行为方式，凡事义字当先、针锋相对。我利用假期和课余时间，苦练武、苦读书。

可能是记性很好的缘故，我读过的《水浒传》《三国演义》《聊斋志异》等等，都可以完整地重述。寨子里跟着我一起练武的年轻人，叫我师傅，帮我打柴，日夜陪伴，前呼后拥，让我很有成就感。冬天的夜很长，天黑之后，我就给他们讲《水浒传》《三国演义》等。那些故事，寨子里面的老人们从未听过，便也来听。于是，每天晚上，我家都会聚集二三十人，围坐在火塘四周听我讲故事。

每当星期六，我带领"弟子"们出去赶场游方不归，听故事的族人就会满怀惆怅和遗憾。当我再次续讲故事，问听众故事讲到了什么地方，他们都能够回答讲到了哪个情节。他们已然忘了我是被"贬"下来的，也不再议论我可能随时"破碗"了。我成了他们精神生活的一部分。因此，我的每一天都安排得满满的，每天都能够给族人带来欢笑。每家每户有喜事，都请我和父亲去喝酒吃肉。不知不觉中，我没有了过去那种感受，我感到鸡爪沟的族人很可亲、很有情。我不再感到孤独，也不再感到无助。

我再次走出鸡爪沟苗寨，与那些喜欢听我讲故事的老人没有直接关系，却与曾同我一起参加中专考试未中的麻开银有关。想来，他应是我人生的福星。1983 年初冬，他恋爱了，不是一般的恋爱，是爱得死去活来的恋爱。女方姓杨，是个汉族女孩，家在木树乡政府所在地。这个地方距离鸡爪沟有 50 多里地，鸡爪沟没有谁家在那里有亲戚，所以，麻开银的父亲找不到帮忙说媒的人，而女方给麻开银的信中说得很清楚，一场之内，即五天之内，若是麻开银没有托媒人前去说服她的父母，她就会被许配给秀山的一户人家。这些俨然古代故事的情况，麻开银说给我听，我不相信都不行，因为他坐立不安的样子实在不像是装的。

一个周五的下午，我刚下班回家，麻开银的父亲来到我家，找我商量如何解决此事。按照鸡爪沟麻氏的辈分，我应称呼麻开银的父亲为阿公。他有四弟兄，个个身强力壮，加上他又当生产队的小队长，在鸡爪沟的地皮上，通常只有别人求他，没有他求别人的。所以，他来我家求我办事，父亲非常警惕。麻开银的父亲先是骂自己的儿子不争气，被一个汉族女子弄得神魂颠倒，接着切入正题，说鸡爪沟说汉语最棒的人就是我，只有我去木树乡走一遭，才能治疗儿子的相思病。

那阵子，我刚好20岁，《水浒传》《三国演义》等名著里的英雄豪杰，都活在心中，浑身充满侠义之气。二话没说，我就应承了他的请求。他走后，父亲马上出来干涉，说按照以前的习俗，去人家的寨子，把人家的姑娘引走，人家一旦不愿意，是可以把我打死的。我根本不听父亲的说教。于是，就带上用钢筋做成的三节棍、一把匕首，在第二天早上，同麻开银一起，出发去木树乡。出发时，麻开银的父亲拉着我的手说："好孙子，就全靠你了。"我答说："阿公放心，只要我活着，阿叔就会活着。"他的眼眶里流出了两行泪。我的父亲在他旁边，也流了泪。

因为从鸡爪沟苗寨步行15里山路到长兴堡之后，就可以乘坐班车，我和麻开银当天下午五点钟左右就到了木树乡，并四处询问着来到了他的恋人家。他的恋人小杨不在家。这是我事先没有想到的。麻开银很沮丧，所以，晚饭后不久就睡了。我则同小杨的父亲在火塘边谈天说地。他是一个读过一些书的中年人。我们从"打莲花闹"谈到《水浒传》《三国演义》《说岳全传》《罗通扫北》，说到精彩处，我还背诵"有诗为证"的"诗"给他听。这样，我们俩就在不知不觉中成了相见恨晚的忘年之交。这样，麻开银的这门亲事，我一开口，他就爽快地答应了。他还说："君子寻亲不带礼。你们还带这么多的礼来。"可能是因为谈古论今很合拍，他留我和麻开银住了三天。鸡爪沟的族人都以为我和麻开银完蛋了，于是准备刀枪，邀约队伍，备了干粮，打算赶场天从长兴堡乘车前往木树乡，抢回我和麻开银的尸骨。正好，赶场天中午，我和麻开银回到了长兴堡。见到族人这番折腾，我的心里倒也十分感动。

把麻开银的这件事情办成之后，他的父亲就对我说："好孙子，我要报答你。

你说要什么，只要我做得到的，绝不吝啬。"我说："阿公，为您和阿叔做一点小事，是应该的，您不用挂怀。您知道的，我最想的就是考大学。这事可能您帮不上忙。"他说："好孙子，别的事我可能没有能力帮你，但考大学的事，我定是帮得上忙的。只要你能够考上，报名的事情，就包在你阿公身上。"我当时很不相信，他一个身在鸡爪沟苗寨的老农民，会有什么本事让我可以报名考大学？出人意料的是，这事他办成了。后来我才知道，他的一位在抗美援越战斗中结下生死友情的战友，在县教育局担任领导。那位领导听了他讲述我因考大学而遭人陷害的故事，勃然大怒。所以，1984 年夏天，我得到了县教育局的同意，与 100 多名有专科毕业证的中学教师一起，报考松桃苗族自治县人民政府委托贵州大学等高校培养大学生的班，并获得全县第二名的成绩，证明了我的学习能力，得到了贵州大学数学系的录取通知书。于是，1984 年 9 月 1 日，我正式走出鸡爪沟苗寨，融入了鸡爪沟之外的世界，并且越走越远，终于来到省城贵阳。

我虽然走出了鸡爪沟苗寨，但心并没有离开这里。除了时不时要回去看望一下那里的亲人，还时不时梦见自己在鸡爪沟苗寨，与那条清澈的小溪、与那两岸的高山、与那补丁似的稻田一起沐浴阳光，承接雨露。

作者简介

麻勇斌，苗族，1963 年 8 月生于贵州省铜仁专区松桃苗族自治县蓼皋镇鸡爪沟村麻家寨。研究员，国务院特殊津贴专家。

中共贵州省委办公厅"服务决策专家库"专家，贵州省人大常委会咨询专家，贵州省非物质文化遗产保护专家委员会专家。贵州省社会科学院历史研究所所长，贵州省黔学研究院执行院长，贵州三线建设研究院执行院长。

少数民族预科班、民族班是党和国家为加快培养少数民族地区人才而定的特殊政策措施，贵州受益匪浅。你不仅走出了大山，更是站在了高的起点，为民族文化的传承与发展做了更多有益的事。

那年，布依族妹子走出大山

黄元碧（布依族）

我 1963 年出生于贵州省罗甸县，这是贵州省黔南布依族苗族自治州管辖下的一个多民族聚居的山区县，居住着汉族、布依族、苗族、瑶族、壮族、侗族等民族，少数民族以布依族为主。我家祖辈是布依族，亲戚大多也是布依族。

初到北京（后排右三）。

三十多年前的家乡还很贫困，是国家级贫困县之一。我那时候能走出去，不是嫌她贫困，而是因为她的贫困带来的一个照顾名额，让我能幸运地进京求学。至今我仍清晰地记得 1979 年那激动人心的一幕：哥哥拆开一个白色的大信封，高高举起，惊喜地叫着："是通知书，小面（我的乳名）要去北京读书了！""真的？"妈妈、姐姐和我几乎异口同声地问，接着我鼻子一酸，喉咙一哽，眼泪夺眶而出——这消息让人也太难以置信了！

之前的一个多月，我一直是忐忑不安的。初中毕业考试结束，我就到邻寨的大姐家帮她背（照顾）娃娃去了，同时也放松一下自己，安心等待县里高中录取的消息。我心想自己平时成绩不错，进县里高中应该没有问题。突然有一天，奶奶捎来口信（那年头电话还未普及）说高校长找我有事。我不知是好事还是坏事，更多的是担心升学考试有什么问题，忐忑不安地跑到学校，来到办公室，见到校长笑眯眯的样子，自己才心安一点。高

1979 年秋在天安门留影。

校长笑着说："来了哈，这是教育局的同志，你是布依族吧，用布依话跟这位同志讲几句。"然后那位同志就用布依话问我一些问题，我逐一作答。他侧过头去跟校长讲了些什么，校长笑眯眯地对我说："是这样的，中央民族学院附中来贵州招生，要少数民族里面成绩好的。你明天上午去一趟教育局，他们会安排人带你和另两所学校的同学去县医院体检，如果体检合格，你们之中有一个可以去北京读书。"谢过校长，我马上跑回家告诉妈妈和哥哥、姐姐，他们都不太相信。第二天，他们也不和我一起去教育局，让我自己去。好在家就在城关，教育局在哪里我还是知道的，就自己去了。体检结果如何，自己也不知道。此后的等待很受煎熬，很想去北京，但是又觉得可能性不大。

当北京寄来的通知书真真切切地捧在手心的时候，那种感觉非常梦幻，很不真实，简直不敢相信是真的。那时候家乡还很贫困，想走出去的人很多，而真正能走出去的人却很少，更何况是去首都北京。"北京""天安门"这些词都是此前在课本里看到的，充满着神秘感，我很难想象自己能亲自去。记得那几年寨子里有人在北方参军，家属探亲路过北京，在天安门前骄傲地留影，让大家羡慕不已。所以，我要去北京读书的消息不胫而走，当时在县城引起了不小的轰动，亲友们奔走相告，有的还跑到家里来道贺，分享喜悦之情。我离开县城那天，高校长还特意组织母校的腰鼓队，敲锣打鼓到车站为我送行。校长此举表达了母校老师们的高兴和骄傲，更是对我努力前行的鼓励，也是对学弟学妹们奋发赶超的一种激励。

那一年我才 16 岁，在家中排行最小，从没出过远门，一下子要去北京，妈妈自然不放心，她让哥哥姐姐多打了几挑米，卖米筹集路费，送我到省城

1979年秋在北海公园留影。

班主任与同学们合影（右一）。

的舅舅家，再让哥哥送我到北京。在列车上，我要么新奇地看着窗外的风景，要么像小猫一样趴在哥哥腿上睡觉，根本不敢跟其他人说话，就这样怯生生地到了心中最向往也最神圣的地方——首都北京。

到附中报到后的那几天，我和哥哥遇到了其他同学和他们的家长，趁还没正式上课，大家一起游览了天安门、故宫、颐和园、长城等名胜古迹，然后家长们就悄悄地离开了，几乎是一夜间消失了。哥哥回到家后才写信解释说：之所以不辞而别，是因为我们还小，怕惹我们哭，怕影响我们学习。

那时的通讯方式主要是书信往来，我几乎每周都会给家里写信，哥哥也代表全家给我回信，每次都嘱咐我：要珍惜机会，好好学习。的确，进京求学的机会太来之不易了！小小年纪的我之前也曾经遇到过许多同龄人不曾经历的坎坷，让我的进京之路变得更加曲折。

那时候，父亲本来在外县工作，因他是长子，叔叔和姑姑也都在外地工作，爷爷奶奶就叫我父亲回家，与我母亲一起务农、照顾老人，没想到因此招来各种猜疑，生产队白天要他老实干活，晚上还批斗他，逼他交代问题。父亲实在想不通，难以忍受种种屈辱，就到寨子对面山坡上的一棵枫树下结束了自己的生命，那年，我才5岁。

妈妈悲伤绝望，但舍不下我们兄妹几人，带着我们艰难地生活。1974年我小学毕业，因为家庭成分问题，我没能和其他同学一样升入罗甸中学就读，而是辍学在家，可怜巴巴地看着小伙伴们高高兴兴地背着书包去上学。

罗甸中学是当时县里唯一的一所中学，对于家庭出身非常看重。一年后，一个读书比我晚的堂哥也跟我一样，止步于"罗中"的门前。叔娘有个妹夫（我们称他为姨爹）在平塘县（与罗甸相邻）的一个镇里教书，叔娘求他把自己的独子带到平塘去读中学，我妈也在叔娘的启发下，去求堂嫂把我带到其任教的偏远乡镇（离家和县城都有二十多公里）去读书。

在堂哥和姐姐的护送下，我坐班车、渡竹筏、钻山沟，爬坡上坎，翻山越岭，到凤亭中学读了一年初中。后来，我读小学的母校——罗甸城关二小办起了戴帽初中班，经校长指点，妈妈和亲戚又设法把我从凤亭中学转到城关二小初中部，又从初一读起。这样反复折腾、坎坎坷坷，1979 年我终于初中毕业了。

颐和园荡舟（右）。

还好，阴差阳错，我初中毕业正好赶上中央民族学院附属中学（现称中央民族大学附属中学）到贵州招生（我们是"文革"结束后，民院附中在贵州招录的第一批高中生），也算是因祸得福、天赐良机吧！那年贵州有 20 个名额，贵州省民委按国家要求把这 20 个名额分配到指定地区（主要照顾贫困县），让当地的教育局、学校推荐成绩较好的少数民族应届初中毕业生。我有幸得到校长和教育局推荐，被中央民族学院附中录取，顺利进京求学。

那年我们罗甸县实际上得了两个名额，被录取的除了我还有另外一位男同学。我们都是农村的布依族孩子，从未出过远门，不曾见过世面，各自收到通知书时都认为只有一个名额（像教育局那位领导说的那样），认为只有自己被录取，也就各自准备进京报到。因为我们年纪太小，他家让他父亲送，我家让哥哥送，到北京报到时才遇到，才知道是录了两个。虽然不是来自同

布依族同胞欢庆"六月六"传统节日。

一个乡镇，但我哥哥和他父亲从前因赶集而认识，见面后哥哥笑着说："早晓得是录两个，就让这两个小鬼结伴一起来算了，节约点路费呢！不过我们趁此机会来北京看看也好。"此后的三十多年，我哥哥和他父亲都没再去过北京，他们一生中去首都就那么一次。对农村人来说，专程去北京玩太过奢侈了。

到北京后，我和来自全国各地的少数民族同学们，在位于西单小石虎胡同 33 号的中央民族学院附中愉快而幸福地学习和生活了三年。那是我人生的重大转折点，命运从此改变了。

中央民族学院附属中学的前身为国立蒙藏专门学校。国立蒙藏学校成立

四姐妹毕业前留影（后排右一）。

校园合影。

于 1913 年，1918 年改名为蒙藏专门学校，是我国最早开办的民族高等学校，在我国现代民族教育史上占有重要位置。

能走出贵州，走出大山，到历史悠久的京城名校读书，用幸运、幸福等词汇来形容都太苍白无力了。老师们不仅知识渊博，还爱生如子，不仅教给学生知识，还像父母一样照顾学生的生活起居。特别是新疆班、西藏班的同学，初中就到北京来读，年龄小，汉语大多不流利，老师就牵着他们过马路，还代买生活用品。多年以后校友们返校参加校庆，都还清晰地记得那感人的一幕幕。

我在学校学到了知识，也学会了独立，学会了与人交往和沟通，和同学们像兄弟姐妹般相处。我们每天在操场上列队出操，在明亮的教室里学习知识，在浓绿的枣树下嬉戏打闹。有时穿着漂亮的民族服装参加各种活动，还曾到人民大会堂参加春节联欢活动。我还荣幸地参加了在京布依族同胞欢度"六月六"座谈会，参加了

全国少数民族青少年科技夏令营，受到国家领导人的亲切接见，还曾登上波音737飞机飞上北京上空，体验蓝天翱翔的感觉。那时，我写的一篇作文还在中央人民广播电台的少儿节目《小喇叭》中播出过。

1982年从民院附中毕业后，我和同学们都在北京"借考"，考卷邮寄回各省去改，作为户籍所在地的考生录取。我高考发挥有些失常，没能考取北京的高校，而是被贵阳师范学院（1985年更名为贵州师范大学）生物系录取。虽不理想，但也值得欣慰了，据说那年在家乡参加高考的同学，本科录取率为零。如果我留在家乡读高中，能否考上也很难说。

1986年我大学毕业，分配到贵州省凯里市第五中学任教。也许是秉承了附中老师们的敬业精神，我认真执教，积极探索，参加全市青年教师优质课竞赛获生物科一等奖。教过的学生有的已考到国家公安部担任要职。

1992年，我荣幸地调到贵州民族学院（现为贵州民族大学）工作。先后担任院办秘书科副科长、科长，图书馆办公室主任、阅览部主任、民族文化展示部主任等职。曾被评为"优秀党员""优秀党务工作者"，多次考核获"优秀"等次。曾到大连理工大学图书馆干部进修班、武汉大学信息管理学院"中美图书馆馆员高级研究班"进修学习，公开发表图书情报学学术论文10多篇。2005年，我参与了西北民族大学教授贺卫光博士主持的国家民委课题"关于云、贵、川等省民族关系的调研分析与对策研究"，研究成果获国家民族事务委员会社会科学研究成果二等奖。2008年，我晋升为副研究馆员。近几年又参加《中国少数民族设计全集》（布依族卷）、"贵州少数民族风俗风情陈列与展示"等研究项目。2015年，我独立申报的贵州省民族宗教事务委员会古籍办民族古籍研究基地项目"罗甸布依族摩经砍牛经搜集与整理"已获批立项。

中央民族学院（中央民族大学）附中82届毕业照。

光阴荏苒，岁月如梭，30多年一晃而过，当年的布依族妹子已变成了布依族阿姨。虽然没有卓越的成就和显赫的地位，但当年作为布依族妹子能走出大山，能到北京学习、生活，如今又能在民族高校工作，为各民族师生服务，做一点有益于民族的事，一直让我非常自豪。我很庆幸自己能够在贵州民族大学图书馆从事民族文化展览服务和民族文化藏品建设与管理工作，在这样的岗位上，能为贵州民族大学图书馆的特色馆藏、特色服务和维护学校窗口形象尽绵薄之力。

　　我是党的民族政策的直接受益者，我一直怀着一颗感恩的心，去探索民族文化的奥秘，为民族文化的保护和传承而不懈努力。

作者简介

　　黄元碧，布依族，中共党员。1963年生于贵州省黔南苗族侗族自治州罗甸县城关公社莲花塘二队。

　　现任贵州民族大学逸夫图书馆民族文化展示部主任，副研究馆员。

懵懂无知混时光，浑浑噩噩过日子，是那个时期许多人的常态。幸运的是，你有这么好的家庭环境。榜样的力量是无穷的，亲人的情义是无价的。愿我们青春无悔，愿剪不断的乡愁、理不清的根永远伴随一生。

我从大山走来

黄刚（彝族）

我的故乡在贵州西部乌蒙山区的一个偏远的农村，那里是一个不算平坦的坝子，方圆七八平方公里，周围四面环山。在"撤区并乡"之前，那里叫鹏程公社。坝子里有田地和土地，田地比土地略多一些，所以人们也称之为"鹏

四面环山的坝子。

程田坝"。那里煤炭和水资源丰富，又能吃上大米，因而是其他地方的人们所羡慕的公社。

故乡离区政府二十多公里，离县城五十多公里，直到20世纪70年代中期，才有一条通往公社的毛公路，每年只在征调公粮的那几天，能看到车辆来运粮，平时见不到任何车辆，出门很不方便，到过县城的人是少数，汽车是人们能见到的最现代化的东西。由于人多地少，交公粮的任务又重，人们一年到头辛苦忙碌，但很多的人家粮食还是不够吃，得靠"小季"、杂粮（如土豆、荞麦、豆角、小麦、萝卜等）等勉强度日。当然，若是家里劳动力多一些，又善于安排打算的，日子就会好一些。

公社有一所公办小学，包括戴帽初中，离我家很近。学校的老师不算少，其中有一部分是代课教师。与当时附近其他公社的小学相比，这个学校还算是不错的。

1970年，我开始在这里上学。我和大多数同学一样，上学之余还要干很多诸如割草、捡猪草之类的活儿，加上整个大环境的影响，觉得读书无用，反正都是一辈子干农活糊口，因而上学混日子，得过且过，成绩始终很差。直到1977年，全国恢复高考制度，我的生活轨迹才发生了意想不到的变化，走上一条求学立身的道路，转学，上高中，读大学，到城里工作，成家立业，到如今已将近四十年。

回首往昔，曾经的日子历历在目，却又那么遥远。当初的我，当初的我们，是怀着怎样一种决绝的态度，在艰难的条件下，离开故乡，离开父母，去追逐自己的梦想，最终走出了山村，寻找到了另外一条生活道路。如今，几十年已然过去，故乡成了他乡，往昔的日子越来越遥远。

一个个宁静的深夜，我躺在床上，闭上眼睛，过往的生活便一幕幕清晰地浮现脑海，带给我温暖的怀想和感动。于是，人到中年的我，决定用文字记下曾经的青春记忆和奋斗的路程，以作精神的慰藉和人生的纪念。

一、只信务农是命运，懵懂无知少年时

1974年至1975年，我的哥哥和姐姐先后高中毕业，虽然他们在班上成绩优异，但是，最终也只能回到农村的家中，参加生产队劳动——挣工分。每天清晨，或扛着锄头，或背着背篓，或拿着镰刀，和社员们一起，出门下地干活，无论天晴还是下雨，每天就这样重复着同样的劳动。

晚上回来，一副疲惫的样子。吃罢晚饭，各自拿了书，沉醉在那些故事或历史里，却是很少说话。也许是日子过于寡淡吧。有时，哥哥会拉起二胡，沉闷忧郁的琴声在宁静的乡村夜晚，让人感到压抑。

姐弟共同求学（右）。

母亲经常对我说："你也把书拿出来看看嘛，不懂的，问你哥和姐。你这样不爱读书，将来有啥子出息，能干哪样？"我说："他们爱读书，现在还不是一样挖土种地，有哪样用！"母亲叹息道："书中自有黄金屋，书中自有颜如玉。少小不努力，老大徒伤悲。你不听话，将来要后悔啊。"母亲是读过几年私塾的，记性又好，这样的古语能说出不少，可这些话我听不进去。因为现实的情况是，读了书的人们照样回家种地。

在日复一日月复一月的劳动中，哥哥和姐姐的情绪逐渐变化，有时显得焦躁不安。劳动之余，哥哥和生产队的老人或同龄人们喝酒、打扑克牌、下象棋，有时很晚才回家。姐姐则和同龄的女青年们探讨织毛衣、做针线活儿，有时偷偷流泪。每到这时，母亲便想法安慰他们，但转过身，自己也只能无奈地叹息。

那时的回乡青年要想有个城里的工作，大致有两条可能的途径：一是推荐上中专或大学（就是工农兵学员），毕业后肯定分配工作；二是直接推荐进工厂当工人。但这十分困难，一方面必须根正苗红，有好的家庭成分，即贫农或下中农的子弟才能得到推荐。另一方面是名额极少，全区20多万人，每年大概也就得到两三个指标，要想通过这两条途径找个工作，其难度可想而知。我们家成分不好，哥哥和姐姐也就不可能得到推荐的机会，即使想参军当个兵，也是不可能的。

于是，当每一次有谁被推荐上了大学、进了中专、进了工厂的消息传来，他们便更加失落和绝望，好多天不言不语。

过了些时候，大队办了一所民办学校，母亲和父亲去找大队长说情，姐姐终于当上了民办教师。能够和书本打交道，姐姐的心情似乎好了许多，教

当年嬉戏玩耍的地方。

书也格外的认真努力。不久，父亲托人帮忙，让哥哥也到另外一个公社去当了民办教师。

日子就这样过着，转眼到了1977年。此时我已进入了初三年级。由于长期不认真学习，此前基本上没有学到什么东西，成绩不好，颇让家人灰心，虽然还不至于放弃，但也似乎对我没有什么信心和过高的期望。家人只希望我将来做一个能够自食其力，不危害社会的人就行了。我自己是懵懂的，将来怎么样，从来没去想过。母亲曾经问过我将来干什么，我说赶马车挺好。于是，家人，尤其是母亲，对我感到十分忧虑。

如果一切就这样下去，如果时代不发生任何大的变化，那么，哥哥和姐姐可能就是一名优秀的民办教师，但是，能否一直干这个职业并不一定。而我，则有可能实现我的理想——做一名马车夫。

然而，一切都在这一年改变。这是新中国成立之后又一次发生重大变革的一年。而这一次变革，改变了无数家庭和无数个人的命运。这便是全国恢复高考制度。这是多少人多少年的期盼！

得知这一消息的那些日子，哥哥和姐姐兴奋万分，每天都在谈论着这件事情，这些年默默等待的机会终于来了，自己可以堂堂正正地参加高考了。这样的机会不容错过。他们一边教书上课，一边积极复习备考。假期中，几个表哥都到家里来，大家一起学习，探讨争论，情绪高涨，这几年来挂在脸上的愁云不见了，家里每天都充满着欢声笑语。母亲负责做饭，每天都是一副很高兴的样子。

考试结果终于等到，姐姐被省内一所大学录取了，哥哥差几分落榜。虽然有点遗憾，但这已经是天大的喜事了，农村出了大学生，而且是我们这样成分的家庭出了大学生，简直太稀罕，简直太不可思议，轰动了全公社乃至全区。我们全家沉浸在兴奋和快乐中，有做梦一样的感觉，甚至不相信是真的。姐姐的录取通知书拿到后，我们全家每个人都不知看了多少次，激动了多少回，直到姐姐去上大学了，全家才平静下来。

哥哥继续去教书，但越发地抓紧一切时间复习，考大学的决心已不可动摇。

这一年的十月，我已经在公社小学的初三年级上学一个多月了，成绩依然不佳。这时，家里经过反复商量讨论，做出一个决定，托了亲戚帮忙联系，让我转学到二十多公里外的区中学去插班上学，考虑到我的成绩太差，复读初二，当个留级生。

我们家有一个亲戚在区中学当老师，我们称他家夫妇俩为"大伯、二孃"，我就寄宿在这亲戚家里，上学很是方便。

就这样，我开始了在新环境里的学习。

二、转学成转折，笨鸟努力飞

我来到这个陌生的环境，既感到兴奋，又有些不安。这时好像突然顿悟，知道了要努力学习，要向姐姐和远处的几位亲戚一样去读大学，这成为我的目标。但是，我成绩那么差，能否赶得上？同学们会不会笑我？甚至欺负我这个外来的插班生？带着这些不安的情绪，我投入了艰苦的学习。

由于基础太差，不懂的东西很多，特别是数学和物理，觉得特别难。好在那时的老师都很好，又都是住在学校里，晚上又上晚自习，请教老师也就十分方便，老师们也都很耐心，不厌其烦地讲解，我一时听不懂的，过后又再思考回味，反复练习，直到弄懂搞明白。我成了全班最爱找老师问问题的人，但我感觉老师们反而都逐渐喜欢起我这个新生来，尤其是教数学的班主任方老师，有时间就和我探讨题目，后来还让我帮助批改同学们的作业，学校组织的一些活动如篮球比赛、五四青年节文艺会演等，又让我来负责安排节目，偶尔还让我到他那里去吃饭，可

家乡老屋。

以说对我是无比的关照。大伯和二孃也不断地鼓励我说："基础差不要紧，他们（指班上的同学）也不比你好多少，有的甚至还不如你，只要肯努力，一定会超过他们。"这些都给了我很大的鼓励和信心，我更加努力地学习。

这所中学有着深厚的历史底蕴，新中国成立前就建校，从 20 世纪 50 年代到 70 年代初，有很多外地的老牌大学生、教师被打成右派后，下放到这所学校，其中有来自上海、四川以及贵阳和外县的，大多都有很高的教学水平，也让这所中学在全县的区级中学中具有一定的影响力。其中有一位老师后来回到省城，成了全省很有名，全国有影响的书法家、作家。不过，在 1970 年以后，陆续有人离开学校回了老家，很是可惜。此时，留下来的老师已经不多了，他们代表着全校各科目的最高水平。我内心非常敬佩这些老师，也常去请教他们。

那时，大伯家的房子只有三间，每一间也就十二三平方米，也不像现在的房子有厨房、厕所（上厕所得到外面的公共厕所去）。他们有五个孩子，住房自然很拥挤。我们住的这间铺了两张床，住四个人：大伯家的两个儿子和我，还有一个也是来寄宿上学的亲戚。我们每天晚上自习回来，休息一会儿，打闹一番，或者到球场上去跑几圈，然后又接着学习，一般都要到夜里一点左右才睡觉。对面有一栋宿舍楼，住着几户老师，其中有个老师家有两个孩子和我们差不多大小，一个和我同班，一个低一年级，也是那种拼命学习的人。于是，我们睡觉前总要看看他家的灯光是否还亮着，若还有灯光，我们就要坚持再学习一会儿，他们也是这样，似乎彼此为学习较上了劲。

清晨，我总是起得很早，先挑一两担水装满水缸，然后拿着书出门，到校园外的柳树下、河沟旁、小路边学习。这时，到处都是早起学习的学生，空气清新，鸟儿叽叽喳喳地鸣叫，泥土和青草的味道扑鼻而来，十分的惬意。

黄昏，我们是要打篮球的，只要没有下雪下雨，几乎每天如此，直到汗

房前花草盛。

流浃背。有时，我们又在球场边的柳树下坐着唱歌：《都达尔与玛利亚》《喀秋莎》《一条小路》……唱歌让我们暂时忘记了课本，陶醉在歌声里。夕阳西下，远处山峦叠翠，蒙着一层晚霞的金辉，十分美丽。我的家，我的母亲，就在远山那边，此时的母亲在干什么呢？该吃晚饭了吧？这样地想着唱着，直到唱得声音喑哑，然后去教室上晚自习。

读小说是愉快的事情，但那时能借到的小说不多，记得借到过《三国演义》《林海雪原》《青春之歌》等几本小说，每晚睡觉前，我就和那位一起寄宿的亲戚睡在一头，把书放在枕头上，双手撑着下巴，共同看一本小说。看得累了，我们就由一个人读，另一个人则闭着眼睛听，轮流分工，很是享受。第二天空闲的时候，我们几个便谈论着书中的人物故事，说些感受，兴致盎然，乐此不疲。另外，还能在一位老师家借到《人民文学》和《诗刊》。印象最深的是《人民文学》上的几篇文章，如孔捷生的《在小河那边》，陈国凯的《天啊，我该怎么办》，刘心武的《班主任》，等等，当然还有其他好多文章。《诗刊》上李发模的诗歌《呼声》，也让大家争相传阅，摘抄背诵。这些小说和诗歌后来被称为"伤痕文学"，成了一个时代特有的文化符号，对一代人的心灵产生了深刻的影响。我们沉浸在那些伤感悲情的故事里，同书里人物同喜同悲，可谓如饥似渴地阅读，使学习生活更加充实，也在不知不觉中对文学产生了浓厚的兴趣。

另外，我还读了一本当时很有名的书——《天安门诗抄》，那是为纪念周恩来总理而创作的诗词合集，当时很盛行，人们争相传阅，抄录。还记得那首广为流传的诗："欲悲闻鬼叫，我哭豺狼笑。洒泪祭雄杰，扬眉剑出鞘。"这本《诗抄》我很是喜欢，看了好多遍，能背诵其中不少的诗词。

那时，学校的用电是靠一台发电机，到晚上十二点就准时停电，之后，我们只得点煤油灯看书学习。若发电机出故障，也只得靠煤油灯学习，几个人合用一盏油灯，看起书来很是吃力。但我们从未因此而减少学习的时间，有时，在昏暗的灯光下，互相看着对方鼓溜溜发亮的眼睛和被熏黑的鼻孔，还会笑出声来，

我从小生活的老屋。

增加了些许的乐趣。

冬天到来前，全班同学要用半天的时间，到两公里外的煤窑去背煤炭，储备冬天的用煤。等到冬天到来时，教室里烧了两个大大的煤火炉子，旺旺的，外面下着大雪，教室里却是暖暖的，即使不挨着炉子，也不觉得太冷。下课的时候，男女同学自然分成两拨，各占一个炉子，围成一圈烤火，有的同学把从家里带来的土豆放在火炉上烤着，慢慢地就熟了，大家便抢着吃，说说笑笑，推推搡搡，或者唱着《洪湖赤卫队》《刘三姐》《阿诗玛》《冰山上的来客》等电影里的歌曲，好不快活。有的则到外面打雪仗，雪团乱飞，人仰马翻，湿了衣裤也全然不顾，还把雪团偷偷带进教室，偷袭别人，十分调皮。

学期结束，我的成绩明显上升，已到了全班中间靠前的位置，自信心更强了。

这期间，哥哥时不时会来到大伯家，向大伯请教一些政治历史哲学文学方面的东西，为高考做准备，大伯侃侃而谈，像一个学者。大伯在新中国成立前是个地下党员，后来在县一中教书，资格很老，但后来因故被下放到这个学校。在做人做事方面，我们从大伯那里学到了不少东西。

学校食堂的饭菜十分简单。饭是纯苞谷饭，菜呢，一口大铁锅，烧开一锅水，然后把切好的白菜、白萝卜、胡萝卜或白豆腐等放进去煮一下，再把一点菜油倒进去。打饭时，给一大瓢饭，一瓢菜汤，这就是一顿了。倘若舀菜的师傅能从汤面上多舀一点油珠子，那就是十分的关照了。

印象中也吃过几次肉，是把大肥肉煮熟了，切成片儿，和白菜豆腐煮在一起，每人也就三五片，那已经很满足了。吃肉那一天的下午，大家提前得到消息，于是都十分兴奋，有过节的感觉，等到开饭时，食堂前早已排队站了好多人，轮到自己时，几乎都是眼睛盯着师傅的勺子，半玩笑半认真地说："张老师，多来几片嘛，好久才等到一回咯。"张老师也不恼，慢吞吞地说："都舀得多，够吃够吃。"

我的父亲母亲。

其实还是只给三五片，因为那肉片确实本来就不多。由于没有油水，饿得很快，等到吃饭时早已饥肠辘辘。偶尔，我也会到街上的小食铺子里去吃一碗汤面条，一毛钱一碗，用父亲平时给的零花钱。那汤面条是有肉臊子的，用的是油汤，厨师手艺也好，味道很香，虽然吃不饱，但能缓解一下内心那难以抵挡的馋。

我的同桌和我的关系十分好，他父亲是区粮管所的所长，母亲是区医院的医生，家庭条件在当时是最好的。他身上总是有钱，经常带我们到街上买麻糖（饴糖）或发糕吃，那味道真是香，即使每人只有一点点，也是十分的高兴，吃得津津有味，觉得那应该就是世界上最好吃的东西了。在那些日子里，我们都围着他转，羡慕着他的生活。我们的友谊一直保持到今天。

隔两三个星期，我就会回家一趟，没有车，全程步行走小路。这时的家里只有母亲一人，姐姐上大学，哥哥在外地教书，妹妹在县城姨妈那里读小学，父亲在区政府工作。母亲要喂猪，要参加生产队的劳动，还要打理自留地里的庄稼，每天只有到了晚上才可能歇息下来。这时，大大的房子空空荡荡，整个乡村只能偶尔听到远处传来的狗叫声，房子里更加寂静，小小煤油灯的光亮，使周围显得更加的黑暗，我会感到胆怯，而母亲永远是无所畏惧的样子，或者做一些手工活，或者煮猪食，或者躺在床上休息，看我学习，从从容容。次日要回学校，想到母亲独自一人在家，寂寞孤独，心里十分难受，但又不得不走，无可奈何。于是在心里发誓，一定要努力学习，否则，如何对得起母亲啊。

参加生产队劳动，是那时的学生必须经历的一种劳动锻炼。我们总共经历过三次。一次是在春天，学校要求我们捡拾猪牛马的粪便送到附近的生产队，作为种庄稼的肥料。我们全体同学按小组统一行动，背着小背篓，提着小锄头或小铲子，走了好远的路，到田间地头或山上，所有的眼睛满地搜寻，看到黑乎乎的干粪便，立马跑过去争抢，引来一阵笑声，并不感到累和脏，反而觉得有趣，直到把小背篓装满才回去，很有成就感。

另一次劳动是秋天，我们被安排到附近一个生产队，帮助收苞谷，这叫"抢收"，时间是三天。我们顶着烈日，努力地干活，掰苞谷，装背篓，送到生产队，一次又一次往返，很累。中午吃饭的时候，分别被安排到生产队所属的农民家里吃饭。我去吃饭的那一家，家境不好，做的苞谷饭成团成块，干硬难咽，下饭菜只有酸菜煮土豆，有一点点菜油珠子，加一碗辣椒水，没有什么味道，更谈不上什么营养。但肚子饥饿难忍，管不了这么多，呼啦啦吃下几大碗，觉得很是满足。

还有一次是参加附近生产队的"坡改梯"，背石头，砌石坎，历时一个星期，但每天只是下午去干活，上午仍旧上课。这些活儿虽然大家打小在家里都干过，但和同学们一起干，感觉自然不一样，也便成了一生中难得的经历。

1978 年，读到了两篇文章：《科学的春天》和《哥德巴赫猜想》，看到了关于科技大学少年班的报道，更加激发了我的学习热情，觉得陈景润真是了不起，那些少年大学生真是了不起，于是幻想着自己将来也会成为数学家、化学家或物理学家，学习的劲头更足了。

这一年，哥哥考上了大学，再一次轰动了十里八乡，学校的老师和同学们也会当着我的面说起这事，我心里自豪，但嘴上却不说什么。读书上大学，已经成为内心坚定不灭的信念。

每到暑假寒假，兄弟姊妹都回家，家里便热闹起来，母亲特别高兴，把所有好吃的东西都做来给我们吃，父亲也从区里带些东西回来，每次待上两三天，一家人团聚，亲戚们也常到家里来，听哥哥和姐姐说大学里的趣闻，很是羡慕。大家谈天说地，其乐融融。

在假期里，我们帮母亲分担一点家务，但不多。因为母亲总是不让，她只要我们看书学习，其他事情都不用管。因此，我在假期学习的时间并不比上学的时候少，还可以看些课外书。哥哥姐姐从学校带回来一本《红楼梦诗抄》刻印本，我十分喜欢，把里面的大部分诗词抄了下来，当时好多都能背诵，被诗中的意境和情感所打动，更能感受那些诗词的美妙。

转眼初中即将毕业，面临高中升学考试。我所就读的区中学也设有高中部，但成绩好一点的同学都想去县城读高中，那里的教学质量无疑要好得多，上大学的机会也要大得多，但名额有限，因而竞争很大。而且，当年我们中学和邻近一个区的中学合并为一个考点，这自然又增加了难度，大家都觉得结局难以预料，不免有些紧张，各自暗地里努力，抓紧最后的冲刺。

好不容易熬到考试结束，结果公布，我的成绩名列第一，顺利考取了全县的重点中学——县一中，赢得了老师和亲戚们的一片夸赞之声。父亲和母亲脸上露出了由衷的笑容。

三、步入高中，不信命运苦拼搏

1979 年 9 月，我带着喜悦和些许的不安，来到了县一中。第一感觉是：哇，这学校好大，好气派，学生好多。第二感觉是：我怎么就到这里——全县的重点中学来读书了呢？这是真的吗？就在两年多前，我还是老家那个公社小学的落后学生啊，真是恍若隔世。此时，在区中学两年苦读的日子历历在目，让人怀念。我告诫自己，不能松懈，只能更加努力，因为，这里的学生都是从全县各区和县城各中学选拔而来，都是优等生，竞争会更大，稍不注意，就会掉队。

我们住的是大集体宿舍，三十几个人住一间，既有高一年级同级同班的，也有高二各个班的，甚至还有初中的，分别来自各个区，大家基本相安无事，但偶尔也会有些小矛盾，还有很多趣事。中午和晚自习后，大家回到宿舍，开始闹哄哄地聊天，十分快乐。有的则不怎么参与，独自依在床边看书，或是休息，偶尔插上几句话，又被别人奚落几句，开些玩笑，很有意思。

食堂的伙食跟区中学的完全一样，没有区别，而且那"黄苞谷饭"据说是用从美国进口的玉米做的，粗糙，口感很差，也经不住饿。于是，每天晚上下了晚自习回到宿舍，我们便凑了钱，到旁边一家卖包子馒头的店里去充饥，每次都是用大盆装过来，热气腾腾的，散发着特有的香味儿，让人流口水。大家一哄而上，抓起来就大口食之，吃得快的，可以抢上两个，慢一点的，只能吃上一个。由于营养不够，一些同学的腿出现了轻微的浮肿。

这样的生活很艰苦，但我知道自己不能退缩，也没有理由退缩，只能坚持，只能前进，否则，我就只能回老家去修地球，或者做个马车夫了。

这是我第一次住集体宿舍，开始觉得新奇、热闹，但很快便发现，这个环境很不利于学习。毕竟人太多了，难免有不安静和不爱学习的人，自然会对别人的休息和学习造成一定的影响，只能闹中取静。

两个多月后，在姨妈的反复劝说下，我住到了姨妈家，这一住就是两年，直到高中毕业。在这两年里，我和他们一家吃在一起，和那最小的表弟住在一屋，同时出门上学，在一张桌子上学习，一起睡觉。姨妈和姨父对我的关怀无微不至，我再也没有了饥饿的感觉，使我得以有充沛的精力投入学习。

我们不得不承认，在客观上，城市和农村存在着很大的差别，有社会地位的差别，有生活环境的差别……这种差别从我们的祖辈起就存在着，从我们出生的那一天起就存在着，这是一种宿命，去评说或抱怨这种差别的不公毫无意义，我们只能用自己的奋斗，努力去改变这种差别，改变这种宿命。但是，能通过自身的奋斗去改变这种命运的毕竟是极少数，绝大多数的农村人，依然只能一辈子在土地上默默求生。

这便是我奋斗的动力。我不相信天生的命运。

那时，有的同学已经开始玩录音机，这是很新鲜的东西，还不敢当着老师的面儿玩，只是几个人偷偷摸摸地交换着磁带听歌，大多是港台歌曲，以邓丽君的居多，很神秘。这些同学大多家庭条件比较好，穿的也是时尚的衣服。而我在那时才第一次穿皮鞋，是姨妈家的二表哥送给我的一双补过的黑皮鞋，感觉真好。

学习之余，我依然爱听歌和唱歌，当时很流行的歌曲有《绒花》《驼铃》《我们的生活充满阳光》等，每天都会在学校的广播里面放，我们也会随口哼唱。到周末了，我们偶尔也会约上几个同区的同学，到郊外去玩一玩，缓解一下学习的疲劳，然后凑点钱买些菜，在某个借了亲戚房子单独住宿的同学那里，大家自己动手做菜做饭，海吃一顿，然后扯着嗓子唱起这些流行歌曲，"文革"中传唱的歌曲，以及前些年学会的《知青恋歌》，唱着唱着，竟有些伤感起来，想起家来，想起父母来，有的还流下了眼泪。

我偶尔也会看看电影，印象很深的有《戴手铐的旅客》《生死恋》《第二次握手》《庐山恋》等。那时文化生活贫乏，看电影便是最好的精神享受。少年的心，被那些爱情故事撞击着，时不时会产生一种朦胧的情愫和幻想。

县文化馆有一个图书室，那是我最喜欢去的地方。下午放学后，或者周末的下午，我总要去那里看书。夏天不热，冬天，屋里生着火炉，温暖舒适，大家安静地坐着，享受着阅读的幸福。在那里，我阅读了不少小说、诗歌、散文，陶醉于其中，因之那里也成了我眷恋的地方，若是因故几天没有去成，便会生出牵挂来，若有所失。

小说《第二次握手》热了好长一段时间，我看了两遍，心潮澎湃。主人公苏冠兰与丁洁琼曲折的爱情故事，让我唏嘘感叹。

各种新的文化信息、产品以及生活方式，正源源不断地来到我们的生活中，让人感到新奇和心动。实际上，一个崭新的时代已然到来，个体和整体，国家和民族，正在迎来前所未有的机遇。

语文老师经常把我的作文在课堂上朗读并表扬说我写作文认真，观察生活细致，用词准确，要大家向我学习。这对我是一种激励，我更加认真地对待作文，渐渐爱上了写作。同时我还养成了写日记的习惯，一直保持至今。后来的日子里，我发表过一些小说、诗歌、散文，应该得益于那时的积淀吧。特别是兴趣的形成，文学，写作，也给我的生活和情感带来了别样的快乐和体验。学习是追求梦想的唯一途径，但学习毕竟是枯燥单调的，我们也需要一些内容丰富我们的精神世界。何况，阅读也是学习的重要部分。

姨妈家的房子是草屋，有楼上楼下两层，楼上空间低矮，没有窗户，空气不流通，一间堆放杂物，另一间在屋顶开了一个长方形的口，镶嵌着玻璃，用来采光。这屋里摆放了两张床铺，我住一铺，二表哥和小表弟住一铺。楼下烧着煤火炉，那是烧水做饭必需的东西。每到夏天，屋顶是太阳烘烤暴晒，屋内是一楼火炉的热气向上蒸腾，又不通风，楼上的小房间闷热难当，我和小表弟脱光了上衣，摇着扇子，赤膊看书学习，时而清醒，时而昏昏欲睡，但始终坚持着。不付出努力的汗水，哪能轻易收获成功的果实呢？

读书期间，父亲时不时来姨妈家看我，带来一些大米、土豆、豆米、猪脚之类的东西，算是补贴我的生活之用。姨妈家孩子多，她和姨父的身体都不好，日子也不宽裕，即使已经精打细算，生活也还是只能保持一般的水平。每次，姨妈都会把我的情况告诉父亲，父亲比较满意，嘱咐我不能松懈，也要注意休息，注意身体。我们虽然没有说太多的话，但这一种关爱，对我是极大的激励。

1980 年的寒假期间，姑妈家的二表哥（二哥）结婚了，新房就在我们家的厢房里。这样安排是基于两个原因：一是他们家房子小，实在拥挤；二是考虑到母亲一个人在那么大的房子里孤单，二哥一家住在里面，可以陪伴母亲，照顾母亲。

二哥参加了三次高考，但他只上过初中，而且由于家庭条件不好，上学断断续续，偏科又很严重，只喜欢语文，因而基础较差，终究连中专也没能考上，眼见着年龄一天天大了，那几年不知什么原因，身体又不好，于是家里决定让他结婚成家"冲喜"，让身体好起来，他也放弃了再考的想法，答应结婚成家。我们知道这个决定后，心里很不好受。

姑妈家离我们家非常近，二哥从小带着我长大，给了我很多的帮助和快乐，他虽然比我大好多岁，但我们之间有着很深的交情。此时，我正满怀希望为前途而努力，他却无奈地听从了命运的安排，不再抗争了，决定在农村生活一辈子了。我知道他心里有多么的不甘和不舍，但又能怎样呢？瘦小、善良的二哥，曾经抄录过整本《新华字典》，在当地号称"活字典"的二哥，熟背《三国演义》《水浒传》《红楼梦》中很多诗词的二哥，曾经对前途燃起过热望的二哥，就这样轻轻地对自己的一生做了安排。

洞房的门框上贴着这样一副对联："良宵花解语，静日玉生香。"这是《红楼梦》中的诗句，据说是我的哥哥和舅舅家的四表哥（四哥）商量引用的。看着这对联，我想起巴金《家》里面的高觉新来。二哥性格温和柔顺，忍辱负重。

这时虽然已经不是觉新的时代了，但有些故事还是会与之有着相似之处。命运，总是会残酷地按住有些不甘却又无奈的头颅。

二哥结婚后，姑妈和小表姐（三姐）也一起住到我们家的房子里来，这样就热闹多了，有他们陪伴着母亲，父亲和我们姊妹在外也放心了许多。

开学时，我要步行十多公里到区上去乘班车，因为每天只有一班，大清早就得出发，否则赶不上。人们买车票不排队，靠力气去挤，上车也靠挤，挤不了的，就只有走路去了，步行五六个小时才能到达。那时，走得双腿麻木，躺下就不想起来。放假回家也是一样。而冬天更是困难，得走一天。倘若能买到车票乘车上学或回家，那自然是最幸运的事情。有时候我们会在路上扒货车，这虽然有点危险，但大家互相帮助，好几次都成功扒上去，省了好多力气。为了求学，为了实现心中的追求，这些苦又算得了什么呢！

每次回到家里，母亲总是热了水，让我洗脚换鞋，口里一边念着："可怜，可怜，脚都肿了。"到了吃饭时，母亲端上香喷喷的腊肉、香肠和其他小菜，我便狼吞虎咽，大快朵颐，心里生出一种踏实而幸福的感觉。

有几次，我回到曾经上学的区中学去看望老师，他们很高兴，总要介绍一些学生来与我认识，不住地夸赞，说我当初如何努力学习，如何后来居上，要他们向我学习，弄得我很不好意思。在此期间，哥哥姐姐时不时地给我写信，问我学习情况，说些为人处世的道理，鼓励我努力学习，增强了我的信心。

时光匆匆，转眼间，两个春夏秋冬过去，高考就要来了。我们既兴奋又紧张。还在高一的时候，我们就关注了当年高二毕业的学生中，谁考取了外省的学校，谁考取了重点大学，心里十分羡慕，各自都在掂量着自己的能力，到底能考什么样的学校，毕竟，首先是要保证考取，那时的录取率很低，大多数人是不敢保证一定考取的。

到了临考的那几天，大家反而放松了心情，每天除了上课外，基本都不怎么看书了，而是约着去打球、散步，去图书馆看小说杂志，或者看电影，晚上休息也早，表面上已经提前轻松了，其实是外松内紧，谁知道结果会怎样呢？

考什么学校呢？家里反复商量，要我考中医学院，学中医，说医生好，受人尊敬，"天干饿不死手艺人"。我也觉得这个好。1975 年到我们家插队的那个知青就是考的中医学院，77 级的，几次回来说起学校的生活，是那样的浪漫多彩，高雅有趣，让我羡慕不已，恨不得立刻就融进大学的生活。

考完试那几天，有一种莫名的空虚和失落感，每天打打球，到同学家去听听唱片，到附近的山上去走走，打发时光。等到分数下来，果然是上线了，无比的高兴，经过与家人反复斟酌，填报了志愿。然后就收拾简单的行李，回到家里等待录取通知书。这时的心里，已是踏实的感觉。

四、上大学，怀揣乡愁追梦想

在等待录取通知书的日子里，我每天和二哥、二嫂、表姐一起下地干活，割草、种荞麦、薅苞谷，太阳当头，晒得人头昏脑涨，疲软乏力，口渴难耐。躺在树荫底下闭目休息的时候，我的耳边响起二哥经常在清晨起床时慢悠悠朗诵的声音："滚滚长江东逝水，浪花淘尽英雄。是非成败转头空。青山依旧在，几度夕阳红……""恰如猛虎卧荒丘，潜伏爪牙忍受。不幸刺文双颊，那堪配在江州……"一会儿又是"花谢花飞飞满天，红消香断有谁怜？游丝软系飘春榭，落絮轻沾扑绣帘。一年三百六十日，风刀霜剑严相逼……"这些诗词，我最早就是从他那里接触到的，他还抄写给我，好多内容我都能够背诵。此时，躺在旁边的二哥已经呼呼大睡，他也累得不行了。

四年多没有正经参加劳动了，已经不太习惯，手掌磨出了泡，但我坚持着，什么也不说。我知道，我就干这些日子了，等到通知书来，今后就是上大学，在城里工作，而他们——看着我从小长大的姑妈、表哥表姐们，要在这里干一辈子，每一天每一月每一年都会重复这样的日子，他们的苦和累向谁去说！说了又有什么用啊。我不知道他们那瘦小的身躯，将怎样在未来的几十年里承受生活的艰辛和重压。因此，我没有什么理由叫苦叫累，只感觉到一种不可抑制的心酸。为什么，为什么这个世界上，有的人只能在土地上，在日晒雨淋里谋生！

终于，录取通知书来了，录取学校是"贵阳中医学院"。我成了我们家的第三个大学生，周围的乡亲们都很羡慕，有的还到家里来看望祝贺。这一年高考，我们班将近五十名同学，考取本科的不到十人。

之后，我又回到县城的姨妈家，一是和姨妈一家人告别，表示感谢；二是再次收拾我的东西，因为不用复读，也便不用再留下东西了。几件衣服，一个小木箱，更多的是书籍和成捆的作业练习本，要留作纪念。

坐在楼上那间依然闷热的小屋里，感慨良多。在这里，我奋战了多少个日日夜夜，苦苦思考，解题作文，有做题遇阻的郁闷，也有破解难题后的快慰，春夏秋冬，假日节日，从未停歇。姨妈一家对我关怀照顾的种种细节，特别是姨妈在经济拮据的情况下在生活上所做的精心安排，父亲隔些时候便来看望的情形，我和小表弟同住一屋的好多趣事，所有这些，一幕幕仿佛就在眼前，那么温暖，让人难忘。如今，我就要离开这个小屋了，中学时代也就此结束，迎接我的将是一片新的天地，那是我向往已久的地方，我将开启新的生活，但，我又为何产生了如此强烈的眷恋啊！

姨妈做了丰盛的菜肴为我送行，她的高兴溢于言表，却又不停地流泪，她舍不得我离开。姨妈是从小最关爱我的人，20世纪60年代末她还未结婚之前，就是在我们公社的小学教书，学校离我们家很近，她经常来家里，和母亲聊天，她们两姊妹亲密无间，无话不说。我也经常去学校玩，然后就在她那里吃饭，她几乎是把我当作自己的孩子一样对待。后来她结婚去了县城里，每年也要来我们家一趟，并带来一些好吃的东西。她和我们家一直保持着极其亲密的关系，始终关心着我们兄弟姊妹的成长。如今，姨妈和姨父身体不怎么好，都有心脏病，因而可能会有更多的想法吧。我安慰姨妈说，我将来就是医生了，身体的问题不用担心，我来负责。姨妈开玩笑说，她和姨父的心脏病就等着我来治了，又说："不过啊，你要读几年书，要我们等得了才行。"

大学毕业后，我分配回县中医院工作了两年，又在姨妈家搭伙吃饭，继续得到姨妈的关怀。这是后话了。

回到家里，开始做上大学的准备。舅舅家的四表哥（四哥）会做木匠活，他是老三届的初中生，1978年考上地区师专，在当时也传为佳话，此时他正好毕业，正等待分配工作，他来到我们家，对我在高中用过的小木箱进行修改——把四边加高，重新刷漆，就成了一个较大的箱子，很实用。很快，一切准备就绪。虽然简单，但我已十分满足。

由于我是第一次去省城，又带着箱子铺盖等好多行李，一个人根本不行。于是，就请二哥送我去上学。

临行那些天，我心里既有些兴奋，又有些担忧，主要是担心母亲，不忍离开。在几十年操劳的重压下，母亲的背佝偻了，脸上有了许多皱纹，头发大多已经花白，而此时，孩子们一个个都意气风发地上大学去了，父亲在区里工作，也只能隔三岔五回家一次，这样就把她孤零零地留在家中。她为我们自豪，精神上有着成功的慰藉。在那动乱的年代，在那个农村人上学基本是可有可无的情况下，母亲宁愿自己千辛万苦，也坚决要求我们姊妹读书学习，于是才有了我们的今天。但我们却不得不离开她，让她承受独处的寂寞。想到这些，我泪湿枕头，几乎每夜都是很晚了才入睡。

那些天，我们和姑妈、二哥一家在一起吃饭，算是庆贺，也是用这种热闹的方式为我送别。母亲为我做了腊肉油辣椒，用一个大瓶子装了，散发着香味，那是我最喜欢吃的东西。

出发的那天早上，父亲、母亲、姑妈、三姐以及相邻的几位乡亲一起，送了我们好远，并帮我们背着铺盖和大木箱。大家慢慢走着，说了好多的话，要我注意安全，和同学好好相处，遇事多想想，特别要我好好学习，说将来谁要是有病了，要靠我给他们解决。还开玩笑说，以后可能要叫我"老中医"，引得大家笑起来。

送了一程，他们便返回了。望着他们走走停停的背影，我心里生出一种惆怅又酸涩的感觉来，泪水模糊了我的双眼。他们陪着我长大，给了我太多的关怀和扶助，慰藉和快乐，如今，我却不得不离开他们，去追寻我的理想，我的生活。此刻，我第一次觉得周围的山川是那样的美丽，满坝子金黄的稻谷犹如一幅巨大的油画。朝霞冉冉映天边，清风悠悠拂面来。早出放牧的乡民唱起了悠扬的山歌，各种鸟儿的叫声此起彼伏宛若轻快的音乐。这是我的祖辈生活的地方，这是生我养我的故乡啊！我在心里说，无论我走到哪里，无论我走得多远，这里都是我的根，我会记住这里的乡情，这里的山山水水，这里的一草一木。

擦干眼泪，我背了铺盖，二哥则背了沉重的大木箱，开始远行。我们当

我们一大家（后排右三）。

天要步行三十多公里，到我的二舅家住一夜。二舅家附近有一个较大的国防工厂，那里每天有一班到省城贵阳的班车。天气炎热，汗流不止，边走边歇，遇到路边有水井或山泉时，便海喝一顿，精神便会好一些。路上时不时有货车飞驰而过，尘土漫天飞扬，我和二哥只得闭上眼睛站在路边，等灰尘飘散后才又继续上路。

黄昏时分，我们终于到达二舅家，浑身疲乏无力，灰头土脸，双脚起泡，双肩红肿。

二舅一家对我们热情款待，烧了热水给我们泡脚，然后吃苞谷饭喝土酒聊天拉家常，直到困了，方才睡去。

次日一大早，我们赶到附近那个工厂，买了车票，顺利地登上了去贵阳的班车。汽车老旧，马力不足，道路又十分的差，经过六七个小时的颠簸，终于到了贵阳汽车站。那里有中医学院安排专门接新生的汽车，于是我们顺利地来到了学院。报了到，安排了宿舍，稍作休息，我们到街上去买些洗漱用品。之后，我们在校园外的小馆子里吃饭，菜很简单，却很香很香。当夜，我和二哥就挤在宿舍的小床上一起睡觉，太累了，倒头便呼呼大睡。

第二天，送二哥乘车回家。我开始了大学的生活。

那时，哥哥和姐姐也还在贵阳读大学，我们兄妹三人经常见面，有时他们来看我，有时我去他们学校。他们班上同学年龄相差较大，小的二十来岁，大的则已经结婚，经历也多得多，听他们聊天，有不一样的感觉。

又过几年，妹妹也考上了四川一所大学。我们都了却了父母的心愿，也为自己找到了一条不一样的人生道路。

大学的学习，比高中轻松很多，没有了压力，过得快乐又丰富。我们振奋于"第三次浪潮"，初识计算机语言；我们唱《一支难忘的歌》《年轻的心》《在那桃花盛开的地方》《那就是我》，也唱《爸爸的草鞋》《垄上行》《酒干倘卖无》……走廊里每天都飘荡着我们的歌声；我们跳交谊舞，用"饭盒录音机"播放音乐；看电影《知音》《牧马人》《茜茜公主》《苔丝》，我们被深深打动；看《少林寺》《武当》，我们在清晨和晚间压腿蹲马步玩套路。西装搭配牛仔裤，是时尚的符号。诗歌和哲学在校园流行开来。爱情和青春一起成长，每个人的情感世界都隐藏着不为人知的秘密。

在那里，我叩开了祖国医学的大门，走进了神秘的中医王国，从初学到入门，从熟悉到运用。

图书馆依然是我最常去的地方。

每个假期，我们兄弟姊妹回到家里，陪伴母亲，享受一段团聚的快乐时光。

读书期间，父亲经常给我写信，告知他和母亲的情况，每月按时寄给我二十元生活费，加上学校的补助，虽不宽裕，但节约一点，完全没有问题。书信，是我和父母亲之间最温暖的交流方式。

转眼五年过去，1986年7月，我大学毕业了。带着不舍，带着留恋，我被分配到老家的县中医院工作。领到第一个月的工资时，很是高兴，我终于可以养活自己了，可以给家里减轻负担了。我用了一大半工资给父亲买了一件当时时髦的呢子制服，看着父亲穿起衣服精神的样子，内心生起一种自豪。

工作期间，我在姨妈家搭伙吃饭，每天都陪伴在姨妈身边。两年后结婚，调动到妻子所在的地区去工作。父母亲后来随我们在城里生活，安享晚年，无忧无虑。

从大学毕业算起，至今已三十年了。而今，蓦然回首，那些读书的日子历历在目，是那样的亲切，那样的温暖。时光渐行渐远，但却抹不去心底的美好记忆。随着岁月的流逝，我们从青涩走向成熟，从青年步入了中年，青春留在了过去，皱纹爬上脸颊。我们有了孩子，孩子正拥有着和我们当年一样蓬勃的青春，这是生命的更迭，是自然的规律。

青春和那些辛苦而又快乐的读书生活已经离我远去，同时离去的，还有我的亲人们——给过我最伟大关爱的亲人们，给过我很多快乐的亲人们，给过我很多包容和帮助的亲人们：母亲、姨妈、姨父、姑妈、大伯、二嬢、二哥、四哥……他们是我生命中的贵人，他们的人生谢幕了，我们之间那些曾经有过交集的日子，再也无法共同回味，只能成为我和活着的亲人们的美好记忆。

"多少年以后，如云般游走，那变换的脚步，让我们难牵手，这一生一世，有多少你我，被吞没在月光如水的夜里，多想某一天往日又重现，我们流连忘返……多少年以后，往事随云走，那纷飞的冰雪容不下那温柔，这一生一世，这时间太少，不够证明融化冰雪的深情……"人生永远向前，不可重来！

如今，我每年至少要回一次故乡，老屋沧桑依旧，熟悉的人渐渐减少，陌生的面孔渐渐增多。城市建设，机器轰鸣。小河干了，水塘浅了，不闻蛙鸣，不见牛群。柏油路纵横交错，汽车往来奔驰。今日之故乡，已辨不出当年的模样。然而，事物的变化改变不了我们浓浓的乡情。每次回老家，我们都要和亲朋好友在老屋里喝茶聊天，吃饭喝酒，引吭高歌，回忆曾经共同经历的往事，享受如今的快乐。

我常想：假如当年不曾考上大学，留在故乡，今日的我们，会是一种什么样的生活状态呢？我无法回答，因为那将会有多种可能，更何况，社会发生了多大的变化啊。人的一生，谁又能够预料！

能够肯定的，是那一年那个初夏的高考，为我开启了别样的人生。从那时起，我便离开了故乡，成为城里人，把当初的梦想变成了现实，享受着现代化的生活，当然也承受着工作的压力。故乡对于我来说，更多的只是一个概念了，因为重要的人已非，大多的物已非，昨日之故乡便只存在于记忆中了。如今，那些温暖而又苦涩的经历已经远去，我只有在梦里，在深夜不眠的回想中，一次次重温往昔的日子，那春的杜鹃，夏的朗月，秋的稻穗，冬的飞雪，还有那长年袅袅的炊烟。于是，常常觉得自己是一个无根的人，故乡已不属于自己，在如今的生活之地，自己又是个外乡人，哪里才是自己的归宿呢？

我们这一代人通过自己的努力，从农村走入城市，既有奋斗的成功，也有别人不知的失落。我们有剪不断的乡愁，我们有许多情感的牵挂，我们要重新寻找我们的根。当然，我们也成了对社会有所贡献的人。

有人说，喜欢回忆是衰老的标志，但自己又不承认老了，按照现代科学关于年龄阶段的划分，自己也的确离"老年"还有些年头。因此，我宁愿相信自己对往事的回忆是源于内心的真情，源于对曾经那些岁月的眷恋，源于对如今生活的珍惜。

在大学毕业三十年之际，谨以此文
献给我已经逝去的青春！
献给我已经故去的亲人们！
献给我如今正健康快乐生活的亲人们！
献给我的已故的和健在的所有老师们！

作者简介
黄刚，彝族，1963年10月生于贵州省毕节专区大方县，中共党员。现任六盘水市钟山区人民医院副主任医师，党委书记。

又是民族预科班的受益者。还是用你自己
的语言来描述那难忘的岁月吧——华灯初上
时，我们曾漫步长街，畅叙理想；灯火阑珊处，
我们曾埋头苦读，心怀远方。

华灯下的小石虎胡同

韦族安（水族）

在北京热闹的西单北大街南段，有一条小小的胡
同，名为"小石虎胡同"（旧称"石虎胡同"）。北
邻西单商场，南边不远处就是西长安街。小石虎胡同
33 号院，中央民族学院（今中央民族大学）附中曾坐
落于此。在这个院落，我度过了难忘的青春岁月。

小石虎胡同 33 号院，说起来还颇有来历。在明代，
为"常州会馆"。清初，是吴应熊（吴三桂之子）的"驸
马府"。驸马府被没收后，成为"右翼宗学"之所在。
清代八旗分为左、右两翼，左翼是镶黄、正白、正蓝、
镶白四旗，居京城的东半边；右翼是正黄、正红、镶
红、镶蓝四旗，居京城的西半边。雍正二年(1724 年)，
朝廷在东城、西城分别开设左、右两翼宗学，以培养

1979 年到中央民族学院
附中上学后赴王府井"中国照
相馆"青葱岁月的留影。

宗室子弟。据考证，曹雪芹曾在右翼宗学当差，或许正是在这里开始构思他
的巨著《红楼梦》。院里有一棵古老的枣树，人称"京都古枣第一株"，周
汝昌先生说，它应该"见过"曹雪芹的。1913 年，蒙藏学校建立；1916 年，
蒙藏学校迁入西单石虎胡同 8 号院；1918 年，蒙藏学校改称"蒙藏专门学校"。
1923 年，乌兰夫等蒙古族子弟来到蒙藏专门学校就读，并从此走上革命道路。
1932 年，蒙藏专门学校购买了紧邻的 7 号院（当时是松坡图书馆二馆之所在），

京中古枣第一株。

并拆除围墙，两个院落合为一体。松坡图书馆（位于北海公园"快雪堂"）是梁启超先生为纪念蔡锷而建议设立的，设在石虎胡同7号院的二馆主要存放外文图书。徐志摩留学归国后，就曾住在7号院，后经胡适、蒋百里推荐，担任了松坡图书馆外文部的英文秘书。在7号院，徐志摩发起了周末聚餐会，每两周聚餐一次，梁启超、林长民、胡适、陈西滢、梁思成、林徽因、林语堂等是周末聚餐会的常客。1924年春，徐志摩在住所的墙上挂了一个牌子，上书"新月社"三个大字，新月社就此创立。1951年，国立蒙藏专门学校改为中央民族学院附中。"文革"期间，民院附中停办，改为"北京市160中学"；1978年，民院附中复校，并面向少数民族地区招生。10年后的1988年，民院附中不得不告别这所古老的院落，迁至西郊继续办学。小石虎胡同33号院变成了花花绿绿的"民族大世界"，成了小商品市场，400多家商户入驻。2013年，小石虎胡同33号院作为"国立蒙藏学校旧址"列入国家级文物保护单位，开始清场、修缮，以待来日。

　　1979年国庆前夕，还懵懵懂懂的我，走进了这个校园，开始了进京求学生涯。

　　小学与初中，我都没有离开过本乡本土——三都县坝街人民公社。

　　小学虽是村小，却也是一所完小（即坝辉小学，有一至五年级），人数不算多，好像也就一百多人的样子，只有几个教师。学校就办在我们寨子里，学生来自本生产大队的各个村落。学生不住校，全部走读。离学校较远的村落，步行要一个多小时。所以，上午往往10点左右才敲钟上课，下午4点左右就放学。关于上下课的时间，好像凭的是感觉，也不记得学校里有没有时钟，也许老师有手表什么的吧。我的同学们那份栉风沐雨赶路的辛苦，我不曾经历。因为学校就在家门口，放了学，顺着一个斜坡，一溜烟就可跑回家。凌乱斑驳的记忆里，早读，打球（篮球、乒乓球），游泳，学农，停课闹革命，文艺会演，是小学阶段最具色彩、最有分量的活动。最幸福的感觉是对中午放学的盼望，因为妈妈早已做好了酸汤饭，放下书包就可美美地饱餐一顿。

妈妈用南瓜条煮成酸汤菜，白米饭就酸汤，我可以吃上四五碗，真是人间美味。五年小学，这是我至深的记忆。

　　回想起来，小学阶段上课前每天的早读，为我今后的学习打下了良好的基础。要等周边村子的同学基本到齐老师才开始上课，等待的这段时间我们本村寨的学生在干吗呢？早读，放声朗读，反反复复地读，反正有的是时间。那时，我们琅琅的读书声，证明了这是一所学校，是这个村子的希望所在。张世久老师用柳体字所抄写的生字表，笔力刚劲，贴在教室的后墙上。读大学回家时，我还专门跑去看过，那时学校已搬迁，房子已卖给私人，空空如也，但生字表依然如故，孤独而又顽固地黏在墙壁上。其实，它以更加顽强的生命力凝固在我们的头脑里，岁月依稀，历久弥新。在那些挑着农具经过的村姑的眼里，这是一个神秘而新奇的地方，每每经过，总投来几分艳羡的目光。

　　恍惚间，小学毕业了，那是 1976 年。那年，坝街小学附属中学成立，我们成了她的第一届初中生。只招了一个班，有三十多人，全部住校。坝街小学初中部草草成立，其实还没有做好各方面的准备。没有宿舍，用教室代替；没有教师，从小学部抽调；没有实验室，也就不做实验了；没有自来水，我们轮流到河里去挑（路也是我们自己挖出来的）；没有柴火，自己上山去砍；我们还要种菜，当然不够吃，同学们还需从家里挑菜来交给学校（折算成菜金），不足部分再从市场上买。

　　那时的学生生活无疑是清苦的，但在我们这些少年的心里，却好像处处充满了阳光。那是一种纯粹的属于青春的快乐，蓝天绿水，自由的阳光洒满大地，一群少年在自然的怀抱中嬉戏、学习、成长。那时，学习从来不曾是压力。学校有良好的学风，我以为，那主要得益于我们有一个好校长——罗胜荣主任（他又是革委会主任）。当时各公社的中心校都办了初中部，罗主任是铆足了劲要争个高下的。记得刚上初一时，我们的语文课由吴兴豪老师来上（他是学校的教导主任，也一直是我们的语文老师），数学课由罗主任上。到现在我还清晰地记得，英文的 26 个字母是罗老师教我们读的，包括那首字母歌（三年初中，关于英语的知识也就到此为止，学校是不开英语课的）。大约是初一下学期，数学老师换成了杨光才老师。这在小小少年的心里，自是欢喜的，因为杨老师比我们大不了几岁，还喜欢和我们打乒乓球，且球技不错。我和杨老师打乒乓球，说起来还得往前推一两年，因为我们来自同一个村子（坝辉村）。他是三都中学的高中毕业生，据说本来是要保送到中央民族学院读大学的，只是因为母亲舍不得，所以作罢。回乡，暂时又无事可做，所以就有大把的时间和我们小孩子打乒乓球。在那苍茫的岁月里，换一个老师，实属平常；但于我而言，命运好像在那一刻悄悄改变了轨道，有了新的指向。那些年，不知不觉间，我们学校来了好几个返乡知识青年（作为代课老师），他们可都是本公社的一时之选。我至今不清楚他们是怎么来的，但罗主任的爱才之心应该起了相当大的作用。他们的到来，改变了我们学校。

保定实习留念。

大约是我刚上初三的时候吧，都江区（下辖7个人民公社）组织初中生数学竞赛，开榜后，前三名全被坝街小学附中包揽，一时引起轰动。我们学校一共也就派了三个人去参赛，谁曾想，前三名全被拿下，可谓风光无限。我顶着冠军的头衔，在全区一时也成了"名人"。之后，在我们毕业前全县进行了一次统考，我又拿了一个语文"优秀奖"（据说都江区获得优秀奖的寥寥无几）。奖品是一个军绿色挎包，包上印有"优秀奖"三个大字。这个挎包后来随我一路"招摇"到了北京，一直在用，有时还引来几分艳羡的目光——那时在京城，谁会想到这只是一个遥远的少数民族地区的县教育局颁发的呢。

不知不觉间，迎来了1979年，我初中毕业，国家也刚刚改革开放。

没有任何悬念，我和一帮同学一起考取了县城的高中。我们那一届共招四个班，我被编入高一（4）班。到县城读书，我觉得一切都很新鲜，可喜的是仍可以到河里游泳。有一个河段是属于我们学生的，我们尽可以在河里撒欢，挥洒我们的自由与快乐。学习嘛，其他的都按部就班，只是听不懂英语课。因为用的是"高中代用课本"，不是从ABCD开始，老师一上来就直接讲课文。老师说，初中应该开有英语课，所以我们不从零开始。听起来也挺有道理的，县中毕竟是省级重点中学，就应该有重点中学的样子，我们这帮乡下孩子好像走错了地方。不懂音标，用汉字注音呗，有什么了不起的，好多同学都是这样。还记得自己对于"How are you"这个句子的结构不是很理解，问老师，老师说"are"是系动词。什么是系动词？无数个问号在脑中盘旋，又不好再追问下去。对于我们这等差生，老师好像也不寄予多大期望。我在县中上了大约四个星期的课，英语对于我来说始终是"天书"，我对于英语来说或许也是一个"天外来客"吧——"我见青山多妩媚，料青山见我应如是"。但咱有朗读的好习惯。可气的是，有一次居然有同学问我"你在读什么"，我当然是在读"英语"。

转机来得如此突兀，幸运之神再次向我招手——北京寄来了录取通知书，是中央民族学院附中的录取通知书。

一天，教务处的一位老师找到我们班，问谁是韦族安，说是接到上级通知，可能要去北京上学，赶紧去办有关手续。其实，那时也还没有最后确定，因为一起体检的还有另外一位同学。不过，很快便落实下来。后来听说，初选时共有16人，我是第16名，不知什么原因，附中最终选择了我。

这突如其来的消息着实让人忙了一阵。急着要照片，我没有，照相馆已关门，记得还是姐夫托了人找到县文化馆的王何以老师，请他帮的忙。起初，王老师感到为难，因为他手上的相机不适合照这种证件照。我也没有合适的衣服，还是姐夫从他兄弟那里找来一件平领衬衣让我穿上，大是肯定大了一些，照个半身相也还凑合。户口要迁移，要交纳一年的口粮，家里要为我准备一些衣服、被褥，等等。那时从老家到县城还没有通车，只有一条毛坯公路，全靠步行。姐夫带着我，就那么来来回回地走，也不知走了好多趟。路途不算太远，也就四十来公里，但在我的印象中，感觉好长好长，走了一程又一程，眼巴巴地望着，县城却还很远。9月份的三都，太阳还是那么明晃晃的，我和姐夫就那么顶着烈日走啊走啊，渴了，就喝山上流下来的泉水，累了，就在阴凉处歇一歇。其实，行走在都柳江峡谷间，一路风光挺美的，但那时，除了感觉累，还是累，当然还有一个少年对明天的朦胧的期许。

大学时代。

那时农村很穷，农民还很苦，为我准备进京盘缠的父亲可犯了难。听说大伯家刚杀了一头猪到乡场上去卖（那时杀猪去卖也要有指标才行），于是父亲带着妹妹赶了十几里夜路去借钱，父亲还变卖了奶奶陪嫁的一些银圆。这些都是我大学毕业多

在附中庭院里。

大学毕业合影（后排左三）。

年后才知道的。因为父亲总怕我分心，担心家里，不能集中精力学习，所以他什么也不告诉我，在信里也从来不曾提及。

带着几分懵懂，几分兴奋，就这样告别了父母，告别了故乡。跟着一位老大哥一起在都匀上了火车，他是中央民族学院干训部的学员。买的是站票，一路将就着，直到河南漯河。

走出北京站，回头望，一派富丽堂皇；街道真是宽阔，摩托车一溜烟飞驰而过，留下的只是一个远去的俏丽的背影；阳光下的天安门城楼，和电影上看到的一模一样，瑰丽雄奇，不差分毫。

附中的学习氛围很适合我，我很快适应了新的学习生活。

附中实行半军事化管理，生活、学习都有老师管，而且很严格。早上6点打铃，开始早锻炼，不管春夏秋冬。男生大多是沿着西长安街跑步，开始时，跑到电报大楼就折返；跑着，跑着，越跑越远，一路向东直到天安门，有时甚至绕人民大会堂一圈，再跑回学校。有的同学甚至沿着复兴门内大街往西跑，一直跑到军事博物馆才折返。早起跑步的习惯伴随了我很多年，直至大学毕业。那时，只有到了周末，我们才能走出附中的校门，而且还必须持有班主任的放行条才行，看大门的老师傅是毫不通融的，摘下老花镜端详半天才威严地点一下头，意思是你可以出去了。说实在的，我们当时都很讨厌这条规定，说附中就像半个"监狱"。现在回想起来，其实获益良多。它让我们学会了自律，这可是人生的第一宝藏。无处可去，大家只能腻在一起，同学之间增强了友谊，让我们亲如兄弟。至于学习嘛，老师总在后边"赶"着，从扫除不及格开始，到要求我们写下"决心书"，坚定地大踏步向"全优"进军。

　　"关"在这么一个大院里，除了学习其实也没有什么别的事可做。学习普通话是第一关。高一时，我们都不喜欢说普通话，也说不好，一下课，西南西北的同学"各自归队"，都喜欢用家乡话聊天。班主任王良明老师发现了我们的地域性"扎堆"，遂加以阻止，很快见效。我们的普通话渐渐上口，虽然也不怎么标准。为了学好拼音，我可下了苦功，把《新华字典》翻遍，常用字的读音基本了然于胸。大学时，曾和京籍的同学比赛，任选一段报纸上的文字来注音，我可以小胜——这是附中三年打下的基础。

　　我们是高中生，但英语课使用的是初中课本，从字母开始学习。邱永仪老师非常重视"读音"教学，从音标、单词直至句子，一点一点地纠正，我们也就一天一天地进步。这种潜移默化的影响，于我而言好像获得了某种"印刻"式的记忆，虽然当时并无此自觉。那个年代录音机还是一种奢侈品，穷学生只能望而却步（学校是有的）。离开附中后，我到了北师大，并读了研究生。记得上专业外语课时，老师是刚从美国进修回来的两位教授。杨先

青春岁月。

回母校与老师合影（左）。

2009年携家人与瑞年相聚于深圳（左一）。

生上课，总喜欢让我站起来读一段，我也只好硬着头皮应付。不明白的是，干吗老叫我读呀，心里隐隐有点"烦"。有一天，杨老师突然问道："韦族安，为什么你说英语像美国人？"我愣了一下，无以应对。回头一想，那是附中邱老师给我们打下的功底，真是受益匪浅啊。

数学一直是我喜欢的学科，甚至一度着迷——着迷于它的简洁，着迷于它无与伦比的形式美，还有那变幻无穷的奥秘。有一件事至今难忘。那时我们有好些同学都喜欢挑战数学难题，有一次，遇到一道立体几何题，很难，三个同学决心求解，都有一股不服输的劲儿。日思夜想，三天过后"尽开颜"，我们都各自找到了答案。他们说，还是我的解法更简捷些。解几何题可能真是我的强项。多年后听学弟说，林老师还曾批评他们：亏你们还是理科生，解几何题还不如韦族安一个文科生。其实，那是因为我找到了一把"密钥"。当时，西单好像有四家书店（新华书店、外文书店、科技书店、中国书店），都离我们学校不远，都是我爱逛的地方。有一次，看到一本《初等几何》，记得是一位大学教授的专著，随便翻翻，立即被它吸引，深入浅出，奥妙无穷。印象最深的是，教授指出：中位线定理的运用在几何中无处不在，只是我们往往忽略了。他说，有中位线要用，没有，创设条件找出中位线。你别说，这一招真灵！佩服，不愧是大学教授。经他这一指点，我解几何题的水平真

2011 年 11 月校友座谈会留影（前排右三）。

可谓"突飞猛进"。数学，于我而言是由喜欢而沉迷，由领悟而获得"自由"。进入高三后（我们是改革开放后的第一批高中三年制学生，记得是北京、上海首先试点），我们文科班的数学老师经过几次试探后，说："你不用上数学课了，我所讲的，对你来说都是重复。"我赢得了自由，失去的是"熟练"，高考时手生了，数学没有发挥出应有的水平。

附中三年，自由阅读给我造成深刻影响，决定了我的选择，甚至可以说在某种程度上也决定了我的命运。大约在高二的时候吧，隐约中我发现了课本（主要是文科类）的不足，而老师却从不敢越雷池一步。人生是如此丰富，既有酣畅淋漓的欢乐，也有痛彻心扉的哀伤，但在课本中，生活的色调好像总是阳光灿烂，高尚与卑鄙总是泾渭分明，理想的风帆总在远航……真的是如此吗？人是什么？社会是什么？生与死，爱与恨，价值几何？少年的烦恼缠绕着我，而自由阅读引领我完成了人生的一次又一次的"自我救赎"。

北京的书店很多，书的种类也很多。虽然囊中羞涩，我还是买到了一些自己喜欢的书。北京师范学院（今首都师范大学）中文系古典文学教研室编写的《古代散文选注》（上下册，北京出版社 1980 年版）我就非常喜爱，里边收录的一些文章让我感到"震惊"。例如，司马迁的《报任安书》，当读到"是以肠一日而九回，居则忽忽若有所亡，出则不知其所往"，"所以隐忍苟活，函于粪土之中而不辞者，恨私心有所不尽，鄙陋没世，而文采不表于后也"，始知伟大的作品何所来也。印象最深的，是其来自心灵深处的那一种痛。原来，痛也是人生的一部分，只有那种建立在痛定思痛基础上的乐观主义才是无往而不胜的。对比起来，中学课文中介绍的司马迁是何其单薄，没有细节的历史是无法打动人的。嵇康的《与山巨源绝交书》，那种率性而为的气度，令人叹为观止；丘迟的《与陈伯之书》，"暮春三月，江南草长，杂花生树，群莺乱飞"，仅这四句就足以让人心旌摇荡。当时，凡喜爱的篇目我都争取熟读以至背诵。真可谓受益匪浅，它不但引领我初窥了人生的多个维度，还大幅度提高了我的古文水平。高三时，参加西城区组织的高考模拟考试，记得古文部分基本是不丢分的。这两本书一直陪伴我多年，工作以后朋友借去，弄丢了下册，我只能不时摩挲那孤零零的上册而心中感到可惜。还有一本让我爱不释手的书是《外国诗歌选》，现在我已找不到了，也是被人借去不还的。这本书好就好在全是"名家译名家"。至今依稀记得高声朗读拜伦《今天我三十六岁》时的慷慨激越，那种悔与痛，那种决绝与勇往直前，曾经那样令我心潮澎湃——原来读诗也可以是这样的，原来读诗也能这样的。

必须提到的还有泰戈尔的《飞鸟集》，也是喜欢得不得了，其优美的诗句是那样超然物外，让诗意"在梦中翱翔"。

高中三年，我没有回过家，因为假期真是读书的好时节，同时也是为了节省路费。那些好书陪伴了我的青春，在迷茫中为我点亮了一盏"心灯"。

附中岁月是难忘的——华灯初上时，我们曾漫步长街，畅叙理想；灯火阑珊处，我们曾埋头苦读，心怀远方。

作者简介

韦族安，水族，1964 年生于贵州省黔南布依族苗族自治州三都水族自治县都江区坝街公社坝辉生产队。

1979 年初中毕业后，就读于中央民族学院（今中央民族大学）附属中学，后就读于北京师范大学教育系，研究生学历。曾执教于贵州民族学院（今贵州民族大学）社会学系，后到贵州教育出版社从事编辑工作；现就职于贵州出版传媒有限公司教材教辅中心，任副主任。曾参与《水族教育史》的编写，策划出版的《心理治疗与心理咨询丛书》在学界获得高度评价，策划出版的《贵州革命英烈图传》获中共贵州省委宣传部"五个一工程"奖。

带你走出玉米地的人，有你的舅舅，大上
海来的知青女教师；更有党的好政策，给你打
开一扇窗，给你架起一座桥。从此你的眼前风
光无限！

走出玉米地
——纪念那淡去的岁月和带我走出玉米地的人们

黄瑞年（布依族）

我生于黔南山村。北边群山高耸，黑黝黝的麻山山脉占据了半个天空；
南边土岭连绵，土山土岭渐次比高，直达天际。山和岭的交汇处，如刀削斧劈，
皆是绝壁。小河从大山的底部涌出，沿着山根走了一段，便在土岭中劈出山谷，
蜿蜒而去。沿河两岸渐渐宽阔，田坝中随意散落着一些黑漆漆的木头老房子，
油光的石板路互相连通着，其间长了一些竹林古树。公社和小学就坐落在河
的两岸，小河连着一条小溪，溯溪三四里，半坡上有六户孤零零的人家，起
头的便是祖屋，下有竹林，左有牛舍，前出院坝，右边有一小径，通往坡下
的小溪取水，山坡随处都是果树。

这是典型的布依族山村。按我的理解，布依乃古百越族群，发祥于东南
沿海，后逆水而上，居桂则为壮，至黔为布依，
更有入滇而为他族者。我所在之地，古时多
苗民，而今已成汉、布依杂居之地，且各自
为寨，鸡犬相闻。苗民尽皆迁往高处，另辟
安定之所。

幼时，村子周围草深林茂，孩子们不敢
玩得离家太远，冬天也比现在冷很多，有一
年大雪，压塌了牛棚，只好把牛牵到屋里取

故乡的山沟已变身景点。

1979年，高二（3）班全体同学合影。

暖，自那以后雪越来越少，竟至没有了。日子过得很苦，人们为熬制红糖，把林子砍得越来越薄。遇到赶集，人们穿着黑布衣挑上红糖之类可卖之物，如黑蚁衔着它的宝物，沿着看不到的细线在大山缝里绕来绕去，从深沟处爬出，若隐若现竟也穿过了层层叠叠的麻山奇谷，攀上了一处平缓高地，在一个古镇里把他们的宝贝换了家用，再三五结伴，跟着半明半暗的手电光回到家中。

三岁以后，村里的孩子便渐渐有了一些用场，四五岁刚在山路上走稳，便可以去放牛了。那时各家孩子不少，总有年龄相仿的，便都聚到一起，结伴去放牛，大人自然少了些牛、娃两空的担心。

娃子们聚到一起，仿佛挣脱束缚，得了自由。春天，满山花开，有红的黄的紫的山莓可以吃，或男男女女，选一块松软的嫩草地顺势翻滚。夏天，我们可以找到杨梅和又酸又甜的野葡萄。秋天，稍不留神我们就啃掉路边最粗壮的甘蔗。冬天，山风格外冷，我们围着篝火，烤食刨出的红薯。老牛们也不会闲着，会慢慢溜出我们的视线，然后来个猛虎下山，瞬间啃掉半块麦田。所以，牛和娃子都是害虫，免不了招来村民的咒骂。

六岁，专职放牛的美好日子结束了，打猪草、拾柴、煮饭、照顾弟妹，这些活基本都少不了，百般无奈中，人生就上了一个档次。还不到七岁，人生更进一步，上学了！于是，我的一天从清早放牛开始，接着煮全家人的饭，没有柴要去找柴，没有菜便去摘菜，有时甚至要自己取水。就着青菜吃罢饭，沿坡而下高高低低跑三四里，到了河坝中的学校，已是中午了！下午四五点回到家里，静悄悄的木房子才开始苏醒过来，听到动静的小猪开始大声合唱，饥肠辘辘的弟妹们房前屋后乱窜——提醒我赶紧煮猪食和全家人的晚饭。大灶里烧着草，大锅里是谷糠混着清汤寡水的猪食；火苗在火塘里没精打采地跳舞，小锅里是同样清汤寡水的青菜汤。对孩子们来说，菜汤里能见到一抹油星已算万福。

上学的意义，家人从未认真想过，只因同村的孩子都去上学了，我也没有理由不去。到了学校，报名时老师问："叫什么名字？"回答是："没有！"老师问了姓、问了字辈、问了乳名，把它们合并在一起，让我跟着念三遍，就写到登记册上了。孩子有了名字，父母自然高兴，也看到了上学的一点好处。学校里，人手一册神秘的"红宝书"，用红色塑料皮包着，上课就从背诵其中的"最高指示"开始了。

下课铃一响，学校就成了"动物园"。男孩们有的爬上从树上吊下的长竹竿，有的滚着铁圈到处乱窜，也有的捡五子、用石片铲叠纸、滚弹珠、到处追逐救"犯人"；女孩子们则玩跳绳、老鹰捉小鸡、跳方格，真是花样翻新，欢乐无限。由于都是同祖同宗，论辈分班里有我的"爷爷""叔叔"和"姑姑"，这成了我的烦恼——他们得了这个便宜，便不肯饶过我，总要我叫一声"爷爷""叔叔"之类才罢休。

2012年摄于漓江。

几年过去，我比老父多认了几个字，学会了加减乘除，也能写个通知、假条什么的，小学就结束了。想想现在的孩子，又是熬夜又是补习，一年忙到头，我们那时的"素质教育"，他们哪里体会得到呢！

小学毕业，年纪尚小，农活干不了，家里自然希望我再读几年书，

2015年摄于宁夏。

能不能上初中，就成了心事。外公过去还有几间屋和几块薄田，我们家成了"下中农"，那时但凡有点好处，便是"贫农"优先，"下中农"次之。好在公社革委会没太当回事，学位也还有富余，就让我去了离家40里地、地处深山的"云干中学"。我们这些住校生住在一栋摇摇欲坠的木楼里，女生一楼，男生二楼，都配了高低床，大通间，走起路来嘎吱作响。学校除了上课，其他也管不了那么多。孩子们在木楼的一端搭了属于自己的一排小灶，砍柴、挑水、煮饭，全都要自行解决。这也难不倒我们，只是附近的树不久就被我们砍光了，水井也被舀干了。

学生们身上一个子都没有，附近自然也不会有什么买卖。我们便要周末回家一趟，然后从家里把一个星期的油盐柴米都背回来。印象里是周六下午回家，周日下午返校。家和学校之间一半是盘山公路，一半是崎岖山路，回家的时候还好，返校的时候需要负重上坡，甚是难走。回家的时候，等我们深一脚浅一脚地临近寨边，已是夜幕深沉，看着星光下暗得如萤火虫般的点点煤油灯火，有时无助的眼泪忍不住就流了出来。返校的时候，我们常七八个结伴，高年级的便会讲一些故事，还会替体弱的减轻点重量，一路上就没那么累了。

那时认的字多了，故事可以看懂。不知我从何处弄到几本小说，都是"抓革命促生产"的英勇故事，那文笔剧情放到今天没人会多瞄一眼，而那时的我却如获至宝，读得如痴如醉，到了茶饭不思的程度，人在课堂，心却在小说上。到了期末，我数学考了17分，才大为惊骇。

初一结束了，舅舅那时在一所小学当校长，拼凑了几个老师办起初中"戴帽班"，正缺听课的学生呢，看我学得不像话，放在家里除了惹事也干不了什么，就带我过去，好严加管教。我就这样给学校充数，又从初一读起。那时，用土垒成的教室刚建好，一个篮球场大的操场还是我们自己挖出来的，学校旁边的玉米地就是我们的劳动课堂。农忙时分，便不用上课，学生们被分到邻近村子的各家各户，帮忙插秧，附带培养孩子们对劳动的感情。

教室紧邻清澈的霸王河，一入夏知了叫个不停，上课也不得安宁。禁不住河水的清凉诱惑，下课铃响，男孩们便从后窗洞里跃出，迅即光了身子，从岸边老柳树桩上"扑通、扑通"扎进水里。很快，河面便像漂满了戏水的鸭子和快被捞出水的虾米，四处闹腾起来。班里唯一的女生无奈躲在教室里，直叹气不说话。

我和舅舅住在教工宿舍里。那是半山上的一所破房子，老鼠在土坯墙上跳来跳去，老师们分前后两排都住在这里，连小声说话大家都可以听得见。其中还住着一位大上海来的白白净净的知青女老师，真无法想象这种日子她如何过得下去！

舅舅是个很风趣的人，几乎每晚都要和那两三个老师喝酒，酒过三巡，便一起推演天下大势，邻村的鸡全都成了他们思考时局的牺牲品。遇到暴雨，河水猛涨，不管是夜有多深多黑，他们几个都要拉我一起，到河边去网鱼。第二天，大家围在一起煎鱼，就像过节一样，有时酒喝多了，有人便敲着锅直着舌头哼起小曲，同学们便无缘无故多了几节自习课。

除了偶尔替舅舅们思考一下天下大事，减轻他们的负担，我实在无事可做、无事可想。后来，学校收到一套数学辅导材料，上面有很多从未见过的例题、习题，全校没人感兴趣，我想书这么新，放着太浪费了，就随便翻翻吧。也许是天意如此，我竟被数学的奇妙深深吸引，数字和线条成了我的全部世界，有时为了一道难题，我会探究到深夜。课堂对我已经没有意义了，尽管我被迫坐在那里，老师们渐渐对我不满，到舅舅那里去告状。舅舅觉察到我的不寻常，他也是喜欢思考的人，一遇到数学中的难题，便经常和我讨论，有一次让我去参加竞赛，得了大奖，上级部门非常惊讶，夸奖了他一番，他为此高兴得醉了一个星期。我的数学很快便无人能及了，再加上看过一年小说，便成了学校里的"文理全才"。老师们心里有数，便由了我去，权当没有这个学生吧。

初中三年一晃而过，社会观念渐渐有了变化，慢慢开始重视知识文化。读高中需要经过考试，择优录取。也许我们是学校的第一个初中班，规模小，教学又未入正轨，对学生们自然没啥期待，全校居然没做考前准备，学生们似乎觉得快乐的初中生活永远都不会结束，放完假大家又会像往常一样回来——他们把学校当作了另一个家。但中考还是无法抗拒的到来了，考场被安排在十几里外的另一所中学里，每天赶考要走一个多小时。同学们只要不在教室里枯坐，一路上全都兴高采烈。一进校门，未及辨清方向，我们便像野羊一般被严肃的监考老师圈进了不同的考场，一动不动地坐在座位上，空气中弥漫着严肃的气息，好像进入了另一个世界。一向"玩世不恭"的我，对什么样的考试都满不在乎，看到同学们都在那里发愣，我竟暗自发笑。试卷发下来，我三下五除二胡乱做完了，也不检查，把试卷一扔，丢下满屋狐疑唉声叹气的同学，头也不回，早早就走了。两天的考试，门门都是如此。最后一科好像是数学，最末一道题或是真有破绽（这在当时也属正常），或是我自己闹乌龙了，我竟在试卷上给出题老师写信，说这题如何不妥，还告诫他们出题要有点水平，反正发泄了一番。中考就这么舒舒服服地结束了，谁管它将来呢？

初中结束了，同学们还来不及道别就各自离开了，收拾起三年里唯一的纪念物——课本，卷起铺盖回到了家里。

说实话，我从没想过读书会有什么结果。读书这些年，村里不读书的伙伴们都成了干活的老把式，慢慢挑起了家里的重担，而我还肩不能挑，手不能提，农活基本不会，一想到这些，我就恐慌起来。作为农家的孩子，我心里清楚，迎接我的将是什么样的生活，读书或许只是一个小插曲，我现在必须面对现实，认真对待了。

我生来体弱，天天随父母上山锄草，日晒雨淋，着实有些吃不消，不过我在心里发了誓，不能像读书时候那样晃荡了，我要坚持下去，过踏踏实实的生活。就这样，我慢慢坚持了下来，也慢慢适应了。十五岁，除了种家里的地，我知道自己干不了别的。父母安慰我："不读书更好，好好干，明年我们吃上大米饭！"我看到玉米地里成片的野草被我铲倒，被太阳晒蔫，我感到了一丝满足，也渐渐有点农民的范儿了。

一天早上，我和父母正在半坡上锄地，老远有人跑过来唤我，说考高中还要去县里一趟。是不是要补考？难道读书还有戏？我暗自想着，心"咚咚"跳了起来。我犹犹豫豫走进县城一个简陋的办公室里，一个老师模样的人问了我的名字，用布依话和我寒暄了几句，然后让我读一张报纸，什么也没说就让我回家了。

故乡建起了龙滩电站。

停了几天活，心中刚刚生起的小火苗就已消散无踪了，"开玩笑也不看时候"，我因被耽误了时间而愤愤不平。从此我时间抓得更紧，干活也格外卖力起来，我还和父亲商量，来年我们该种点什么。

又是在山上晒了一天，父亲让我随太阳早点下山，为全家人煮饭。这时远处山坡上跑过来一个人，听声音像我的远房亲戚，他边跑边对着我高喊，看得出他为此已找过很多地方了。他终于踉踉跄跄奔到我的跟前，激动得半天才说出话来："你，你，被北京录取了！"听着他略微颤抖的声音（还在喘着粗气），看着他认真的表情，我彻底糊涂了。他递给我一个信封，打开一看，真是来自北京的中央民族学院附中的录取通知书。等我终于弄清发生了什么事，顿时脑子一片空白，两腿发软，差点没晕倒在玉米地里。我不知道全家人当晚是如何回到了家，后来又发生了什么，这惊雷一般的消息就"轰"的一声，瞬间在周围山村寂静的夜空中"爆炸"了。

爷爷曾经提起我们祖上的故事，说是有一年老祖宗正在插秧，路边走过几个骑马赶考的少爷。"要不要和我们一起走？"他们问道。"先走吧，我的秧田还没插完哩！"老祖宗是最后一刻才走的，却是唯一考中秀才衣锦还乡的。爷爷在世的时候，这段故事他讲了一遍又一遍。他一生的骄傲，是这一季的玉米地还没有锄完，他的孙子就要远走高飞了……

岁月慢慢淡去，我没有忘记爷爷的骄傲，一直揣着它，越群山，跨海洋，或远或近，或高或低，始终默默地执着地漂着、飞着，紧随着这个舞动的时代。

作者简介

黄瑞年，布依族，1964年3月生于贵州省黔南布依族苗族自治州罗甸县板庚公社。曾就读于中央民族学院（今中央民族大学）附中，后考入清华大学。曾任北京星河电子公司器件部、通信部负责人，深圳信诺电讯股份有限公司工程师、市场部顾问，深圳市地方税务局科员。现任深圳市地方税务局电子税务管理中心科长、副主任。

虽然走出了大山，不能忘怀的仍是生养我们的家园，不能忘怀的是乡亲凑出的"千家钱"，不能忘怀的是亲人温暖的目光。世界在变化，我们在变化，家乡也在变化，不变的是亲人对你的关爱，不变的是你对这片土地的深情。

我的家园我的家

孟学祥（毛南族）

因为生在边远的乡村，从小就神往城里的生活，虽然那个时候并不真正理解"进城"的真实含义，但始终相信进城的主题基本上只有一个，就是去城里上班领工资，有钱用，还不会受到日晒雨淋的困扰和折磨。因为有了这种思想，在给自己确定人生目标的时候，就一心一意地幻想着，希望自己有一天也能够沿着门前的山路进城，进城找班上，有工资领。特别是从走进学校大门的那一天起，父亲就一直用这种思想来武装我的脑子，以至于刚走进学校大门的我，在对很多人和事还不是很了解的时候，就在心中认定：要好好学习，要争取到城里去读书、到城里去上班，通过读书有工作来改变自己的命运，过上人人都羡慕的好日子。

1964年10月，我在一个摇摇欲坠的木楼里诞生了，我的哭声穿过木楼那古老陈旧的门窗，在小山村里显得特别响亮。年迈的奶奶一边用烧红的剪刀将我的脐带剪断，用热布头为我擦拭身子，一边唠唠

老屋。

叨叨地对躺在床上奄奄一息的母亲和站在一边手足无措的父亲说："又是个讨债的，唉，我看你们怎样养活？"的确，奶奶的担心不无道理。在这之前，我已经有了两个姐姐和一个哥哥。而我的大姐因为家中没吃的，在我出生的前一年就连病带饿夭折了，死时才十一岁多一点。而生下她的母亲——那个我一直没有见过的父亲的第一任妻子，在我同父异母的大姐还不到两岁时，也连病带饿，先一步离大姐而去了。最让人悲痛的是，我刚一岁出头，生下我不久的母亲也去世了。若干年后，奶奶都还在念叨，说过去那些日子要是能赶上今天的一半，我大妈、我母亲，包括我大姐，就不会这么早离我们而去了。

难怪奶奶会发出那样的感叹，我的出生其实就是给当时贫困的家增加了一张争饭吃的嘴，在那个年月，哪个家庭只要多一张吃饭的嘴就要多付出一份沉重的代价。

用今天的眼光来看，我的家乡纳料是一个很美丽的地方，村子依山而建，一栋一栋的小木楼随着山势的延伸呈半圆形依附在山脚。我家的木楼刚好建在山寨的入口处，站在木楼的大门边往远处看，可以看到那条延伸向远方县城的出山小路。我家的房屋背后不远处是一条小河沟，沟边的碾坊是山寨木

村子前收割过的稻田。

楼往后山延伸的起点，一架水车在距碾坊不远的水沟里不停地转动着。我常常在跟随父亲到碾坊碾米的时候，独自一人溜到水车边，听那吱吱呀呀的声音。水沟、水车、小村、木楼、大山，用现在的目光去审视，那是一道很不错的风景。然而在过去那贫穷的日子里，美丽的风景给山村留下的，却是众多贫穷的伤痕。

　　父亲在我出生时就已经是生产队会计了，稍懂事后我就经常看见他在拨弄一把很陈旧的算盘，给每家每户乃至每一个人分配粮食，但拨弄来拨弄去却没看见他的眉头哪一天舒展过。在那个被称作大集体的时代，人们的劳动既不像现在这样积极，也不像现在这样有效率。每天大清早太阳出来后，才看到有人起床，起床后又在家中磨蹭好一会儿才懒散地从家中走出来，走到村子中间的一块空地上坐着吹牛，待队长敲响干活的钟声后，才一窝蜂地上坡做活。夕阳西下后，大家又各自走回了家。一天到晚地忙忙碌碌中，看似一年到头没有多少休息的日子，但这种出工不出力的劳动方式，一年下来所收获的粮食，分到各家各户的箩筐里，也无法满足一家人的吃饭所需。越没有吃的大家就越不想好好干，越不好好干就越贫穷，这是一种恶性循环的劳动方式。一直到土地承包到各家各户以后，这种现象才被杜绝。

村子背后的小河干涸了，水碾也不存在了。

"贫穷并不可怕，可怕的是失去信念。"这是把我从大山中送到城里来求学时父亲嘱咐我的话。这句话一直陪伴我从小学到中学，再从中学到大学，直至我成家立业，然后又成为我用来教育子女的座右铭。

　　我一岁多就失去母亲，母亲去世时，姐姐和哥哥都还没到十岁。母亲去世后，父亲没有再娶，而是独自一人把我们姐弟抚养长大。在那样一个困难的年代，一个男人，拖着两个半大的孩子和一个嗷嗷待哺的婴儿，可想而知那艰辛有多沉重。但父亲挺过来了，他不光把我们都抚养长大，而且还送我上学读书，让我学到知识并走出大山走上工作岗位。

　　在那片山野，我的父亲不光能吃苦耐劳，而且还算是个有文化的人，他读过两年私塾，也曾在县林业局工作过几年，1958 年因生活所迫回家务农，以后就再也没有走出过大山。

　　父亲是个重知识重文化的人，那片山野里与我们同龄的人中，没有谁能够读到小学毕业。我是我们纳料生产队乃至我们大队第一个读完小学到县城上中学并考上大学的孩子。我的哥哥读到了小学毕业，最不济的姐姐也上到了小学二年级。在我们都上学读书的那些年，我们家常揭不开锅。可父亲从没让我们中断过学业（我的姐姐是为了减轻父亲的负担，自己中途退学回家参加生产队劳动挣工分）。那些日子里，父亲起早摸黑上山挖药材、捡木耳，为我们筹集上学读书的费用。

　　在日子不断地变化中，之所以在此续上一段艰难的岁月，只是想通过历史的透视，虔诚地倾听社会变化发展的脚步声，为我出生的山寨续写新的篇章。

　　我的出生地平塘县者密镇纳料寨，山还是那些山，视野中望不尽的山峰；河还是那条河，古歌中不绝于耳的涓涓细流。虽然再没有水车旋转，但是村落已经出现了翻天覆地的变化：很多木楼都已经成为历史，被一个新的名词"楼房"取代。那些曾经支撑我们一代又一代人生活的木柱，大多都已被扔进火塘化成青烟，化成灰烬。

　　1982 年，纳料人基本解决了吃饭问题，这得益于联产承包责任制政策的落实。记得在承包后的第一年秋天，父亲把收下来的谷子堆进我们家用来装粮食的阁楼里，第一次把阁楼塞满，喜得奶奶那满是皱纹的脸上老是笑个不停。第一天收粮，奶奶就把自己关在阁楼里，不停地用扫帚把那些谷子扫过来挪过去，又时不时地抓一把谷子在手上，不停地摩挲着，久久不愿放下。我爷爷死得早，奶奶三十岁守寡，好不容易才把我父亲、一个姑姑和两个叔叔养大。在那些日子里，这个家长年累月都是饱一顿饿一顿的，那种挨饥受饿的日子，奶奶太刻骨铭心了。作为母亲，为了让子女们能多吃上一口，她常常都是吃得很少，突然看到这么多粮食，她一下子就陶醉了。

我的父亲是一个很不错的石匠，以前县里组织修水库，他就是很好的石工师傅，还得过水库指挥部的表彰。在我们那一带，他也是修房建屋下基脚下得最好的人，他下基脚砌石头从不用灰来勾缝，但石头与石头之间看上去却整整齐齐，严丝合缝，堪称一绝。联产承包到户后，他这个生产队会计已经没用了，于是他丢下算盘，背上他的石匠家什，走出木楼，走上了打工之路，开始了另一种生活方式。

任何一条路都是经过痛苦、辛酸、欢乐和幸福的循环变化才形成的路，父辈们所走的路也是如此，在这里，我不想过多地着墨于家园的历史，是不想让大家同我一道去回忆那些让人不愉快的过去。

通过对这些历史的回忆，我只是想告诉大家：我的家园在历史的发展中起了翻天覆地的变化。人们住的木楼变成了砖砌的楼房，照明的煤油灯变成了电灯，浇地不用水车而改用了抽水机，碾米不用石碾而用上了打米机，出门不再靠两只脚去丈量山道而是坐上了汽车，特别是通过外出打工赚钱，很多家庭变得越来越现代化……

大的历史是一个又一个的转折，小的历史则是一个又一个的曲折。对于从遥远的地方迁徙到纳料这片土地来生活的我的祖先，他们创造了历史，创造了文明，开创了这片土地的神话。

那些散落在大山脚下的参差木楼、河岸边古老陈旧的水车、河沟边转动不停的石碾、门前山路一步一步向上延伸的石阶，今天就如一帧黑白照片，早已将那久远的过去定格。在我的记忆里，早已经没有了父辈们弓着腰气喘吁吁地在地里劳作的样子，甚至想找一个地方来勾起心中怀旧的情绪都办不到，一切都在变，一切都在翻新。电视接上卫星天线，不光可以清晰地了解到国内社会、经济发展的动态，还可以清晰地看到国际形势的变化。透过这些画面，深藏于大山中的那个家园，一下子就和外界拉近了。今天依旧生活在那个家园中的兄弟姐妹们，用智慧和劳动开启全新生活，也和外界拉近了。尽管因重重大山的阻隔，山寨的经济、文化的发展同经济发达的地方相比，还存在一定的差距，但随着时代的变迁，社会的发展，以及国家对乡村执行的优惠政策，差距已经越来越小甚至不很明显了。无论大山多么高大，无论山路多么曲折，大山中的那个家园，一定会拥有更加灿烂的明天。

温暖的视线

　　我常想，我之所以能在人生的道路上走出今天的生活，是因为我是踩着父辈的脚印走出山野，走到山外多彩的世界里来的。在我们家，不光我的父亲上过私塾，我的两个叔叔也上过学，但是因为贫穷，他们都不得不中途辍学而回家务农，于是他们把读书的希望寄托在我们后辈身上。特别是我的幺叔，参与修建湘黔铁路回来后参加了工作，之后他就一直把我带在身边读书，并负担我读书的全部费用。幺叔是父辈中读书最少的人（小学未毕业），可他却很幸运，能有机会参加工作。参加工作后他因文化程度低而吃了许多苦头，工作也一直感到很吃力，为此他常常是一边工作一边学习，自己给自己加压，同时也给我加压。我之所以能动笔创作，就是幺叔逼出来的。读初中时，幺叔叫我一天写一篇日记，并拿给他检查。检查中，他虽无法在文字和语句上指出毛病，却能一篇篇地细数，这种一丝不苟的作风让我一点都不敢偷懒和耍滑。

　　纯朴的村里人对我也寄予了厚望，我到县城来上中学时，由于缺费用，邻里亲戚就你一角他五分地为我凑了一笔不小的费用。后来考上大学，第一年读书的费用，也是我们村里的乡亲为我凑的"千家钱"。无论是过去还是现在，像我这样从山里出来，到外边求学读书的孩子，虽说走的都是曲曲弯弯的山路，而且走得比别人艰难，但我们的身后却有着人世间最强大的希望，这也让我们走得更踏实。记得我在县城上高中时，寨里只要有人到县城来赶集或办事，就一定会到学校来看我，多多少少会送给我一点钱或是吃的东西，末了还都一再叮嘱：好好读书，不要辜负了你父亲对你的希望。其实，这句话也是希望我不要辜负山中父老对我的期望。因了这句话，在学习上我一直不敢偷懒和放松。

　　1981 年，我高中毕业，也是恢复高考制度的第 5 个年头。对从边远的乡村来到县城上高中，即将高中毕业的我来说，通过参加高考走到外面的世界去闯荡就成了我人生的渴望。然而面对即将到来的高考，此时此刻的我却感到特别恐惧，这种恐惧在临近高考的日子里表现得特别突出，白天看不进书，晚上睡不着觉，

2012 年春季在鲁迅文学院第十七届中青年作家高研班学习，5 月 18 日外出参加社会实践，在安徽黄山留影。

柏树林边的村寨。

一天到晚神情恍惚，做事情丢三落四，精神总是集中不起来。这个时候也就更渴望亲人的关爱，渴望亲人们的抚慰和鼓励。

因母亲去世得早，农村的家中只有父亲、一个哥哥和一个姐姐。农闲时父亲也会抽空到城里来看看我，给我送粮食或向班主任和科任老师了解我的学习情况，但农活一忙，他一两个月也不能来看我一回，我所需要的粮食和辣椒什么的，只好自己回家去取，或者村子里与村子附近有人进城来办事，父亲就会托他们帮我把东西带来。在这临近高考的日子里，尽管我很渴望父亲能像别的家长那样，到我的身边来给我鼓劲和加油，但对此我却不敢抱太大的奢望，因为我高考的日子，正是地里农活最紧张的时节。再加上自复习冲刺以来，我的状态一直不佳，所以尽管心中很渴望，还是不希望父亲到城里来陪我高考。让我没想到的是，父亲在高考的头两天风尘仆仆地从乡下赶来了。一踏进寝室大门，父亲就从袋子中掏出二十多个还散发着他体温的熟鸡蛋，把给我的塞进我枕头边的木箱子后，剩下的就分给了我寝室的同学。高考那几天，父亲就住在我的寝室里，同我挤在一张床上。夜深了，我已经睡下了，父亲却还拿着一把棕叶扇，为我扇风驱赶蚊子。

1981年7月7日，决定我们这些高中毕业生命运的日子终于到来了。那段时间的天气出奇地干燥，也出奇地闷热。距我就读的县城中学不远的河沙坝上，人工降雨的炮声响个不停。尽管那连绵不断的炮声把我们这些考生震得心神不安，可天还是不肯降下一丝丝雨。考完第一科走出考场，紧张的空气还是弥漫在四周，让人感到特别的沉闷。通过几阵大炮的猛轰，火辣辣的太阳倒是躲进了云层里，但天气还是闷热的，天空中游荡着的黑云仿佛是压在人的身上，让人气都喘不过来。

第一天考的语文和政治都是我的强项，考场内我一边不停地擦汗一边不停地伏案答卷。尽管考场所有的窗子都大开着，但是却没有一丝风吹进来。

不用抬头我也知道，考场里的每一位考生此刻也都如我一样，都是边擦汗边答卷，再无暇他顾。此刻，从乡下赶来的父亲，一定会坐在距考场铁门不远的电影院门前台阶上，一边望着考场的窗户，一边等着我从考场的铁门里走出来。高考开考以来，父亲每次都是陪着我走到考场的大铁门边，看着我走进考场，然后就到距考场门边不远的电影院台阶上去静静地坐着，一直坐到我考完试走出考场。他决不会与其他同学家长聚在一起说话，或者来到铁门边用手把着铁门，一脸焦急紧张地注视着铁门内的考场。

父亲把我从百里之外的小山村送到城里读高中，就是希望我能通过自己的努力奔上一个好的前程。从家来学校那天，父亲千叮咛万嘱咐："老三，你一定要好好念书，不要一天到晚只会贪玩，我不在你的身边了，你要学会管好自己。在县城念书一定要把心安下来，不要想家中的事，家里再穷再苦我也会想办法把你盘（供）出去。只有把书读好了，你才有出路，否则你也只会像我一样回家去扛锄头挖泥巴。"

因了父亲的这些话，在学习上我不敢有半点的放松，尽管我倾尽了最大的努力，与城里的同学相比起来还是有很大的差距。由于我的刻苦，老师对我的印象很好，都愿意帮我个别辅导。在老师们的辅导下，我的成绩也在一天天地提高，虽然在班上不是最好的，但与从边远农村来的同学相比，也算是很好的了。

父亲对我寄予的希望越大，我心中的压力就越大。临近高考，我心中已乱成了一团麻，不光书看不进去，就连记忆力好像也跟着衰退了，许多曾经学过的东西，几乎一下子就全部被记忆丢了出去。越刻意去回想就越记不起来，越记不起来就越紧张，越紧张就越感到无所适从。我知道，这种状态下自己无法应付高考。我曾一度想放弃高考，倒回去读初中，然后参加中考，但被班主任谢老师劝住了。她说："你都已经走到这一步了，就不能放弃，何况，还没有上考场，你怎么就知道自己不会成功呢？"

每次考完试从考场出来，父亲都会从大树下走过来，先接过我手中的文具盒，然后带我出去吃饭（从高考第一天起，父亲就不让我再到学校

获第九届全国少数民族文学创作骏马奖，2008 年 11 月 16 日在贵阳大剧院领奖。

食堂去吃饭，而是带我到街上的一家国营饭店里去花钱吃）。走在路上，父亲很少过问我考试的情况，每次我从考场出来，他只是简单地问我一句："怎么样？题难做吗？"

"还可以。"每次我都是用这几个字来打发父亲，因为除了这几个字，我就再也找不到更恰当的语言了。

为了不让父亲对我失望，每次从考场出来，不管题答得怎样，我都会强装出一副轻松的样子。而且每一次考试，不管会做不会做，我都要等考试结束的铃声响过后，才走出考场。即使是考英语，五十多道题才做了十多道，我也坚持坐到结束的铃声响起。英语考试那天，刚开考三十多分钟，同一考场的考生就走光了，只剩下我一人，我是一直坚持在考场坐到考试结束，才一个人从考场走出来。

考完试，我直接和父亲回了乡下的老家。我知道我不会有多大的希望，在等待结果的日子里心中就多了几分痛苦和难过。虽然从考试到回家，父亲一直没有同我谈论高考的事情，也没有再问过我考试的情况，但我知道他比我还着急，从他整晚整晚地坐着抽烟到深夜的反常表现来看，他的内心也很不平静，只不过他不想在我的面前表露自己的担忧，而让我和他一道失望罢了。参加完高考回到家，父亲叫我好好休息放松。第二天一早我还是随着父亲一起上山干活。当时我的这个举动，除了一种愧疚的成分外，更多的是想报答父亲对自己的关爱。

发成绩通知单那天，父亲叫我在家等着，他天不亮就赶路进了县城。天

通往山外的路变成了水泥路。

黑好久后父亲才回到家，到家后父亲把为我买的两本小说递给我（父亲知道我爱看小说。在我看书这方面，父亲一直都很舍得花钱），然后才拿出分数通知单递给我，轻轻地说："还差两分。"

"爹！"我叫出这一声后泪水就如泉水般涌了出来。父亲没有劝我，哥哥和姐姐都没有劝我，直到我哭了许久，心中稍稍平静后，父亲才叫姐姐给我拿来一条毛巾，让我把眼泪擦干，然后对我说："哭什么哭，不是才差两分吗？再去读一年，加一把劲，明年就能考上了。"

我不想再补习，实在是没脸再去见那些教过我的老师，更害怕补习一年，明年还是考不上，那我就更没脸面对父亲，但是我又无法拒绝父亲为我安排的路。正当父亲准备将我送去补习时，一纸通知书送到了我家：我被州内一所大专院校降分录取了。

通知书尽管只是一张薄薄的纸，可骤然间却似乎有沉沉的分量。临上学那天，许多亲戚朋友来为我送行，父亲热情地招待了他们，待客人散尽后，父亲语重心长地对我说："儿子，尽管得了通知，得到了继续读书的机会，但只能说是侥幸，细想起来你还是失败的。从今往后该怎样去进取，你应该好好打算才行。今后的路还很长，我只能把你送到这里，以后的路就只能靠你自己去闯荡了，只有加倍努力，你才能够顺顺当当地走下去，才能够走好，不然的话你还会面临更多的失败。"

作者简介

孟学祥，毛南族，1964年10月生于贵州省黔南布依族苗族自治州平塘县者密镇纳料村。

中国作家协会会员，贵州省作家协会主席团委员，贵州文学院签约作家，鲁迅文学院第十七届高研班学员。现为黔南布依族苗族自治州文联副主席、秘书长。

先后在《民族文学》《中国作家》《山花》《青年文学》《山东文学》《朔方》《章回小说》《天津文学》《黄河文学》《文艺报》《天津日报》以及泰国《中华日报》等发表过中短篇小说、散文等200余万字。出版有中短篇小说集《山路不到头》《惊慌失措》，散文集《山中那一个家园》《守望》。曾获第九届全国少数民族文学创作"骏马奖"，第四届贵州省政府文艺奖，贵州省"乌江文学奖"，第一、二届贵州省专业文艺奖，遵义"尹珍文学奖"等多个奖项。

摆脱愚昧需要知识的积累，知识的追求永无止境，改变命运要把握机会，创造生活要珍惜时光。对民族与乡土的深切的爱，让你思考、让你奋斗，也许需要一生，也许是几代人的不懈努力。

亲情·乡事

吴正彪（苗族）

我是一个农民的儿子，在我们那个十分偏僻的小山村里，与本寨同龄的兄弟姊妹们相比，作为本村第一个考出来的大学生，我是幸运的。然而回想我那些祖祖辈辈面朝黄土背朝天的乡亲，我能有机会走到今天，除了感恩于我的家人和老师以及那些曾经或正在通过各种方式与渠道帮助我的人之外，我更加感受到"知识改变命运，进取成就未来"这样一句哲理名言对于我这一生来说是何等的重要。

"有田不种仓廪凄，有书不读子孙愚。"这是曾祖父在我幼年的时候经常用来教育我的一句口头禅。这句话是他听别人讲的，觉得很有道理，就用来教育我们。曾祖父虽然是一个不识字的农民，但他一生的经历和他对后代的言传身教，对我的祖父辈、我的父母辈以及我们这一代都有着深远的影响。

生养我的家园在贵州省三都水族自治县、都匀市和丹寨县交界的一个边远苗寨，这里是珠江水系都柳江的源头之一。村寨的苗语名为 Eb gongb des jangs，翻译成汉语的意思是"江水南流的山冲"，当地汉语地名称为"翁迥"，行政名称为"总奖村"。这里行政上虽然隶属于三都水族自治县，但却距离三都县城有四十多公里，而距离丹寨县城仅十公里。由于是三县市交界地，村寨的耕地和住房都是犬牙交错，有"走完三个县市回来都还没有煮熟一锅饭"的说法。

我的曾祖父有五兄弟，他在兄弟中排行老四。曾祖父既有苗语名，也有汉语名。可能是由于曾祖父的父亲也认识一点汉字的缘故，按照汉字字辈"嘉"，给五个孩子由大到小分别加上"富""贵""荣""华""远"等字形成他们的汉语名字。曾祖父的苗语名为 Jenb，同辈或晚辈们都称他为 Ghet Jenb。他去世后说到他时都要按照父子联名制称呼他为 Ghet Jenb jod lob vud，后面的三个单音节分别是他的父亲、祖父和曾祖父的单名。

　　曾祖父 1889 年出生，91 岁去世。他幼年时与父母兄弟住在高山顶上一个苗语名叫 fab bix 的苗寨里。他这个人比较勤快、老实。当年他的父母在距离寨子五公里远的河沟两岸买了一些田土，要他们五兄弟中的一个人到坡脚来与当地的汉族杂居。因为要离开自己的寨子，谁都不愿来。大家认为曾祖父比较憨厚，也没有什么心计，最后就以各种理由劝说他搬下来住。

　　到了新的居住地点，曾祖父除了种田外，也做点别的活路。居住的地方正好是都柳江通航后人们从过去的都江古镇经三都到都匀的一条步行的主干线。曾祖父受寨子里的人邀约，和他们一起去做了挑夫。据曾祖父生前讲，他们每个人抬 100 斤盐巴从都江镇的码头到贵阳去交就可以得到七个大洋的劳务费。他就这样用自己帮人抬盐巴的收入把我的祖父和祖父的弟弟两人送到私塾里去学汉字、读古书。我的祖父因此也成为他们那一辈人中懂汉字且文化水平较高的人。

　　到了我父亲那一代，曾祖父和祖父一直坚持让父亲从小学读到高中毕业。父亲高中毕业参加完高考后，在当时也算是有些文化，就被丹寨县邮电局招去当乡邮员。父亲在上班后的第二个月就被贵州大学录取，录取通知书送达丹寨后却被当时的邮局领导藏了起来，我父亲在全然不知的情况下失去了读大学的机会。直到若干年后他担任办公室秘书清理档案时，才看到自己的大学录取通知书。正因如此，我的家里虽然经济条件很差，但是父母和分家后与我们同住的曾祖父一直都很支持我学习。

　　我五岁时就到当地一间由庙宇改建成的学校读书。学校就在我家对面，中间隔着一条河。因为父亲在外工作，母亲需要下地干农活，

田野调查团队在 2011 年夏天合影（右二）。

　　田野调查团队在 2006 年夏天从罗甸县城出发，穿越麻山走访歌师，拉开了麻山苗族史诗的抢救序幕（右四）。

每当小河涨水，曾祖父都要背着我到河对岸去上课，整个小学阶段，从来都没有耽误过。教室里没有课桌和凳子，曾祖父就帮我从河里抬去一块光滑的石头，让我坐在上面用膝盖当桌子写字和听课。那个年代，我的家乡还没有通电，照明使用的是煤油灯，而且每个月煤油都要用油票购买，是限量的。为了保障我的学习，家里照明都是以我晚上回家写作业和看书时使用的时间为准，从来都不会因为煤油的问题而影响我的学习。

　　记得刚考取贵州民族学院（今贵州民族大学）的第一个假期，我在春节后的那段时间通过亲戚的介绍，自己一人到都匀与麻江交界一带做绕家人的调查，回来的时候没有坐上车，就一直从都匀城郊步行到丹寨县城，又累又饿的我躺在父亲的床上吃完他给我做的夜饭后就睡着了。父亲在我睡眼蒙眬中用热水帮我洗了脚，让我安心休息。他一直支持我带着学到的知识走进田野，去做我所热爱的民族调查。读大学期间，我就这样用苗文记录了丹寨、都匀等地的苗歌，有了早期的一些资料积累，也培养了我浓厚的学习兴趣，其中部分民间口传歌谣和故事在 20 世纪 80 年代末收录在都匀、三都等地的"民间文学三套集成"中。

我的母亲虽然没有进过学校读书，但对我的学习一直给予力所能及的支持和帮助。记得在读高中二年级的时候，我所在的中学，教师几乎全部外流，没有人上课。我在报纸上看到高中函授学习辅导的消息，当时父亲的工资很低，一个月才 25 元，母亲得知后回家把猪卖了，得了 30 元，拿 15 元汇款到吉林去给我订购函授学习资料，用 15 元买了毛线请人织了一件毛衣让我过冬穿。为了我的学习，就算再怎样困难，他们也从没有犹豫过。

　　2016 年 5 月底，经过医院检查，得知父亲已经患上肝癌，原本计划攻读在职学位的我，有了放弃的念头。病重中的父亲看到我犹犹豫豫的样子，催我赶快办理攻读学位的手续，在他恳切的目光中，我去办理了相关手续，并交清了学费，在电话中告诉父亲后，他高兴地舒了一口气。此后，没有几天，7 月 3 日上午他老人家就离开了我们。在我年逾四十之后的漫漫求学之路上，既有我对学术追求的一个愿望，也有父亲临终前的期盼。在父亲看来，一个人的生命是有限的，但学习知识却是永无止境的。他过去失掉了读大学的机会，就把希望都寄托在我的身上，因此，一听说我有学习的机会，他就敦促我早点去办手续，圆他一生未了的大学梦。

　　这些年来，我深知"知识改变命运，进取成就未来"的重要性。如今的我，需要改变的已不仅是我一个人的命运，还有我的民族的命运、我的乡土贵州的命运。要做的事还有很多，但如果没有渊博的知识，我们又能如何呢？我们苗歌里面有这样两句话：Hnaib hnaib nangl hmangt vut, Hnaib fangx lol dlok dliat.（天天期盼这样的好机会，当好时光到来时我们要学会珍惜。）

　　作者简介

　　吴正彪，苗族，1966 年 5 月生于贵州省黔南布依族苗族自治州三都水族自治县总奖村。中共党员。

　　1988 年 7 月，贵州民族学院（今贵州民族大学）民语系苗族语言文学专业毕业后分配到黔南布依族苗族自治州民族研究所工作，后获中共贵州省委党校经济管理专业本科学历。2002 年至今，进修中央广播电视大学和北京大学联合组织开展的远程开放教育"汉语言文学"本科学历。1997 年 4 月起任黔南布依族苗族自治州民族研究所副所长。现为湖北三峡大学教授、南方少数民族语言研究中心主任、硕士生导师。

编后记

　　《那年，我们走出大山——民族学子求学心路》一书历时近两年的时间，汇集了四十多位作者横跨半个多世纪实际经历的人生故事。书中既写出了各民族学子的奋斗与求学历程，又抒发出他们对党和国家由衷的真情。在饱含求学的奋斗精神与深深的故乡眷恋的文字中，配以反映真实情景的图片，生动体现了党和国家民族政策在培养各民族人才方面的光辉成就。真实记录民族学子的奋斗历程，弘扬中华民族的优秀历史文化，借以振奋民族自信、自强、自立精神，增强中华民族的凝聚力，推进祖国的繁荣与统一大业，这是我们出版《那年，我们走出大山——民族学子求学心路》的宗旨。

　　在祖国的大西南，在贵州这片土地上，有1200多万少数民族人口繁衍生息，他们当中的大多数人生活于崇山峻岭之中。如果没有新中国的成立，没有党和国家民族政策的指引和培养，这些生活在贵州大山深处的各民族学子们，将会因为地域的隔阂、自然和经济条件的限制，失去受教育的机会，也许，他们还将和自己的祖辈、父辈一样，继续着禁锢于大山深处的清苦生活，更遑论深造于高等学府，走出大山开拓自己人生的新天地。

　　正是新中国的成立，以及党和国家民族政策的指引和培养，给他们的生活带来了全新的可能，各民族学子通过自身的努力，争取到求学的机会，走出了家乡的大山。他们的坎坷经历和心路历程，是大山中的民族文明进步的真实写照。这一个个走出大山的真实故事，值得记录，值得回味。而对于同样想走出大山的后来人，也有着强大的鼓舞和启迪的力量，有助于树立他们走出大山的信心。

在编辑的过程中，我们了解到他们与城里少年的不同生活，不一样的童年快乐。大山是他们小时候最好的玩伴，摸鱼虾、摘山果、打水仗，精彩刺激，就连帮父母捡柴火、堆草垛也充满了乐趣。

但感受他们童年趣事的同时，我们还为民族学子的奋斗精神和顽强毅力深深感动。大山深处的少年，注定要用脚板丈量山的里程。为了读书，每日步行数公里甚至数十公里的不在少数，有的要翻山越岭，有的要蹚水过河，甚至涨水期险些被大水卷走丧命。然而上学的路并不是最难的，最难的是"吃饭"和"读书"之间的抉择。在贫穷落后的山区，供一个孩子读书，常常意味着一家人吃不饱饭，"等攒够了钱，就送你去学堂"，一句话藏着多少无奈心酸。有好几位作者都写到，为了攒钱读书，自己小小年纪就去矿山背矿，姐姐和兄长放弃上学的机会回家务农，父母更是起早贪黑，才四十出头就佝偻着脊背……

与此同时，更有感于党和国家民族政策的温暖扶助。在党和国家民族政策的指引下，各民族学子在不懈的努力中一步步走出大山，去到省城，去到首都北京。他们在民族中学、民族大学等各类专为少数民族学子开办的学校里读书，无须担心学费、餐费、住宿费。他们的生活从此发生了巨大的转变，他们的眼界更加开阔，心胸更加宽广，对于自己家乡的民族文化与地区发展有了全新的认识。他们不仅走出了大山，而且与世界有了更多的交集，拥有了面向世界的机会。多年以后，他们再回到故乡，更深刻地体会到这方山水早已与自己血肉相连。这是一块真正孕育了他们生命的土地，梦里梦外都希望她富饶繁荣啊！

那年，他们走出了大山，他们是大山哺育的孩子，更是大山磨炼的孩子，是大山的希望、未来。对于哺育了他们的大山，学子们的内心深深涌动着拳拳的赤子之情。大山的昨天、今天和明天，家乡的一草一树一水一石，家乡人民期盼的眼神，依然是大山的孩子们内心的深深牵挂，想要为之奋斗不息，努力不止。

他们都是大山里最朴实的人，虽然后来走上了各自不同的人生路，但仍与现在依然生活在大山里的乡亲们血脉相连。他们依然心怀故乡情，心系故乡事，用自己的实际行动为故乡、为社会、为国家贡献自己的力量。他们从大山中走出，拥有了崭新的人生，但他们从没有忘记大山，浓浓的故乡情让他们用自己的方式回报了大山的哺育之恩。

这一个个民族学子走出大山的真实故事，让我们深刻感受到大山蕴涵的力量与资源，也让我们由衷体会到大山还有许多值得发掘的奇珍异宝。我们将继续探索如何从贵州人书写的故事中展现贵州人的文化风貌，如何在鲜活的叙述中向世人展示贵州的鲜明特色和独有魅力。我们将努力描绘出贵州人相似的生活热情和命运轨迹，解读不同历史时期基于不同生存环境而形成的贵州人的精神品格。如走进大山，为祖国三线建设献青春的老一辈；为大山的孩子红烛炽燃的支边教师；横扫大山，浴血奋战的剿匪英雄……从不同的侧面记录贵州人的故事，从多角度反映贵州精神，书写民族地区团结进步的生动画卷……大山还有更多值得我们书写，值得我们赞颂的灿烂星簇。不经意间，我们发现大山还有更多值得开发的宝藏，值得我们珍惜的文化资源。而那些走出大山的人们才是最重要的宝藏，无论是对个人、本民族，还是国家，无论是对外面的世界，还是自己的家乡，都是如此。

　　翻开《那年，我们走出大山——民族学子求学心路》，是一段段民族学子走出大山的真实故事，是与他们一起昂扬奋进的澎湃心情。待看罢此书，心中升腾起的是对贵州这片土地和这片土地上的人的热爱，更是对亲爱的祖国和中华民族的拳拳赤子之情。

　　大山精神永在，大山脊梁屹立！